U0543673

Константин Георгиевич Паустовский

Повесть о жизни

第三部

未知世纪的开端

生活的故事

[俄] 康·帕乌斯托夫斯基 著
姜敏 译　王志耕 校译

GUANGXI NORMAL UNIVERSITY PRESS
广西师范大学出版社

·桂林·

生活的故事
SHENGHUO DE GUSHI

出 品 人：刘春荣
责任编辑：王辰旭
助理编辑：田　晨
特约编辑：罗敏月　郑夏蕾
装帧设计：王　烁
责任技编：郭　鹏

Повесть о жизни © Константин Георгиевич Паустовский
本作品中文专有出版权由中华版权代理总公司代理取得，由广西师范大学出版社独家出版。
著作权合同登记号桂图登字：20-2014-292 号

图书在版编目（CIP）数据

生活的故事：全6册／（俄罗斯）康·帕乌斯托夫斯基著；王丽丹等译．—桂林：广西师范大学出版社，2019.6
ISBN 978-7-5598-1654-2

Ⅰ．①生… Ⅱ．①康…②王… Ⅲ．①自传体小说－俄罗斯－现代 Ⅳ．①I512.45

中国版本图书馆 CIP 数据核字（2019）第 038732 号

广西师范大学出版社出版发行
（广西桂林市五里店路9号　邮政编码：541004）
　网址：http://www.bbtpress.com
出版人：张艺兵
全国新华书店经销
广西广大印务有限责任公司印刷
（桂林市临桂区秧塘工业园西城大道北侧广西师范大学出版社集团有限公司创意产业园内　邮政编码：541199）
开本：880 mm×1 230 mm　1/32
印张：57.625　　　　字数：1 429 千字
2019 年 6 月第 1 版　　2019 年 6 月第 1 次印刷
定价：318.00 元（全 6 册）

如发现印装质量问题，影响阅读，请与出版社发行部门联系调换。

第三部

未知世纪的开端

目　录

旋涡 / 1
蓝色的火炬 / 21
记者咖啡屋 / 38
喷泉大厅 / 66
寂静地带 / 78
叛乱 / 86
莫斯科公馆史的资料 / 93
几点说明 / 102
里加—奥廖尔铁路线上的取暖车 / 107
中立地带 / 118
"我们浪荡鬼的黑特曼" / 123
紫色光线 / 154
"我的丈夫是布尔什维克，而我是海达马克" / 170
带镶条的深红色马裤 / 181
多层馅饼 / 198
夜半惊叫 / 209
结婚礼物 / 216
鲱林卡鱼、供水设施和微不足道的危险 / 240
最后一发榴霰弹 / 259

旋涡

俄罗斯在几个月内说出了已沉默几个世纪而没有说出的话。

一九一七年的二月到秋天,全国范围内没日没夜地连续举行缺少秩序的群众集会。

密集的人群聚在城市的广场上、纪念碑旁和飘散着氯气味的火车站旁,在工厂和乡村里、市场上,在每一个院落里、居民稀少的住宅楼的每条楼梯上,都有人在大声喧嚷。

宣誓、号召、揭发、演讲者的热情——所有这些都陡然间淹没在发狂地呼喊"打倒"的声音或者热烈嘶哑的"乌拉"声中。这些呼喊声犹如轰隆隆滚动的鹅卵石,在各个十字路口传散开来。

莫斯科的群众集会尤其热情洋溢,气势凶猛。

有人被抛到空中;有人被抓住外套的扣带从普希金纪念碑上拉下来;有人与别人接吻,胡须搔痛了对方的脸;有人被粗糙的双手握住;有人把某个知识分子的帽子打掉。但是,还是在这里,一分钟后,人群已将这个知识分子高高举起。他扶着动来动去的夹鼻眼镜,指桑骂槐地诅咒起某些破坏俄罗斯自由的人。一会儿在这里,一会儿在那里,有人拼命鼓掌,这些粗糙的手掌发出的啪啪声如同大颗的冰雹砸到马路上。

顺便说一下,一九一七年的春天很冷,莫斯科林荫道上的嫩草上经常盖着一层冰雹碎裂形成的冰碴子。

在集会上,没有谁发言还要申请,发言者都是自行上去讲的。人们很乐意让前线的士兵和一个滞留在俄国的法国军官雅克·萨杜尔[1]发言,这个人是法国社会党成员,后来成为共产党人。他的天蓝色大衣始终在莫斯科的两个群众集会地点——普希金纪念碑和斯科别列夫[2]纪念碑——之间荡来荡去。

有士兵说自己是前线的战士,起初人们七嘴八舌地盘问他。"你是从哪个战线来的?"人群中有人喊道,"哪个师?哪个团?谁是你的团长?"

当那个战士惊慌失措,没及时回答这些问题时,人们就高喊:"他是霍登前线[3]的!滚开!"有人把他从台上拽下来,远远地拖到人群里。战士在那里局促地擤着鼻涕,用外套的下襟把鼻子擦干净,困惑地摇了摇头。

如果想立刻控制住人群,强迫他们听自己讲话,则需要有力的手段。

---

[1] 雅克·萨杜尔(1881—1956),法国工人运动活动家,国际主义者。1917年,被任命为彼得格勒法国军事使团专员,但拒绝为法国反动政府做事,1919年参加了红军,成为反抗运动的参与者。
[2] 米·德·斯科别列夫(1843—1882),俄国步兵将军,参加了占领中亚的战争以及1877年至1878年的俄土战争。
[3] 指莫斯科郊外的霍登练兵场。

有一天，一个穿着不合身的外套、留着胡须的士兵爬上普希金纪念碑的台座。人群开始喧哗："哪个师的？哪个部队的？"

士兵生气地眯起眼。

"乱吵什么？"他喊道，"如果好好找找，这里三分之一的人的口袋里都会找到威廉[1]的照片，我们当中足足有一半人是特务！这是事实！你们有什么权力让俄罗斯的士兵闭嘴？！"

这就是强有力的手段。人群开始沉默。

"你先在战壕里喂一下虱子吧，"士兵喊道，"到那时你再盘问我！你们这些沙皇的余孽！恶棍！以为戴上红饰带，我们就看不穿你们吗？你们把我们像母鸡一样卖给资产阶级还不够吗？还想拔掉我们身上的最后一根羽毛。有了你们这些人，不管在前线，还是在腐朽的后方，到处都是背叛！同志们，前线的战士们！我呼吁你们，真诚地请求你们，围住这些公民，进行搜查，检查他们的证件。如果在谁那儿找到了什么，无须政府委员的命令，我们自己就把他料理了。乌拉！"

战士将毛皮高帽摘下来举过头顶。一些人喊道："乌拉！"不过，声音稀落、分散。人群中立即开始有了令人不安的骚动。士兵们手拉手，开始包围人群。

如果不是有人想到去找代表苏维埃请求帮助，还不知道将会怎么收场。代表苏维埃派武工队乘卡车过来，重新恢复了秩序。

在莫斯科不同地方的集会逐渐有了各自独特的性质。在斯科别列夫纪念碑旁的集会上，发言者大多数是不同党派的代表，从立宪民主党、

---

[1] 威廉二世（1859—1941），德意志末代皇帝。

人民社会党到布尔什维克一应俱全。这里的演讲是激烈的,但也是严肃的。在斯科别列夫纪念碑旁讲废话是不应该的。谁想试试,人们马上就会齐声向他喊:"去塔甘广场吧!见鬼去吧!"

在塔甘广场上,确实可以想说什么就说什么,哪怕说克伦斯基[1]是生于什波拉小镇[2]的改信基督教者,或者说在顿河修道院腌渍的苹果核中找到了修士们藏的一千枚十卢布金币。

春天的某一天(已经五月份了,但好像那时没有人发现莫斯科河中已经开始有流冰,或者稠李已经开了花),我站在斯科别列夫纪念碑旁的人群中。社会革命党人和布尔什维克党人发生了争吵。

突然,拉钦斯基爬上纪念碑的台座。我甚至哆嗦了一下。在那之前,我从未在莫斯科见过他。

拉钦斯基摘下维罗绒的宽檐帽,高高地举起雕刻着银色的那伊阿得斯[3]裸体像的拐杖,呼吁大家安静,开始激情澎湃地喊道:

"浓重的乌云试图遮住我们自由的灿烂阳光!请允许我,这个住在阁楼中的贫困潦倒、普普通通的诗人,发出我愤怒的声音……"

"去垃圾场吧!"人群中有人用果断明了而有些粗鲁的声音说道。

"去塔甘广场吧!"人们怀着同样的心思附和着,"哎,谁离那里近,把他从纪念碑上拽下来!"

"这是篡权!"拉钦斯基用绝望的声音喊道,"这是无知的凡夫俗子的叫嚣!"

---

1 亚·费·克伦斯基(1881—1970),俄国政治活动家,临时政府的成员和领导。十月革命后逃亡西方。
2 乌克兰城市。实际上克伦斯基生于俄国的辛比尔斯克。
3 希腊神话中的水泉女神。

但无论如何人们也不想让他讲话。他悲伤地抬头望了望天,挥了挥双手,为了维护自己的尊严,从台座上跳了下来,消失在人群中。

尽管在普希金纪念碑旁的集会主题各不相同,但是,就像现在习惯所说的那样,层次很高。在此处演讲的经常是大学生。

我当时在报社工作,职责所在,我需要经常到集会中去。集会体现出莫斯科思想动向中的微小变化。我们这些报社工作者有很多新闻都是在集会上获悉的。

我所在的报社出版的报纸的名字很奇怪,叫作《莫斯科特辖市政府公报》。当时已经没有什么特辖市政府,正像没有什么公报一样。可能这份报纸是因为编辑部占用的是特维尔林荫道上以前特辖市市长的房子,所以才叫这个名字的。

这家报社不大。报社的主编是为人十分轻率且无所顾忌的诗人兼小品文作家堂·阿米纳多。没有人知道他的真实姓氏。

报社刊载来自全国各地的耸人听闻的电讯和莫斯科生活的新闻,有时也刊载临时政府委员基什金博士的两三条命令。没有任何人会想到要去执行这些命令,因此基什金这个人物纯粹就是个摆设。他身材干瘦,蓄着花白的小胡子,长着一双注定要被宰杀做牺牲品的眼睛。他穿着带有丝绸翻领的雅致常礼服,钮襻儿上戴着红色的蝴蝶结。

日复一日,集会上演讲者的演讲内容变得更加固定了。不久前,从杂乱的口号和诉求中开始凸显出两个不同的阵营,全国都分裂成这两个阵营:布尔什维克及工人的阵营和另一个阵营——支持临时政府的知识分子阵营,初看起来,这些知识分子满怀善良的愿望,但没有骨气、张皇失措。当然,后一个阵营不包括所有的知识分子,但包括他们当中很大一部分人。

国家像一团湿黏土一样瓦解了。俄罗斯的各省县不服从彼得格勒，人们不知靠什么生活，不知怎样宣泄。前线的军队急剧瓦解。

克伦斯基在全国奔走，竭力用自己狂热的辞令将国家团结到一起。他试图用高傲的言辞、做作的姿态、庄严却不合时宜的动作来替代思想的力量和说服力。他以这种形式，站在堑壕的胸墙上，在前线成千上万的士兵面前演讲，却没有发现自己的行为实在是荒谬可笑的。

有一天，一个上了年纪的患病士兵拒绝去堑壕战斗，克伦斯基扯下了他的肩章，用恺撒般的命令手势指向东方，喊道：

"胆小鬼！你去后方啊！不是我们会杀了你，而是你自己的良心会杀了你！"

克伦斯基眼含泪水，用充满悲痛的声音喊着。而士兵们转过身去就咒骂起来。

我多次见到过这个人，他柠檬色的面庞稍稍有点肿，眼睑红中透青，剃着平头，头发稀疏，稍稍泛着灰色。他急匆匆地走着，副官们不得不在后面跟着他跑。他转身的动作迅速而出人意料，与他同行的人不免心生惧意。他把打了黑色绷带的受伤的胳膊插到皱巴巴的弗伦奇式军上衣的衣襟里，军上衣在腹部处有一些褶皱。细长的腿上套着褐色的漆皮护腿，这护腿不时发出咯吱咯吱的响声，闪着光亮。

克伦斯基声嘶力竭地朝人群抛出几句简短的话语，便气喘吁吁。他喜欢用振聋发聩的言辞，并相信它们的力量。他认为，这些话如同警钟，在惶惶不安的国家上空飞驰，能让人们奋起，去牺牲，去建功立业。

喊完这些振聋发聩的话，克伦斯基瘫坐在圈椅里，由于流泪而浑身颤抖，副官们给他喝些药水。就像多疑的女人一样，他的身上散发着缬草滴剂的气味。

这种气味像是阔绰的老式住宅里陈腐的空气,暴露了他的特点。至少,当时我是那样觉得的。我不知为什么相信,各种药味是不能与演讲者崇高的称号相容的。

很快我就明白了,克伦斯基只不过是一个病人,他身上带有很大成分的"陀思妥耶夫斯基式的矛盾心理",他是一个演员,他相信自己有着救世主的崇高使命,不假思索地冲向深渊。

看来,克伦斯基确实有着激昂的信仰和对俄罗斯的忠实。这个歇斯底里的患者犹如一片轻轻的刨花被推到第一次革命浪潮的风口浪尖上。

俄罗斯从采邑制度时期起就不乏癫狂之人。在克伦斯基身上也有一些东西来自这种癫狂。

我几乎有幸见过那时二月革命的所有领导人,尽管当时对错综复杂的形势我还不太懂,但这些人身份的驳杂还是令我非常惊讶。

例如,外交部长、贵族老爷式的历史学家米留可夫[1]教授就与克伦斯基毫无相同之处。

他微微泛蓝的花白头发给人的感觉仿佛是消过毒的、冷冰冰的。他整个人也像是消过毒的、冷冰冰的,他所说的每个斟酌再三、无可挑剔的词语也同样如此。在那动荡不安的年代,他像是来自另外一个——规规矩矩、脱离实际的——星球的人。

突然出现了很多爱喊叫的人。他们如同蘑菇一样生长出来。高声压倒对方被认为比一切都重要。

在撒落了牲畜粪的市场上,廉价的、蛊惑人心的宣传兴盛起来,甚

---

[1] 帕·尼·米留可夫(1859—1943),俄国政治活动家、历史学家、政论作家,立宪民主党的组织者之一。

至从国外来了一些爱喊叫的人。

一天,法国军需部长阿尔贝尔·托马斯从巴黎来到俄罗斯。

他在我们这里出现,目的是要说服"英勇的俄罗斯人民"一直做法国可靠的盟友,且不退出一战。

托马斯的腿不长,他长着红褐色的胡须,穿着雅致的常礼服。他在演讲中的喊声和富于表现力的手势起到了难以超越的表率作用。有一次,他在莫斯科苏维埃现今所在的楼房(当时,这所房子是临时政府委员的府邸)的阳台上发表演说。

托马斯说的是法语,在听他讲话的人群中未必有十个懂法语的人。人群主要由士兵和莫斯科郊区的居民构成。但是,托马斯发言的内容是不言自明的。

托马斯的罗圈腿在阳台上蹦来跳去,他一针见血地阐明,在他看来,如果俄罗斯退出一战,整个国家将会遭遇什么。他把唇髭捻成了威廉式的,眼露凶光,高高跳起,快速抓住想象中的俄罗斯的脖子。他紧紧抓住它,欲置它于死地,嘴里发出嗤嗤的声音,把它扔到脚下,然后开始发狂地用漆皮鞋踩踏它。同时他发出嚣张的喊声,像狂暴的老虎一样吼叫着。

这种可怕的威廉时代的舞蹈在被打翻在地的俄罗斯的躯体上持续了几分钟。人们惊诧于这种马戏般的场面,屏住了呼吸。

之后,人群中出现了低沉的嘈杂声。他用喷了香水的手帕擦了擦通红的脸,然后以习惯性的手势歪戴上华丽的大礼帽。他面带微笑仔细听着人群的动静。他似乎觉得人群中的嘈杂声有赞同的成分。

但是,嘈杂不断扩大,越来越可怕。到最后,可以听见呼喊:"可耻!""小丑!""赶他走!"并传来了刺耳的口哨声。

有人为博得讨好声上前抓住了托马斯的胳膊肘,将他带离了阳台。比利时的社会党人王德威尔得[1]代替托马斯出现在了阳台上。这个人有一张令人难以忍受的了无生趣的脸,穿着一件牧师常礼服,所有扣子都系得紧紧的。

他开始讲话,声音很小,没有任何语调,他薄薄的嘴唇总在重复那些话。感觉上,他想给人群催眠。人也确实开始迅速变少。很快,阳台附近只剩下了一小堆人听他讲话,很明显,这些人是出于礼貌才留下来的。

王德威尔得讲的内容同托马斯一样,他神情冷漠地呼吁对"神圣军事同盟"的忠诚。

从受难修道院那里传来了音乐声,声音渐渐变大,轰隆作响。

> 我们所有人都来自人民,
> 我们都是劳动家庭的孩子。
> "兄弟般的联盟与自由"——
> 这就是我们战斗的铭誓。[2]

来自普列斯尼亚的工人队伍走在特维尔大街上,越来越近,鲜红色的布标从王德威尔得旁边飘过。"农舍要和平,宫殿要战争!""一切权力归苏维埃!""消灭战争!"

王德威尔得的嘴唇又动了几分钟,然后他把写着演讲内容的纸收

---

1 埃米尔·王德威尔得(1866—1938),比利时社会党人,改良主义者。
2 引自列·彼·拉金(1860—1901)的歌曲《同志们,勇敢地前进!……》(1898)。

好，就慢慢地走开了。他拄着的不是拐杖，而是紧紧卷着的、装在丝绸套中的一把伞。

工人队伍没有注意到他。队伍唱着：

> 他们维持王位的一切，
> 都是劳动人民双手所造……
> 我们自己动手装满子弹，
> 给自己的长枪拧上刺刀！

很多年过去了，现在回忆起革命时期最初的几个月份，我开始明白，那一时期人们充分意识到，正在发生的事件是具有不稳定性的，然而人们也充满了对势不可挡的变革的期待。

旧的制度已经被摧毁，但是没有人在内心深处认为，二月革命的新制度就意味着革命的完结。当然，这只是俄罗斯历史中的一个过渡性阶段。

想必当时如匆匆过客一般的国家领导者也明白这一点。这减弱了他们对新出现且必定会出现的敌对事物的抵抗，那就是列宁在芬兰火车站装甲车上的讲话中首次提到的："全世界社会主义革命的曙光已经出现了！"

二月革命之后轻松获得和匆匆组建的一切，原来只是一个新时代的开端。

这一点是相当晚的时候大家才明白的，当时只是隐约地感受到了这一点。那是一个非常紧张的时代，每天都会发生太多神奇的事情。对于好好理解历史这闪电式的飞跃，人们既没有足够的精神力量，也没有充足的时间。旧时代崩塌的隆隆轰响融汇为不绝于耳的嘈杂之音。

革命最初一段时间闲适的平和心态一去不返，一个个世界在断裂、坍塌。

大多数的知识分子——伟大的、人道的俄罗斯知识分子阶层，普希金与赫尔岑、托尔斯泰与契诃夫的孩子们——都陷入惊慌失措的状态。有一点毋庸置疑：他们善于创造崇高的精神价值，但在国家制度建设方面却显得很无力，除了少数例外。

俄罗斯文化主要是在争取独立、与专制制度抗争的斗争中成长起来的。在这一斗争中，人们锤炼了思想，培养了崇高的情感和公民勇气。

旧制度坍塌了，与其在人民中培养尽人皆知的"明智、善良和永恒"，不如立即亲手创造新的生活方式，学会管理全然荒废、幅员辽阔的国家。

国家这种动荡不安、几近虚幻的状态无法持续很长时间。人民的生活需要明确的目标、落在实处的劳动。显然，进一步确立公平和自由需要艰苦繁重的工作，甚至需要冷酷无情。显然，这一切是无法在冠冕堂皇的话语和同胞赞叹的呼声下自己诞生的。

这就是革命的最初教训。这是俄罗斯知识分子第一次与他们的理想迎面相遇。

这是一杯难以下咽的苦酒。它不会放过任何人。精神上强大的人喝了它，便与人民留在一起；精神上软弱的人，要么退化，要么死亡。

就这样，国家进入了一个建立新的公民意识的严酷而漫长的阶段。但是，我再说一遍，当时，并不是每个人都完全理解所有这些思想。它们几乎就像是某种感觉，还处于模糊状态。许多人听任事件发展，随波逐流，只想活得更久一些，可以看到历史如何发展，俄罗斯最后会被冲到哪个岸边。

以我个人而论，虽然当时我已经二十五岁，但我像孩子一样兴高采烈地迎接了二月革命。我天真地相信这个革命可以一下子使人们变得更好，能够团结势不两立的敌人。我认为，为了革命无可争议的价值，拒绝过去的遗毒，拒绝所有污秽，首先拒绝对财富的渴望，拒绝民族仇怨，拒绝压制自己的同类——这些对于一个人来说并不那么困难。

我过去一直相信，每个人身上都有善良意志的萌芽，所要做的只是唤醒他们内心深处的这种善良。

但是，很快我就深信，这些充满理想化的倾向有一半都是幻影和过眼云烟。每天都有残忍的证据向我抛来，证明了人不会那么轻易改变，革命暂时还不能消除仇恨和相互之间的不信任。

我想让这种不愉快的想法远离自己，但这种想法并没有消失，并使我的兴奋心情蒙上阴影。我越来越经常发怒。我开始特别强烈地憎恨那些处事圆滑的自由主义知识分子，他们迅速地、明显地变糊涂了，依我看，这是因为他们对自己的人民缺乏善意，尽管不久前人民还使他们深受感动。但是，这还不意味着我当时完全接受了十月革命。很多东西我接受了，另有一些东西我是否定的，特别是一切在我看来是对过去的文化持鄙视态度的东西。

我所受的唯心主义思想教育影响了我对十月革命的全盘接受。因此，在十月革命最初的两三年里，我不是十月革命的参与者，而是兴趣浓厚的见证者。

直到一九二〇年我才明白，除了我的人民选择的道路，没有别的道路可走。当时我的心立刻轻松下来。满怀各种信念和巨大希望的时代开始了。之后我的生活已经不再是偶然地,而是更加深思熟虑地,或多或少是坚定地在那个最富有实效、与我的能力最契合的领域——文学领域,沿着为人民服务的道路前进了。

不知道哪一条路更好——是从怀疑到认可的路,还是没有任何怀疑的路。

无论如何,我一直觉得,对自由、正义和人道情怀的深深忠诚,以及对自我的诚实,是我们那个革命年代的人一定要有的特质。

一九一七年闷热的夏天接替了寒冷的春天。

热风席卷着马路上一堆堆又皱又破的报纸。莫斯科几乎每天都出现新的报纸,有些报纸带有极为罕见的倾向,包括神智学的和印着"无政府乃秩序之母"标语的无政府主义报纸。这些耸人听闻、大多是错谬百出的小报往往只有一两天的寿命。

风拍打着墙上张贴的数十张呼吁书,它们有的在公然抨击什么,有的呼吁保持克制。空气中散发着印刷油彩的煤油味和黑麦面包的味道。这后一种乡村的味道是军队带来的。城中到处都是无视克伦斯基声嘶力竭的命令逃到后方的士兵。

莫斯科变成了狂乱的军人宿营地。士兵们在几个火车站周围拥挤地住下来。火车站附近的广场上弥漫着烟雾,就像被占领的城市的废墟。但这不是战火硝烟,而是马合烟的烟雾。风吹起葵花子壳,形成一阵阵灰色旋风。

系在斯科别列夫雕像那威严地高举的青铜马刀上的红旗,在太阳的暴晒下早就褪了色,但它还是以胜利的姿态迎风呼啸着。

城市上空笼罩着一层尘埃。尘埃中朦胧的黄色路灯整日整夜亮着。人们早就忘了要关掉它们了。

根据政府的指令，为了省电，时钟被往回拨了很多。下午四点太阳就下山了。

全城的人都在奔忙。住宅里都空了。人们整夜整夜地在集会上嘶喊，由于失眠而在街头徘徊，坐在街心公园或干脆坐在人行道上争论。在集会上相遇的陌生人一瞬间就可能成为朋友或者敌人。革命开始已经四个月了，但是人们兴奋的心情还没有平复下来，心里还是那么焦虑不安。

我决定去母亲那里过秋天。在莫斯科我生活得很疲惫。在这段时间里，除了大量草草地用新闻纸印刷的、反映各党派间毫不妥协的斗争的小册子，我没顾上读任何东西。我盼望着能够重读托尔斯泰的《战争与和平》，这好像是某种不可实现的事情。那个时候我觉得，这部长篇小说仿佛是两个世纪以前写成的。

妈妈和姐姐加莉娅住在波列西耶，离切尔诺贝利城不远。住在基辅的姨妈维拉在那里有一座小小的庄园科帕尼，妈妈答应在科帕尼住下，做些零星的农活。妈妈很喜欢在地里忙活。有一段时间她甚至想让我做一个农艺师。

我去那里的时候经过基辅。在基辅也像莫斯科那样，集会上人声鼎沸。只是，在这里人们喊的不是"打倒"和"乌拉"，而是"格季"[1]和"斯拉瓦"[2]。这里唱的不是《马赛曲》，而是舍甫琴柯的《遗愿》和《乌克兰尚未毁灭》。

我乘坐一艘掉漆的小轮船"沃洛佳"号，沿第聂伯河和普里皮亚季

---

[1] 乌克兰语"打倒"的音译。
[2] 乌克兰语的欢呼声，意为"荣耀"。

河到切尔诺贝利。这是一艘非常卖力气的轮船。长着花白髭须、胸前戴着红蝴蝶结的乌克兰船长时不时登上驾驶台,对着机舱笑笑:

"来吧,'沃洛佳'!加把劲!为了革命奋力前进吧!"

就这样,"沃洛佳"奋力前进了。它开始全力喷着蒸汽,急速地用轮叶拍打着水面,速度明显提高。但这样的情况持续时间并不长。很快轮叶又在船舷外懒懒地拍打起水面来,好心的乘客收拾好行李,在甲板上休息,从岸边飘来沼泽杜香的甜味,蠡斯的叫声与让人昏昏欲睡的钟声融为一体。

我也在甲板上好好睡了一觉。从这里看莫斯科就像一场杂乱无章的梦。

出了切尔诺贝利还要再走四十俄里,骑马穿过松树林和松软的沙地。马拖拉着步子。车轮嘎吱嘎吱作响,老旧的马具散发出焦油的味道。马车夫是一位身材瘦小的"大叔",穿着一件褐色的斯维塔破袍子,一个劲儿地问:

"在莫斯科那里,一定请您原谅,还没有听说什么时候会产生世界性的解决问题的办法?"

"什么解决问题的办法?"

"就是让庄稼人获得自己的土地并当家做主啊。而那些老爷和老爷的下属呢,庄稼人拿棍子在他们屁股后面,把他们赶到魔鬼的老娘那儿去。据说,克伦斯基阻拦这件事,那就给他腰上来一凿子!"

科帕尼是一个小小的庄园,更确切地说,像一个废弃的农庄。森林里的空地上,有一个很大的旧农舍,农舍的禾秸房顶散发着霉味,还有一些破旧的小板棚。没有篱笆。整个农舍被森林四面环绕着。经过了莫斯科的喧嚣之后,我觉得阵阵松涛显得尤其庄严,而且能够慰藉人的心灵。

母亲看到我之后强忍着泪水。她颤抖着嘴唇,突然说不出话来。但她马上拥抱了我，把白发苍苍的头靠在我的肩膀上，一动不动地、默默地站了很久，不哭出声来。她从来没有这样拥抱过我，就像是在拥抱一个长者，一个保护者，一个她在不走运的生活中唯一可以依靠的人。

而加莉娅紧紧地搂住了我的胳膊，泪水从她眼镜的凸面镜片之后流了下来。她也不去擦拭。

我笨嘴拙舌地安慰着母亲。我经常回忆并想念着母亲，但现在我才明白，除了唯一的痛苦的爱，深藏在她内心对于两个仅剩的亲人——我和加莉娅——的爱，生活什么都没给她留下。她就是靠这最后一点的爱活到了现在。因为这份爱，她毫无怨言地忍受着来自富裕亲戚的欺侮、繁重的工作，忍受着在这片人迹罕至的森林中与外界彻底隔绝的生活。

黄昏时分，母亲带着歉意说，现在根本没法弄到一点煤油，甚至在切尔诺贝利都没有，因此每逢晚上她们都是点松明。

在那之前我从来没见过松明。我甚至喜欢上了它明亮的深红色火焰。

母亲用她由于干农活而变得干枯、粗糙的手拨弄着方巾上的穗子，迟疑地说：

"科斯季克，如果你能留在这里，一直跟我们在一起多好啊。如今分开这么危险。但愿我们会熬过去。确实，我们只能靠土豆和猪油生活，但是至少我们几个人在一起。你是怎样想的，科斯季克？"

她不敢看我的脸，坐在那里，垂下眼睛。

我没说话。

母亲开始用铁夹子夹一根新的松明。她的手颤抖着。

"我和加莉娅说，"她说，没有转过身来，"要是你不放弃当作家的梦想，你在哪里工作都无所谓。这里很安静，没有人会打扰你。"

我不能再沉默下去了。

"让我想想。"我答道。

母亲走过来抚摸着我的头发。

"嗯,这样也好,"她说,忧愁地笑了一下,"这样也好。是的,你想想吧,科斯季克。"

无论在这个世界上活多久,你也不会停止对俄罗斯的惊叹。我的这种惊叹从孩童时期开始,一直到现在。世界上没有一个比俄罗斯更出人意料、更充满矛盾的国家了。

我来到科帕尼的第二天就对此深信不疑。

我在给母亲和加莉娅讲述发生革命时莫斯科的情况,这时看到窗外有一个穿着布满灰尘的长袍、戴着破旧的修士软帽[1]的驼背修士从森林里向我们庄园走来。

他走进来,对着空角落画了一个十字,向我们深鞠一躬,请妈妈行行好收了他的干蘑菇,换给他盐。修士看起来很像来自彼得一世之前的时期。

母亲有盐。她给修士倒出四分之一袋的盐,但没要蘑菇,在这片森林里自己家的蘑菇多得没地方可放。

母亲请修士喝了点茶。他坐在桌子后面,没有摘下修士帽,就着水果软糖喝着茶,细小的泪珠偶尔沿着他像教堂里的蜡那样发黄的脸颊流下来。他用长袍袖子仔细擦干眼泪,说:

"主保佑我在死前还能再一次喝一杯加糖的茶。主真的怜悯我,宽

---

[1] 软帽,天鹅绒的小圆帽,通常为黑色,是东正教神职人员日常戴的一种帽子。

恕我苟且度日。"

母亲去了旁边的房间拿什么东西。我跟着她走出去并问她,这个修士是打哪儿来的。母亲说,在离科帕尼十俄里外,在乌日河岸上森林中一个极偏僻的角落里,从很久以前就有一座小的隐修院。革命以后,现在身体稍微强健一点的修士都跑了,隐修院只剩下几个虚弱的老人。

"你可以去这个隐修院看看,"母亲建议我,"和他们说说话。或许你会对这感兴趣呢。"

几天后,我去了隐修院。森林里黑魆魆的,到处是被暴风折断的树枝。之后,不是在空地上,而是直接在林中的树木之间,我遇到了一面用发黑的圆木搭成的高墙。我在廖里赫[1]和涅斯捷罗夫描绘古老隐修院的画作上看见过这样的木墙。

我沿着木墙朝大门走去。大门被钉紧了。我一直敲着便门,直到那个向我们讨盐的修士来给我开门。

我走进草木丛生的小院子,看到一座用松树原木搭建的歪斜的小教堂,我立即觉得仿佛离开了自己所属的世纪。

教堂里传来了老人的歌声。钟楼上的钟间或叮咚作响。

"我们也不知道,"修士告诉我,"该不该鸣钟。我们害怕。但愿这钟声不会冒犯当局。因此就很少敲钟。乌鸦栖息在钟楼上,它也不飞走。请进教堂吧。"

我们走进了教堂。里面总共只点着三四根蜡烛。老人们穿着黑色的苦行修士长袍,上面绣着白色的十字架和骷髅,他们一动不动。黑暗中,

---

[1] 尼·康·廖里赫(1874—1947),俄罗斯画家、哲学家。

圣徒像瘦削的面庞上褐色的镀金时不时发出微弱的光亮。燃烧的桧树果实散发着微苦的气味，修士们点燃这种果实代替神香。

古老的隐修院，凄凉的圣歌，教堂外的松涛，苦行修士长袍上的骷髅，莫斯科，廖莉娅坟头上的十字架，战壕里生了虱子的士兵，科布林的犹太会堂，塔甘罗格灯塔的火光，集会，革命，马赛曲，克伦斯基，"农舍要和平，宫殿要战争"——这一切不知怎的在意识中混杂到一起了。所有这一切都像是光怪陆离的梦，这几乎是我生命中一段离奇的时光。期待变革已经成了这种生活中的一种习惯。

该怎样认识这一切呢？怎样理解呢？怎样在这混乱中找到那种做任何实际的、有价值的事情所必备的明晰？怎样向自己解释这种状态呢？一个人既站在革命、站在先进的思想一边，又与海涅交谈，并且对古罗斯感同身受。在这里，一座隐修院里，古罗斯用发颤的声音唱的是，人安享天堂的无上幸福，"现在、永远、世世代代"。因此，当我听到这些话的时候，我不禁想起了一句诗："我的悲伤宛如一串圆润的珍珠，却撒落进锻造的铁匣中。"我仿佛感觉到这些诗句和修士的歌声有着什么相通之处。

我离开了隐修院，思绪久久不能平静。

自那时起，每次我去乌日河边钓鱼，都会去隐修院。修士们用加凉水的陈年蜂蜜招待我。

这里没有报纸，买报需要骑着一匹跛脚的马去切尔诺贝利。

我只来得及到那里去过一次，带回了关于科尔尼洛夫暴动和德军进攻并占领了里加的消息。

第二次母亲就不放我去切尔诺贝利了。森林中来了一伙匪徒，既不是逃窜的奥地利俘虏，也不是从监狱中放出来的囚犯。没有人见过这伙

旋涡

匪徒，但是人们都很惊慌。

时间在流逝。已经很久没听到匪徒的消息了，大家都安下心来。晚秋时节，我终于离开科帕尼去了基辅，从那里回莫斯科。我答应母亲，下个春天一定回来。

我离开的时候，波列西耶的叶子已经干枯变黄，柔和的雾霭也升腾起来了。

我离开之后过了一周，一伙不明匪徒袭击了隐修院，翻遍了修道室找银子，开枪打死了修士们，放火烧了教堂。但教堂是用历经数个世纪石化了的原木建造的，因此只是表面烧焦了，并没有烧成灰烬。

蓝色的火炬

在莫斯科,我在尼基塔城门旁的一栋二层楼里住了下来。这栋房子的三面临着街道:特维尔林荫道、大尼基塔街和列昂季耶夫小巷。剩下一面紧挨着一堵无门无窗的墙——一栋六层楼房的防火墙。

在对面,在特维尔林荫道的岔路口上(现在的季米里亚泽夫[1]纪念碑处),当时有一栋呆板无趣的长条形建筑。在那里有一个药店,地下室则是一个药品仓库。我房间的窗口正对着这个药店。

如此不厌其烦地描述房子的位置,是因为下面将要讲述的一些不同寻常的事件与之相关。

一次,在一个笼罩着寒冷烟雾而显得灰茫茫的秋夜,因为一种异样的感觉,我在二楼自己的房间猛然醒来,好像有什么人一瞬间挤出了房

---

[1] 克·阿·季米里亚泽夫(1843—1920),俄国达尔文主义博物学家。

间里所有的空气。由于这种感觉,有几秒钟我好像变聋了。

我一跃而起。地板上到处散落着窗玻璃的碎片,它们在高高的、雾蒙蒙的月亮下面闪闪发光,而月亮在沉睡的莫斯科上空慢慢移动着。

四周一片沉寂。

之后突然传来一声短促的巨响,在被打破的窗子那么高的地方,尖锐的轰鸣声越来越刺耳,紧接着随着一声拖得很长的炮响,尼基塔城门旁边的房子的拐角坍塌了。房东屋里的孩子们哭了起来。

在第一时间当然不可能猜到,那是架设在普希金纪念像旁边的武器直接瞄准尼基塔城门射击的声音。我晚些时候才弄清楚是这么回事。

在第二轮射击之后周围又恢复了平静。月亮仍旧从雾气弥漫的夜空中凝视着地板上的玻璃碎片。

过了几分钟,尼基塔城门附近的一挺机枪又响了起来,枪声持续了很久。

十月的战斗,或者如当时所讲的,"十月政变",就这样在莫斯科开始了。它持续了好些天。

一阵激烈的步枪射击声对机枪火力做出回应。一颗子弹嗖的一下打到墙上,打破了契诃夫的肖像。之后我在剥落的墙灰下面找到了这幅肖像画。子弹打在了契诃夫的胸膛上,在他的白色凸纹布马甲上打出一个窟窿。

你来我往的射击声像燃烧的枯木般噼啪作响。子弹叮叮当当密集地打在铁屋顶上。我的房东,一位上了年纪的鳏夫建筑师,朝我喊了一声,叫我去后面的房间找他。那些房间的窗户正对着院子。

在那里,两个小女孩和一位老保姆坐在地板上。老妇人用温暖的头巾裹住了她们,连头都盖住了。

"这里是安全的,"房东说道,"子弹未必能打穿内墙。"

年纪大些的小女孩透过头巾问道:

"爸爸,这是德国人在攻打莫斯科吗?"

"没有什么德国人。"

"那是什么人在开枪呢?"

"不要说话!"父亲斥责道。

我回到自己的房间,紧靠在两窗间的墙上,斜着眼睛往窗外看了看。月亮被乌云遮住了。黑暗中勉强可以分辨出那些灯光已经熄灭了的高房。射击的火光不断闪现,子弹呼啸而过,发出各种不同的声音。时而是刺耳的呼啸,时而是凄厉的尖叫,时而是像鹰叫的奇怪声音,好像子弹在空中翻跟头。

我试图看到人,但射击的火光并没有为此提供足够的光线。根据火光来看,赤卫军战士们从斯特拉斯特广场发动进攻,已经走到林荫道的一半处,那里有一个别出心裁的木亭子,用作夏日餐厅。士官生们就埋伏在尼基塔城门附近的广场上。

突然间,伴随着一声闷响,从窗子下面蹿起一条高高的蓝色火舌,在风中摇曳。它就像一支火炬。在它暗淡的光线中,我终于看见了从一棵树跑向另一棵树的人们。

很快,第二支蓝色的火炬在林荫道的对面燃烧了起来。

这是子弹打破了瓦斯路灯的喷火嘴,因而燃烧着的瓦斯直接从管子里喷了出来。

在瓦斯燃起的亮光中枪声迅即响得更加激烈。

我回到房东所在的房间。

"喂,怎样了?"他问道。

"应该带孩子们离开这儿。"

"去哪里?"房东问道,"特维尔林荫道正在受炮火射击。"

"去大尼基塔街。穿过那些商店。"

"赤卫军正用机枪从小尼基塔街往大尼基塔街和'联合'电影院射击呢。电影院可是士官生们的指挥部。"

"那就只剩下列昂季耶夫小巷了。"

"我们去看看情况如何吧。"

我们沿着后面的楼梯下去,来到方形的院子里。子弹在高处呼啸,打不到这里,不过有些地方有被打碎的屋檐在跌落。院子角上,有几个人站在护院人住的小门房旁边。

没想到,列昂季耶夫小巷的炮火甚至比特维尔林荫道上的更猛烈。我们院子的第四面墙紧靠着邻近一栋楼的防火墙。这面墙上一个窗口都没有。

建筑师看了下防火墙,骂了一句。

"陷阱,"他说道,"我们的房子四周都被包围了。无处可去。我们这是陷入死亡地带里了。"

天已破晓。站在门房旁边的人们原来是巴尔捷利斯面包店的面包师,面包店就在这栋楼里。

一个浑身都被面粉染白了的、留着大胡子的面包师(他以前是旅顺港的士兵)提议将所有居民转移到门房里——这是最安全的地方。住户不多,楼的第一层都是商店和仓库。

从此就开始了在门房中长达数日的枯坐。

其中一位面包师是一个年轻的小伙子,他决定跑到赤卫军那边去。他刚刚弯腰穿过门洞跳到人行道上,便被来自尼基塔城门上的机枪扫射打死了。

坐在门房中，我们逐一回忆过去的这几天，惊讶地发现自己竟然如此迟钝。战斗对我们而言仿佛是突然之间发生的。与此同时，我们知道在彼得格勒发生了起义，冬宫被攻占和"阿芙乐尔"号的炮击，也知道了以下情况：莫斯科已经宣布进入战争状态，霍登广场集结了装备精良的赤卫军和士兵队伍，阿列克谢耶夫和亚历山大罗夫军事学校已进入战备状态。

那位在旅顺港服过兵役的面包师成了我们这栋房子的指挥员。门房的水龙头里还能流出细小的水流。面包师命令我们收集住所里所有的水桶和罐子来储藏水。随时都有可能断水。

然后我们把所有面包和其他食物收集起来。这才发现吃的并不多了。

我们不知道周围在发生些什么，但确信全莫斯科都在进行战斗。我们只是意识到自己陷入了包围之中，就像生活在一个被火力圈包围的堡垒里。但这个堡垒并不牢固。第一天将尽的时候，子弹已经开始往院子里飞了。

第一夜我们一直坐在门房的台阶上，努力地通过火力的猛烈程度来猜测谁占上风。

半夜时分炮火突然停了。所有人都警惕起来。这种寂静似乎比飓风一样猛烈的炮火更加危险，但寂静并没有持续多久。很快，在伸手不见五指的黑暗中，我们听到了远远传来的拖长声音的喊叫："转告指挥员！士官生已在屋顶集结！"

喊声变得越发急切，越发令人不安："转告指挥员！士官生已在屋顶集结！"炮火声再一次爆发，一阵阵的铅雹子再次噼噼啪啪地打在排水管和牌匾上。

第二天傍晚，岔路口药店所在的那座房子着起火来，火焰有好几种颜色——一会儿是黄色，一会儿是绿色或蓝色，显然，这是药物燃烧的缘故。沉闷的爆炸声在地下室里响着。随着这些爆炸，这栋房子很快便坍塌了。火势弱了下来，但是在失过火的地方半空中萦绕着刺鼻的五颜六色的浓烟，持续了好几天时间。

我们这座房子的铁皮屋顶扭曲变形，窗框开始冒烟，所幸房子并没有烧着。

我们连喘气都觉得费劲，被烟雾呛得泪流满面，用湿手帕包住脸，但这几乎没有任何作用。

到了第三天夜里，互相射击声再次停息下来，开始听到，好像有人迟疑不决地用声带撕裂的嗓音在林荫道上叫喊着：

"维克日利[1]（那时被称作"全俄铁路工人联盟"）强烈建议双方停火并派出军使！进行停战谈判！不要开枪！调停人——维克日利的代表——将等待十分钟。不要开枪！"

接着是难以置信的寂静，静得能听见被子弹打穿的牌匾在风中发出刺耳的摩擦声。

在燃烧殆尽的药店暗淡的光线中，我看了看表，其他人都静静看着我。秒针一圈圈地转，好像比平时更快。五分钟！七分钟！士官生们难道不肯投降吗？十分钟！

响起一声孤零零的枪声，随后是第二声，于是像雪暴一般的互射立刻再次开始，轰隆作响，越发猛烈。

---

[1] 维克日利，即全俄铁路工会执行委员会的缩写。

然后从阿尔巴特广场方向传来了几声炮响,在高高的防火墙那一侧,旁边那栋楼房里,有什么东西轰的一声倒塌了,屋顶上面,火柱盘旋着,慢慢升起。

我后来才弄清楚,士官生用炮弹炸毁了隔壁的楼房,目的是不让它落到赤卫军手里。这栋楼,按照军事作战报告的话来说,在这一带占据着制高点。

这第二次火灾要比药房发生的火灾危险得多。已经有被火烧扭曲的铁片和燃着的木头哐啷啷响着飞到我们的院子里。我们用我们那点儿可怜的存水把它们浇灭。

老面包师确信,一旦隔壁楼房的顶层烧成灰,危险也就过去了。当然,前提是防火墙没有坍塌。我们同意他的说法,虽然大家很清楚,我们的处境非常不妙。

就在那天夜里,院子里被火光照得通亮,甚至连石头上的每一粒灰尘都能看得见,一个男人奇迹般地通过一楼破碎的窗户从特维尔林荫道爬进了我们的院子。他穿着灰色的西装上衣,腰上扎着士兵宽腰带,毛瑟手枪挂在身侧,戴着眼镜,留着浅褐色的小胡子。他长得像杜勃罗留波夫[1]。

"安静!"他喊道,"住户们,到我这儿来!我们已经和士官生达成协议。现在我们和他们都将停火,以便把儿童和妇女从这栋房子里带出去。只是儿童和妇女!他们不会放男人出去的!你们的处境糟透了,房子有随时起火的可能。因此我认为,男人也可以冒一下险。但是当然要

---

[1] 尼·阿·杜勃罗留波夫(1836—1861),俄国文学评论家、政论家、革命民主主义者。

等妇女和儿童离开之后。穿过特维尔林荫道，到布龙大街上去。一个一个出去。在大门洞那里集合。"

这个男人是迅速出现的，也同样迅速地消失了。

所有人都聚集到了门洞里。枪声已经不响了，首先迈着小步跑过林荫路的是我们的老保姆，带着两个小女孩，其他妇女跟在她身后也跑过去了。

在妇女们跑过林荫道时，赤卫军和士官生开始互相喊话。

"喂！你们这些拿家伙的黄口小儿！"赤卫军喊道，"别再负隅顽抗了！放下武器！"

"我们宣过誓的！"士官生们喊着回答。

"向谁宣的誓？克伦斯基吗？那个狗杂种，他已经投靠德国人了。"

"我们是向俄罗斯宣誓的，不是向克伦斯基！"

"我们就是俄罗斯！"赤卫军喊道，"你们要想明白！"

妇女们刚一通过林荫路，老面包师便从门洞里蹿了出去，我本应当跑着跟在他身后。但是士官生方向立刻发出一阵机枪扫射，把门洞的一角打掉了。面包师跑了回来。枪声再次响起，被打碎的砖块、玻璃和木片开始向人行道飞溅开来。

我们回到了门房那里。

老面包师骂了一句，对我说：

"唉！我们如果能冲出去就好了……我和你就可以去赤卫军那里。他们一定会留下你，还有我，虽然你是个大学生。不管怎么折腾，俄罗斯只有一个。我们的俄罗斯。而他们的俄罗斯已经被香烛熏臭了。"

我记起了不久前赤卫军的叫喊声："我们就是俄罗斯！"突然之间我带着一种非同寻常的清晰和新奇的感觉，想到了那个由于常常被使用而显得平淡无奇的概念:"人民群众"。是的,我属于这个"人民群众"之列。我感觉在这些工匠、农民、工人、士兵中间,在那伟大的民众中间,我是自己人,从平民百姓中走出了格列布·乌斯宾斯基[1]、列斯科夫、尼基京[2]、高尔基,以及我们千千万万有才华的人。

"好吧,"我回答面包师,"离开属于我的人民,我是活不下去的,这一点我还是清楚的。"

"正是如此!"面包师说着,笑了笑,"你要跟我们拧成一股绳,亲爱的。别掉队。"

到了第五天,食物已经消耗光了。傍晚之前,我们吞着口水苦苦忍耐。在门房的墙后面,隔壁的楼房烧毁殆尽。

我们这栋楼里有一个小小的食品店。除了撬开它,没有其他的办法了。商店的后门通往院子。面包师用斧子将锁从门上砍了下来,每天晚上,我们轮流跑进商店,去拿香肠、罐头和奶酪,越多越好。

光亮能照进来,所以我们需要藏到柜台后面,以防止士官生在"联合"电影院通过破碎的橱窗注意到我们。谁知道他们脑子里会有什么念头。

第一个夜晚成功地过去了,但到了第二天夜里,在布龙大街拐角处那栋房子的塔楼上埋伏了一个赤卫军射击手。映着火光,他可以清楚地看见我们的院子,而射击手坐在那里抽着烟,射击每一个出现在院子里的人。

恰好轮到我去。我成功地跑进了商店里——射击手要么是没注意到

---

[1] 格·伊·乌斯宾斯基(1843—1902),俄罗斯作家,革命民主主义者。
[2] 伊·萨·尼基京(1824—1861),俄国诗人。

我，要么是没来得及射击。

到现在我仍旧记得这家商店，在一根导线上挂着用银箔包好的熏香肠，柜台上的红色的圆形奶酪，上面满是被子弹击中的罐子里流出来的洋姜汁。地板上有一摊摊醋、白兰地和甜酒混杂的液体，发出呛人的味道。在这一摊摊液体里还漂着一些坚硬的醋渍白蘑菇，蘑菇上面覆盖了一层棕色的东西。装蘑菇的大瓷缸已经被打碎了。

我飞快地抡下几根长香肠，像码劈柴一样把它们放在胳膊上。在这上面我还放了一个像车轮一样圆的、厚厚的瑞士奶酪和几听罐头。

当我返回去跑过院子时，有什么东西在我手下边发出一种声响，但我没有理会它。

我走进门房，唯一一位留下来和我们在一起的女人——护院人的妻子，一个脸色苍白、体弱多病的女人，突然大声尖叫了起来。我把食物扔在地板上，看到自己的手上满是浓稠的鲜血。

一分钟后，门房里所有的人都笑翻了天，虽然当时的情形不论怎样都是没法儿让人发笑的。大家都哈哈大笑着，刮掉我手上浓稠的番茄酱。

当我跑回来的时候，射击手还是开了一枪，子弹打破了一听罐头，我浑身上下都是血红色的番茄酱。

我们连一点面包渣都没有了。没有面包，我们只能就着自来水管里的凉水吃辣干酪、熏香肠和带胡椒的罐头。

我的房东记起，他的厨房里还剩下一袋黑面包干，我主动提出由我去拿面包干。

我小心地沿着后面堆着碎砖块儿的楼梯上去。厨房里被打穿的自来水管在不断地流出水来，而地板上则是一摊泡得涨起来的墙灰。

我开始在餐具柜里摸索着找面包干,这时从林荫道传来了喊叫和脚步声。我走到我的房间去看发生了什么事。林荫道上,赤卫队员们斜握着步枪一个接一个地奔跑着。士官生们正在撤退,没有还击。

我第一次这么近地看见战斗,它就发生在我自己房间窗户的下方。人们的面孔让我吃惊——他们脸色发青,眼睛凹陷。我感觉,这些被自己的叫喊声震得发聋的人什么也看不到,什么也不清楚。

听到正面的楼梯上传来急匆匆的靴子踩踏声,于是我离开窗口。从台阶通往前厅的门随着一声巨响打开了,撞在墙上,劲儿很大。石灰从天花板上纷纷掉落。前厅里有一个激昂的声音喊道:

"米秋哈,把机枪拖过来!"

我转过身。门口站着一位戴着护耳棉帽、肩膀上挂着机枪子弹带的上了年纪的人。他手握步枪。他诧异地凝神看了我一眼,然后快速举起他的步枪,喊道:

"不许动!把手举起来!"

我举起双手。

"怎么了,老爷子?"走廊里一个年轻的声音问道。

"逮到一个,"这个戴护耳棉帽的人说道,"他开枪,从窗户里边朝我们开枪,这混蛋!从背后开枪!"

直到这时我才想到,我身上穿着一件褴褛的大学生制服上衣,也想起来,按面包师所说,尼基塔城门那里的大学生义勇队是站在临时政府那边战斗的。

一个年轻的工人走进房间,他戴着一顶拉到耳边的便帽。他摇摇晃晃走到我跟前,无精打采地抓起我的右手,仔细看了看我的手掌。

"看上去他没开枪,老爷子,"他和善地说道,"没有枪栓留下的痕迹。他的手是干净的。"

"你这个蠢头蠢脑的傻瓜！"戴护耳棉帽的人喊道，"如果他不是用步枪射击，而是用手枪射击，然后把手枪扔掉了呢。把他带到院子里去！"

"什么都有可能，"年轻工人回答道，拍了拍我的肩膀，"来吧，前头走！别做蠢事！"

我一直沉默着。为什么沉默，我自己也不清楚。显然，整个情形是如此让人绝望，甚至连为自己辩解都毫无意义。赤卫军是在二楼的一个房间里破碎的窗户旁边发现我的，而那栋房子正是他们刚刚占领的。我身上穿着被石灰弄得脏兮兮的学生制服上衣，制服上还有番茄酱弄出来的可疑的黑红色污渍。我无论说什么，他们都不会相信的。

我沉默着，并意识到了，我这种沉默是另一个对我不利的大的罪证。

"见鬼，真顽固！"戴护耳棉帽的男人说道，"一下子就能看出来，是个坚持原则的人。"

我被带到院子里。年轻的赤卫队员用枪口轻轻戳着我的后背。

院子里满是赤卫队员。他们从被破坏的仓库里拽出许多箱子，把它们当作街垒，横着堆放在特维尔林荫道上。

"怎么回事儿？"赤卫队员们吵嚷着，把我和押解我的两个人围住，"这是什么人？"

戴护耳棉帽的人说我从窗口朝他们背后开过枪。

"毙了他！"一个醉眼蒙眬的小伙子乐呵呵地嚷着，"送什么指挥部！送到上帝那里去吧！"

"把指挥官请过来！"

"没有指挥官！"

"指挥官在哪里?"

"之前有命令——不许碰俘虏!"

"那是对一般的俘虏,可他从背后对我们开枪。"

"对此只有一个答案——就地枪决。"

"没有指挥官不能这么做,同志们!"

"还出了个奉公守法的人!让他站到墙边去!"

他们把我拉到墙边。护院人的妻子头巾也没戴就从门房里跑了出来。她飞快地跑向赤卫军,紧张地抓住他们的手。

"孩子们,同志们!"她大声喊道,"这是我们的住户啊,他没有对你们开枪,我是个病人,我没必要活着了。你们还是杀了我更好。"

"老妈妈,你别不加选择地可怜别人,"戴护耳棉帽的人有理有据地说道,"我们也不是杀人犯,走开,不要妨碍我们。"

我一直都不能理解——当时不能,现在也不能——为什么当我站在墙边,听着枪栓噼啪作响时,好像没有什么感觉。这是突发性的精神迟钝还是思维停滞,我也不太清楚。我只是盯着被机枪子弹打坏掉了的门洞拐角,脑子里一片空白。但不知道为什么,就连门洞拐角最不起眼的细节我都记得一清二楚。

我记得子弹打出来的七个凹坑。凹坑上面是白色的(原来是灰浆),里面是红色的(原来是砖头)。我记得那个用来拉门铃的、涂着白色油漆的铁环,一小段连接着这铁环的电线,我还记得在墙角用木炭画的一张人脸,那脸上有一个硕大的鼻子,头上长着几根稀疏的铁丝一样竖起来的头发,画下面还有一句话:"四个拳头骗傻瓜!"

我觉得,时间好像已经停止了,我陷入了某种世界性的寂静之中。实际上只过了几秒钟,我就听到了一个不熟悉,但同时又好像非常熟悉的声音：

"你们在枪决什么样的恶魔啊！忘了命令吗？收起步枪！"

我艰难地把目光从门洞拐角移开（因为我的脖子疼痛难忍），看到了那个佩带着毛瑟枪、长得像杜勃罗留波夫的人，那个为了领走妇女和儿童曾在夜里来过我们这里的人。他脸色苍白，没有看我。

"停下！"他厉声说道，"我认识这个人，他不是大学生义勇队的。士官生在进攻，可你们却在胡作非为！"

戴护耳棉帽的人一把抓住我胸口的衣服，使劲摇了摇，愤恨地说道："见你妈的鬼去吧！我差点因为你弄脏了自己的良心，你这个大笨蛋！你为什么不出声？还大学生呢！"

而那个年轻的工人又一次拍了拍我的肩膀，乐呵呵地对我使了一下眼色：

"上帝保佑，快走吧！"

士官生们在街上又扔了一枚手榴弹。赤卫军以街垒作为掩护，向林荫道跑过去。楼里没人了。机枪再次像被激怒了一样顽强地轰鸣起来。

但我还是不清楚，那个佩带毛瑟枪、从我们那栋楼里救出了妇女和孩子，也救了我的青年指挥官是谁。我之后再也没有见过他。但就算在数十人、数百人中我也能认出他来。

已经是我们的"尼基塔城门之围"的第六天夜里，我们大家都没刮胡子，由于寒冷而声音沙哑。我们像平常一样坐在门房的台阶处，猜测着这场旷日持久的战斗什么时候才会结束。它似乎在原地踏步。

战斗还没有后来发生的内战那样残酷。赤卫队员们的战斗是在"拼耐力"，他们坚信自己会胜利，他们知道士官生们的精神很快就会崩溃。

在彼得格勒，新的苏维埃政府夺取了政权。国家正逐级地脱离临时政府，莫斯科的士官生们当然也知道了这个消息。他们的事业已经输掉了。在尼基塔城门附近的那栋楼周围呼啸的子弹已是他们最后的一批子弹。

我们坐着，谈论着这些事。深夜时传来一阵火灾过后的烟味。火光消失了。只有基辅火车站方向的天空还蒙着一层晦暗的棕红色烟雾。

然后在北面，从霍登广场方向传来炮弹呼啸而过的声音。它在莫斯科的上空飞过，之后爆炸声从克里姆林宫方向传来。像听到命令一样，交火声立刻停止了。显然，赤卫军和士官生们都在专注静听，等待第二次爆炸声，以便了解火炮朝哪个方向打。

而这炮弹第二次无精打采的呼啸声终于到来了。爆炸的火光再一次闪烁在克里姆林宫方向。

"难道是在向克里姆林宫开炮吗？"老面包师悄悄问道。

建筑师跳了起来。

"我永远都不会相信！"他喊道，"这根本就不可能！没人敢对克里姆林宫下手！"

"我知道，没人敢这样做，"老面包师轻声表示同意，"这是为了警告。再等等看，我们再听一听。"

我们呆愣愣地坐在那里，等着接下来的射击声。一个小时过去了，但没有任何的枪声。两个小时过去了，周围一片寂静。

灰色的光已经在东方闪现，那是黎明时分瑟缩的清光。莫斯科出奇地安静，如此安静，以至于我们都能听到，在林荫道上瓦斯路灯的火苗发出的突突的响声。

"好像是结束了，"老面包师低声说，"我们应该去看看。"

我们小心地走出家门，来到特维尔林荫道上。

椴树笼罩在灰色的雾凇和浓雾之中，枝丫已经折断。顺着林荫道到普希金雕像那里，被打坏的瓦斯路灯的火苗发着忧郁的光。整条林荫道上到处都是断了的电线。它们抱怨似的发出铮铮的响声，摆来摆去地拂过马路上的石头。在有轨电车道上躺着一匹死马，龇着黄色的牙齿。

我们的大门附近，冻结的鲜血顺着石头形成一道长长的小溪。被机枪打坏的房子的窗户上掉下来好多尖利的玻璃碎片，周围一直能听到它们发出的哗啦啦的声响。

精疲力竭、一言不发的赤卫队员占满了整条林荫道，朝尼基塔城门方向行进。红色的臂章在他们的袖子上卷作一团。几乎所有人都在抽烟，烟卷发出的火光在黑暗中闪烁，仿佛在进行无声的对射。

"联合"电影院附近，一面带旗杆的白旗绑在了灯柱上。

白旗附近，楼房的墙下面站着一横排士官生，戴着皱巴巴的制服帽子，穿着被石灰染灰的军大衣。他们中很多人都在挂着步枪打瞌睡。

一个穿着皮夹克、没带枪的人走近士官生们。几个赤卫队员站在他身后没有动。

穿皮夹克的人举起一只手，低声地对士官生们说了几句话。

一位高个子的军官从士官生中走出，他解下了军刀和左轮手枪，把它们都扔到了穿皮夹克的人的脚边，给他行了一个军礼，然后转身，跟跟跄跄地向阿尔巴特广场的方向缓步走去。

在他之后，所有的士官生都开始按顺序走到那个穿皮夹克的人跟前，把步枪和子弹放在他脚边。然后他们就像那个军官一样，缓慢而疲惫地穿过尼基塔林荫道走向阿尔巴特广场。有些人边走边撕下了自己的肩章。

赤卫队员们沉默着，脸上带着严肃而紧张的神情注视着士官生们。没有一声呼喊，没有一个人说话。

这一切都结束了。寒冷的黑暗中,从特维尔大街的方向传来了几支管弦乐队如雷鸣般的、欢天喜地的乐曲声:

无论上帝、沙皇还是英雄——
谁也不会赐给我们自由。
我们要想获得解放,
只有靠自己的双手。[1]

---

[1] 欧仁·鲍狄哀《国际歌》歌词的俄文译文,译者为诗人阿·雅·科茨(1872—1943)。

记者咖啡屋

一九一八年在解冻时节到来,积雪已变成灰色,天空笼罩着烟雾,从工厂的烟囱里飘出来的烟直抵云层,停住,然后在云层下边化作一团团浓重的烟雾四散开去。

莫斯科街头仍然能闻到印刷的油墨味儿,墙上还挂着报纸和宣传画的湿漉漉的碎片。

在这些碎纸片上面又贴上了苏维埃政府法令。这些法令是用灰色的糙纸印的。

日复一日,这些毫不留情的法令严厉地、始终如一地破除着业已形成的生活习惯的各个层面,把它们甩到旁边去,同时宣布新生活的原则。

这种生活暂时还是难以想象的。观念的变换来得那么突然,以至于我们普通的生活有时都失去了现实感,变得像幻象一样飘忽不定。一种寒意袭上心头。精神脆弱的人简直就像喝醉酒一样摇摇晃晃。

我在尼基塔城门旁边的房间已被炮火摧毁。我搬到了石榴胡同里一栋平淡无奇的砖砌厢房。它紧邻着二十五年前我出生的那栋房子。我在一个脸色阴沉的寡妇那里住了下来。她的房间只租给高等女校的学生和大学生。

我的女邻居，脸上长着雀斑的莉波奇卡，是一个高等女校的学生，她是一位乡村教师的女儿，经常有从梁赞附近来的乡下亲戚和熟人到她这儿来。这些人带来了寒冷、苹果和粗布衣的气息。

我向他们详细打听过村子的情况。他们小心地轻声叹息着，压低声音说弄不明白村里发生了什么事。就像发了大水，之后将会出现什么情况不得而知，要么是丰沛的雨水给松软土地覆盖上一层肥沃的土壤，要么泛滥的大水把庄稼冲得一干二净。这样的话，他们说，整个村庄是喜忧参半。最主要的是，庄稼人得到了土地。现在谁也别想把土地从他们手中夺走了。

苹果的香味是那么浓郁，粗布衣给人一种结实而温暖的感觉，不知为什么，这让我心里变得踏实多了。

早在九月，我从科帕尼回来的时候，就加入了一家编辑《人民政权报》[1]的报社，成为一名记者。这是众多短命报刊中的一家。当时有很多这样的报刊出现，后来很快就停刊了。

这份报纸是人民社会党人，即所谓"恩涅斯"[2]发行的。连这家报社

---

[1] 《人民政权报》是车里雅宾斯克在1918年6月至12月期间发行的日报，主要面向反对革命的民主人士。报纸坚持社会政治方向，每一期都报道乌拉尔及俄罗斯的重大事件，还发布国际新闻。由于政治倾向问题，报纸于1918年12月被迫停刊。《人民政权报》是研究1918年（关于这一时间段的档案资料比较少）俄国历史的珍贵文献。
[2] 十月革命前俄国人民社会党人的简称。

的一些职员都搞不太清楚这个党的纲领。我们只知道，报社的头头脑脑中有一些知识分子气格外突出、充满自由主义热情的人，但是他们的自由主义理想却不能得以实现。

报社的领导是一位上了年纪的人民社会党人，名叫叶卡捷琳娜·库斯科娃。她很有威严，也很漂亮，讲起话来是吉普赛人一样的低沉声音。她对我们这些记者的态度永远是傲慢并且不屑的，尤其是当她办公室的门上出现了一首打油诗之后，这首诗是有人用化学铅笔写上去的：

咕咕，咕咕，小杜鹃！
你不唱啊白不唱！
库斯科娃夫人，小心肝，
莫恋过去旧时光。

《人民政权报》编辑部没有要求我和其他记者在报道中表现出倾向性——那是评论员和"社论作者"的事儿。我在或大或小的事件、轰动性新闻、辩论会、广场上的群众革命活动、示威游行、街头相互射击中，恣意地过着不眠不休的报社生活。

革命发生的那个冬天，紧张的空气让人头晕目眩。朦胧的浪漫主义精神在我们胸中激荡。我不能也不想抵抗它。对全民幸福的信念有如不会褪色的霞光，照亮了被搅得乱作一团的生活。这种全民幸福必将来临。我们单纯地相信，我们抱有成为这幸福的创造者和见证者的愿望，就是全民幸福必将来临的保证。

人们在诗歌和散文中寻找着世界性。在诸多现象中努力去发现时代之间的彼此呼应。法国大革命、十二月党人起义、巴黎公社和一九〇五年革命,这些事件的遥远反光照射到当代生活上,使其更加生动鲜明。

甚至在维尔哈伦自相矛盾的诗篇中(我那时酷爱他的诗歌)也燃烧着旧时代革命的火焰:

> 在广场上悬着断头刀的地方,
> 警报在街头野蛮回响的地方,
> 梦想却不顾一切地疯狂飞翔![1]

当时那些思想上的混乱和狂热,都可以用青春年少和对尽快看到新事物的渴望来解释。不久之前,由于躁动不安的青春,特别是由于战争所催生的思绪,如今已褪去了光芒。各类事件好像把我又抛回到十年之前,回到那青涩的孩子般的热情之中。我觉得我变蠢了。脚下稳固的根基流失掉了。对身边发生的事无法找到一个确定的态度,这一点很困扰我,有时甚至让我十分恼怒。

而这桩正在发生的事件有时让人欣喜和惊叹,有时又让人感到未必稳妥。我有时觉得它是伟大的,有时又觉得一种不必要的残酷暗中替代了这种伟大;有时感觉它是光明的,有时又感觉它是模糊而可怕的,就像被一团团血色浓云所遮蔽的天空。

只有一件事是明确的——生活与过去做了清算,正在迈上一块块新的基石。而这些基石当然应该是自由和公正的,应该将人提升至一个前所未有的高度,让他所有的潜能得到充分的释放。在我看来,革命应当

1　引自埃米尔·维尔哈伦的诗《暴动》。

赋予能使人内心丰富的一切事物以存在的平等权利。

在我看来，革命最重要的意义在于，它大胆地在繁多的生活现象和文化现象中汲取一切对我们的心灵成长弥足珍贵的东西。人们对我说，这是革命的结果，而不是其目的。但我想的是，目的是因为结果才存在的。这个真理是无可否认的。

对所有在编辑部工作的"人民社会党人"，我们这些报社的年轻人只与作家米哈伊尔·奥索尔金[1]成了朋友。他从国外侨居归来，茫然无措，难以分辨这种种事件，甚至在他病态而明亮的眼睛中也反映出这种茫然。

他待所有人都宽厚而亲切，对所有人、所有事都采取信任的态度。在他的神色中，甚至在他疲惫的声音中，都透着一种压抑的忧伤。他常常怀念曾居住多年的意大利。他在俄国就仿佛在睡眼蒙眬中过日子。

我们有时劝他回意大利，大家说，在这里他没什么事情可做，在那里他至少可以写他那些朴实无华的故事。奥索尔金抱歉地回答说：

"请理解，我是俄罗斯人，我爱俄罗斯爱得撕心裂肺。但我现在认不出她来了。有时我想，算了吧，这是俄罗斯吗？就连用俄语说出来的话，音调都发生了变化。现在我是急切地想去意大利，但在那里我会苦苦思念俄罗斯。看来，我真是个无可救药的人。"

而当无孔不入的"记者之王"吉利亚罗夫斯基老头儿闯入编辑部，用他那慷慨激昂而略带沙哑的嗓音和吸烟引起的咳嗽声打断所有人的话

---

[1] 米·安·奥索尔金（1878—1942），真实的姓氏为"伊里因"，俄国作家。自1922年起侨居国外。

时，奥索尔金就更加茫然无措。

"乳臭未干的小儿！"吉利亚罗夫斯基朝我们这些年轻的报社工作人员喊道，"'恩涅斯'！烂透了的自由主义者！你们并不比那个傻瓜婆娘库斯科娃更了解俄罗斯人民！'我不去，我不知道，我没吃饭！'[1]报纸的版面应当散发出这样的热度，让人们拿都拿不住！报纸中应当有让读者看了以后感到窒息的话！而你们在做什么呢？咕咕哝哝扯不清！你们该去写讲述那些贫血女郎的长篇小说去。我了解俄罗斯人民。他们还会给你们点颜色瞧瞧的！"

奥索尔金带着歉意微笑着，库斯科娃火冒三丈地摔上了自己办公室的门。吉利亚罗夫斯基冲着门口使了使眼色，清晰地低声说：

"当然，可以躲在女人的蜘蛛腿办公桌后面搞政治，也可以为自己写的有关俄罗斯农夫的文章而落泪。不过庄稼人的一句话都够让你们所有人中风的了！也算是民粹主义者！再见吧！我下次再来。现在我有点儿不愿意和你们瞎扯了。"

他离开了，不过有一段时间，编辑部里还是处在那种有所戒备的安静状态——大家怕的是老头儿再回来。

吉利亚罗夫斯基有那种沸反盈天的才能，有无穷的想象力，有一种老人特有的天不怕地不怕的劲儿。我们这些报社的年轻人本来都喜欢他，但他却用自己的方式爱着我们，奚落我们。

离开《人民政权报》报社之后，他通常会去某个最近的编辑部。在那里，他见机行事，或者例行发表抨击言论，或者收集新闻，或者沉醉

---

[1] 原文为法语的音译。

于对契诃夫、库普林、夏里亚宾和斯科别列夫将军的回忆里。

遇见我的时候,他用一双愤怒的圆眼睛扫视着我,说道:

"年轻人,是时候从小号铅字改成大号铅字了,然后再改成黑体字。小号铅字排的是报纸,大号铅字排的是诗歌,黑体字排的是散文。用皮带把自己绑在椅子上,工作吧!"

这位穿着哥萨克式短上衣、戴着羔羊皮帽的花白胡子老者是俄罗斯的气度、机敏、狡黠与温厚的化身。他不只是一位记者,还是一位诗人、散文家、绘画鉴赏家,还在莫斯科以好客闻名。他脑子里充满了各种虚构的故事、即兴作品、捉弄人的办法和笑话。没有这些的话,他一定早就一蹶不振了。

这个高门大嗓的人是一个地地道道的孩子。比如说,他喜欢写上子虚乌有的地址往那些令人向往的国家寄信,比如澳大利亚或者哥斯达黎加共和国。那些找不到收件人的信就会贴着许多花花绿绿的标签、盖着不同语言的邮戳被退回莫斯科。

老人仔细地看这些信,甚至会闻闻它们的味道,就好像它们可以散发出热带水果味。但这些信闻起来只有火漆和皮革的味道。

谁知道呢?也许这些信件是他那些梦想的可悲替代品。他的梦想就是一边说着逗笑的话,一边在巴黎拍着出租马车车夫的肩膀,在赞比西河畔拍着黑人国王们的肩膀,请他们吸吸鼻烟——以这样的方式环游世界,积累丰富的感受,那些感受当然会让老太婆般的莫斯科大惊失色,口角歪斜。

吉利亚罗夫斯基老头儿把革命看作报界最大的轰动性事件,认为它是对俄罗斯反抗精神的发扬光大。他在拉辛起义[1]、普加乔夫起义[2]、农民暴动和"红公鸡"[3]中寻找革命的源泉。"身强力壮的苦力们,全上船头"[4],"挥起手,晃起肩"[5]!

他相当了解城市生活,特别是那种竭力远离苏联政权视线的隐秘生活:在波克罗夫斯基-斯特列什涅夫那里的茨冈人家,罗戈日关卡附近各教派信徒们的祈祷室,布列斯特区一些街道的赌博窝点,救世主基督大教堂旁边佩尔佐夫[6]家的美学家们大呼小叫的聚会。在那里领头的是一个发不清卷舌音的诗人,他留着长长的、孩子一般的刘海儿头。他穿着黑色礼服,戴着单片眼镜,并且他是那么孱弱,甚至连和他握个手都有危险,总觉得他那娇嫩、皮肤透亮的手掌会像圣尸块一样留在您手中。

时光尚未停顿。还存在着许多格格不入、出乎意料的人。现在他们变得比以前更加引人注目了。革命把他们从角落里折腾了出来,剧烈地摇晃着他们,就像摇晃一桶放置了很久的死水一样。于是突然之间,沙粒、碎叶、断树枝、甲虫和毛虫就从桶底浮上来了。所有这些东西都在漩涡中旋转着,漂浮着,交互碰撞着,直到沉下桶底。

在那个开始不久的革命年代,很多有趣的人都聚集在斯托列什尼科

---

1 拉辛起义,17世纪俄国拉辛(约1630—1671)领导的反封建农奴制压迫的农民战争。
2 普加乔夫起义,1773年至1775年间俄国反对压迫农奴的一次最大的农民起义,领导人是顿河的哥萨克人普加乔夫(约1742—1775)。
3 指纵火。
4 伏尔加河上强盗的黑话,意为"准备行动"。
5 强盗的黑话,意为"动手干"。
6 维·奥·佩尔佐夫(1898—1980),苏联文艺学家。

夫胡同的记者咖啡屋里。记者们合伙在三层租了一间空置的公寓,开了这个咖啡屋。在那里,在一张张小桌子后,总是在通宵进行着烟雾弥漫的、愉快的聚会。

在这个咖啡屋里可以遇到安德烈·别雷和孟什维克马尔托夫[1]、勃留索夫和巴尔蒙特、双目失明的莫斯科无政府主义者领袖乔尔内和作家什梅廖夫、女演员罗克萨诺娃——契诃夫的"海鸥"的第一个扮演者[2]、马克西米利安·沃洛申、波塔片科、诗人阿格尼夫采夫[3],以及许多年龄、观点、性格都各不相同的记者和文学家。

温厚的阿格尼夫采夫在唱着自己创作的简单歌谣,他长长的脖子上扎的黄色宽领带系成了一个花结,而他宽大的花格裤子上则总是有被香烟烫出的窟窿。

像奎宁一样苦的咖啡在搪瓷杯里冒出袅袅的热气,甚至连糖精都没法抵消这种苦味。时而这里,时而那里,会爆发激烈的争执,有时在争执的吵嚷声中还会加入几声极其响亮的耳光声。

最常被掌掴的是那个染了胡子、仪表堂堂,却十分毒辣的记者。他像蛇一样发出咝咝声,绝无例外地向一切人、一切事物发出恶毒的攻击。

从可能引发火灾的角度看,这些耳光是十分危险的,因为这位染了胡子的记者一向不会从嘴里拔出那滚烫的烟斗。每次他被打耳光的时候,烟斗就会从他的嘴里飞出来,像烟花一样旋转着,在各位顾客的头上飞过,燃着的烟末撒得到处都是。四周马上弥漫起毛料烧焦的味道。

---

1 尤·奥·马尔托夫(1873—1923),俄国革命家,社会民主党中的孟什维克派领袖。
2 玛·柳·罗克萨诺娃(1874—1958),真实姓氏为"彼得罗夫斯卡娅",俄国演员。"'海鸥'的第一个扮演者"指她在契诃夫的《海鸥》中扮演尼娜。
3 上述人物除特别注明者外,均为当时的作家、诗人和评论家。

大家都急匆匆地忙着扑灭烧着的上衣、裤子和桌布。染了胡子的记者镇静地捡起烟斗，塞满烟，抽一抽，然后就走了，一边还用大家都能听到的声音说，要把这起令人气愤的事件交给协会审判会评判。

"该死！"咖啡屋的顾客们叫喊着，"哪怕去革命法庭也没关系！滚吧！受够你了！挑唆犯！"

有一天，诗人马克西米利安·沃洛申去了咖啡屋，他是一个留着红褐色胡须、身材结实、眼睛近视的人。他邀请我们大家去埃尔米塔日花园的剧院听他做关于诗歌的报告。

只有几个人去了，其他人没能中断在摇晃着的小桌子后面进行的激烈的政治争论。

我也去了埃尔米塔日花园。这时，三月即将结束，花园里昏暗、寂静。融化的积雪从树上掉落。

我嗅到了腐烂的叶子的味道，像淡淡的红酒味，那是植物的苦味以及解冻的去年花朵的味道。那味道似乎是从潮湿的泥土中散发出来的，土地已废弃，无所依托，很长时间没得到耕耘。

在那段时期，人忘却了大自然。各式各样的演说在国家上空轰鸣作响，执着地号召人们去斗争，表达愤慨和喜悦，揭露和威慑敌人。这些演说仿佛磁场般吸引了数百万人，他们被号召同时进行破坏与创造。

那是一段以突如其来的方式解决问题的混乱不安的时期。

那时，人们完全顾不上大自然。但被遗弃的森林仍旧躁动地喧响，河面上的冰蓝光莹莹，化出了很多水。莫斯科林荫道上的椴树仍旧盖满了灰沉沉的、表面粗糙的霜。夕阳的余晖仍那样温顺地消散，星星仍旧畏怯地闪烁，夜夜如此，它们似乎明白人们，甚至天文学家和诗人，现在都完全顾不上它们。

每个人都被自己意识中呼啸的暴风雨所控制和震撼。人顾不上大自然了,即便偶尔看一看,也是眼神空洞,视若无睹。

人们的思绪被另外的快乐和激情所占据。甚至如同空气般普通、如阳光一样毋庸置疑的爱,都要为社会大事的洪流让位,它被认为是一种感伤的疾病。

对于职责的恪守,要求人们摒弃不合时宜的、有时甚至是危险的内心激情。这些激情被推到了遥远的未来。巨大的震荡牵扯了所有的精力。不可以徒劳地浪费一分一毫的精力。怎么是徒劳呢?牺牲掉爱,当然是非同寻常的英雄行为,特别是如果一个人意识到他牺牲掉的是什么。

在那个时代,不管思绪专注于什么——爱、诗歌、当下事件的意义,我都察觉到自己做出的评价是不清晰的。我渴望尽快让自己的看法清晰起来,否则我就像每个人一样,生活得很艰难。不过很快我就明白了,显然,我实现这一愿望的时间还未到。人生还是杂乱无章的,还需要等待,等到最终在这种混乱中新制度初露端倪。

沃洛申的报告增添了更严重的慌乱。

剧院里空荡荡的。我的双手在刺骨的寒冷中抽筋。有几个落满灰尘的灯泡在天花板下方忽明忽暗地闪烁着。大厅里笼罩着棕色的雾气。

沃洛申讲述着,仿佛只是说给自己听,而忘记了观众的存在。他谈到了战争、现在主导着世界的铁幕时代,他凝望着空空的大厅深处,并用低沉悲痛的声音发问——够了,这个沉重的时代到底还需不需要诗人和艺术家?

在英国,优秀的爱尔兰诗人们被绞死。在法国,战争之初就牺牲了三百名诗人。一位自诩为诗歌的爱好者和鉴赏家的法国将军这样说道：

"让这些充满激情的年轻人在冲锋的时候站在最前列。让他们激发士兵们的斗志，带领着他们前进。"

维尔哈伦被迫去仇恨，这与他自己毕生的信念相悖。战争的荒诞令儒勒·勒梅特尔[1]感到惊诧，他因为发病，失去了阅读能力。他无法辨别字符的含义，只得重新开始学习，逐个音节地拼读。

战争反艺术的暴行的可怕清单在不断增加。沃洛申的声音变得越来越低沉。

就算是这样。但是出路在哪里？

沃洛申对此未置一词。

在咖啡屋的常客中可以遇到许多非凡的人。他们每个人都有自己的特点，而所有人在一起，就构成了报社记者这个善于嘲讽和毫不留情的家族。

只有一位年轻作家——来自沃尔斯克城的伏尔加河人亚历山大·雅科夫列夫[2]有些孤僻。

雅科夫列夫非常了解农民生活，并创作了介绍农民生活的出色特写。大家都心照不宣地对这个性格腼腆、少言寡语的年轻人抱着一种尊重的态度。这种尊重并不只是因为雅科夫列夫善于创作出色的特写，还因为他那种罕见的能力——他能够在当时那种铁路运行完全崩溃的情势下到达俄罗斯最偏远的角落，并且毫发无损地从那里回来。做到

---

1 儒勒·勒梅特尔（1853—1914），法国戏剧家。
2 亚·斯·雅科夫列夫（1886—1953），苏联作家。

这一点需要坚忍不拔的精神和很大的勇气。几乎每一次旅程都要冒着致命的危险。

复员军人组成的军队沿着铁路线拥挤地推进，一路上无所顾忌地毁坏一切。火车上凡是能破坏和抢走的东西都被破坏、掠夺一空，甚至连车顶上生锈的铁皮都被撬下来了。在苏哈列夫卡有一个热闹的集市，那里卖车厢里的洗手池、镜子，还有从车厢沙发上剪下来的磨损的红色绒布。

许多假扮成士兵的匪徒唆使复员士兵为非作歹：在车站砸窗户，把栅栏拆掉，拿去给机车当木柴烧，有时还会把铁道员工的房子整个拆掉。更不用说一些离铁路线很近的坟墓了——从坟墓上拆下来的十字架首当其冲地被投到机车的炉膛里。士兵们用铁丝把生锈的、用铁皮百合花和玫瑰花编成的墓地花环捆在车厢上作为装饰。列车带来的风不时在这些玫瑰花中凄凉地呼啸。

载着复员士兵的军用列车压弯了铁轨，伴着强盗们的口哨声、手风琴和留声机的奏鸣声、机枪的射击声驶入进站道岔，早在这之前车站的职员便四下奔逃了。军用列车稍有延迟，都会以对车站执勤人员的残酷镇压告终。许多人大声叫喊着："开车！加夫里拉！"这喊声吓得司机们脸色煞白。

如果由于某种奇迹，非军人、"平民"、"公民"和"贱民"身份的人钻进了军用列车，他们无一例外会在途中被扔到路基下面去。

雅科夫列夫被扔过三次，但他都得以保全性命。

最让人惊讶的是，雅科夫列夫从这些致命的旅行中归来时容光焕发、情绪激昂，耳闻目睹了许许多多不同寻常的事物，并且宣称为了这些对于作家来讲十分宝贵的材料可以奉献出一切。

雅科夫列夫到过极为荒僻、迥异于莫斯科的小城镇，类似什么赫瓦伦斯克、萨拉普尔或者谢尔多布斯克这样一些几乎在传说中才存在的地方。人们甚至都不相信这些地方真的存在。

俄罗斯仿佛又一次分裂为一片一片的封建领地，因为没有道路，邮电通信中断，隔着大片的森林、沼泽、拆毁的桥梁，空间似乎突然延展了，各个领地是相互隔绝的。

在这些偏远的角落里出现了一些自封的共和国，在县城的印刷厂里印刷自己的钱币（通常流通的是邮票，而并非纸币）。

这一切都与过去遗留下来的东西混在一起：小窗上的凤仙花、教堂的钟声、在短筒枪透着醉意的枪声中举办的祈祷仪式和婚礼、长着细弱庄稼的平原（由于山芥夹杂其间，庄稼受害而变黄），以及关于世界末日的谈话——那时俄罗斯将只剩下"黑夜和三缕烟柱"。

雅科夫列夫讲述这一切时，兴味满满，不紧不慢，那派头就像一个马具匠用彩色粗线灵巧地把搭在马鞍上的皮带缝起来。

从那以后，在不同的年份，我也会偶然遇到雅科夫列夫。他对庶民阶层的俄罗斯异乎寻常的宽厚和忘我的热爱总是让我感到十分惊讶。难怪在弥留之际他留下遗言，嘱咐把他葬在伏尔加河畔他的故乡沃尔斯克，而不是莫斯科。

偶尔在咖啡屋会出现一个戴一顶耷拉着帽檐的帽子的人。好像他有一段时间在不知是图拉还是奥廖尔的一家报社做职员。

这个人与普里什文之间有一段有趣的过往。普里什文喜欢把那段过往当作一件十分神奇的事情来讲。

普里什文从叶里茨搬到了莫斯科。那时波罗的海水手组成的阻击部队在各个枢纽站肆意妄为。

普里什文把所有的物品、手稿和书籍都缝在一些大包里，拖到车厢上。在奥廖尔附近的一个什么枢纽站，阻击部队的几个水兵不顾普里什文的劝阻和恳求，把这些包裹都抢走了。

普里什文奔到火车站里，去找阻击部队的队长。那是一个高颧骨的水兵，身侧挂着一把毛瑟枪，一只耳朵上戴着锡质的耳环。他在用一把木勺舀咸刀鱼吃，就像喝粥一样，无意理睬普里什文。

"够了，知识分子！"他说道，"你要是哼哼唧唧地说废话，那我就以暗中对抗罪逮捕你。还不知道革命法庭会根据哪条法令抓你呢！所以，朋友，趁你现在还没有缺胳膊少腿儿，赶紧离开这儿！"

一个戴一顶耷拉着帽檐的帽子的人在普里什文后面进来找队长。他在门口停下，平静但很清晰地说道：

"马上把东西还给这位公民。"

"这位戴帽子的又是哪里来的间谍？"水兵问道，"你是谁啊，你能命令我？"

"我是马加利夫。"这个人仍旧那样平静而清晰地回答道，没有把目光从水兵身上移开。

水兵被刀鱼呛到了，站起身来。

"很抱歉，"他用谄媚的声音说道，"看来，我手下的兄弟是搞错了，他们都累傻了。洛博夫！"他用打雷般的声音喊道，"把东西交还给这位公民！马加利夫的特派员亲自下了命令。明白了吗？把东西送回车上！赶紧的！对所有人的东西你们都抢个不停，该往你们嘴里塞上一个绞盘！"

在月台上，普里什文开始对这个相貌平平的人表示感谢，但那个人只是劝他在所有的大包上都用化学铅笔写上"民俗学"的字样。

"俄罗斯人,"他解释道,"对于不懂的词汇,特别是外国文字,总是怀有敬重之心的。这样就没有人再碰你的东西了。我可以保证这一点。"

"请原谅我是如此无知,"普里什文问道,"但是您所代表的机构,就是这个马加利夫,是一个什么有权势的机构?为什么你一提到它就对阻击部队起到了如此的威慑作用呢?"

男人面带愧色地笑了一下。

"这不是什么机构,"他回答道,"这是我的姓氏。有时候它很有用处。"

普里什文大笑起来。

他听从了马加利夫的话,在包裹上写下了神秘的"民俗学"字样。在那以后,没有一个阻击队再敢碰这些包裹了。

那时一些称谓的荒唐缩略语开始大行其道。几年后它们的数量已经具有灾难性的特点,并且出现了导致俄语变成类似于含糊不清的国际语"沃拉普克语"[1]的危险。

每天晚上,莫斯科著名的书籍爱好者、记者谢尔库诺夫进入咖啡屋时,都会先擦拭蒙上水汽的厚厚的眼镜片,有时由于看不清而撞到小桌子上。他随身带来一摞相当重的、落满灰尘的、用一截电线捆在一起的书籍。

谢尔库诺夫脱下缝着破旧的天鹅绒领子的老式大衣,小心地把它挂在钉子上,咖啡屋里立刻就充斥了猫咪绝望的叫声。

---

1 沃拉普克语,由德国人施莱尔于1880年创造的一种世界语,由于难学而未能传播开来。

谢尔库诺夫在街上捡到被遗弃的小猫，把它们塞到大衣的各个口袋里，带着它们在城里走来走去，直到晚上很晚的时候才把这些饥饿的小猫带回家，交给自己的妻子。

谢尔库诺夫像是个地方自治机关委任的医生。他总是黏湿的胡子乱糟糟的，西装上衣的各个口袋里塞满了书和手稿，所以上衣被撑得像一条大口袋。

那些日子还没有自来水笔，于是谢尔库诺夫在口袋里揣了一瓶"不倒翁"墨水和几支鹅毛笔。他不会用铅笔书写，好像只有我一个人理解他并且不嘲笑他的这个特点，不嘲笑他的鹅毛笔。我总觉得，所有用铅笔写出来的东西都是潦草的，是半成品。我认为清晰的思想需要清晰的书写。如果有可能的话，我会只用中国墨在厚实的纸上书写。

谢尔库诺夫坐在一张小桌子后面，仔细地用剃须刀片削尖鹅毛笔，开始用像彼得一世时代之前的花体字写着简讯，并不时发出呼哧声。

他写的是关于珍本书籍、名画的发现、展览、书刊简介，以及各式各样珍品收藏的消息。

从清晨起他就出去搜集书籍和新闻，在莫斯科那些最出人意外的地方都可以遇见他。

他的备忘录里记录着很多地址，有虔诚的老妇人、过去的书店伙计、装订工人、倒卖赃物的商人、小书贩的。这些人都是书籍的供货方。他们多半是住在郊区——在伊兹迈洛沃、切尔基佐沃、科特雷，或者普列斯尼亚区以外的地方。谢尔库诺夫走遍了那些坐电车能到的地方，但大部分地方是步行去的。

他对书籍有一种第六感。他会长时间小心谨慎地追寻珍本书籍，就像猎狗追踪猎物一样。他不是莫斯科唯一的爱书之人。其他的书籍爱好者和旧书商知道他的特点——能够准确无误地寻觅到珍本书籍，所以都敏感地关注他的动向，并多次想要将他的所获据为己有。因此谢尔库诺夫不得不总是打乱自己的行踪，把他的跟踪者引入歧途。这种冒险的工作培养出了他秘密工作者的特点。

可能就是由于这个缘故，无论说什么事情，他总是压低声音，鞑靼人一样细细的眼睛总是在闪着多疑的光。

"似乎，"他坐在小桌子后面低声说道，让与他交谈的人靠他很近，"最近几天之内我会找到一个密室，伊凡雷帝[1]的藏书就藏在那里。只是千万别让卢那察尔斯基知道这件事！您不要说出去！"

如果有谁给谢尔库诺夫带来一册珍本书籍，让他鉴定，他就会反复翻阅，甚至还像是闻一闻它，然后歪着嘴角微微一笑，说道：

"是广为人知的版本。随便哪一天您都可以在中国城墙根下面的旧货摊上买到。您这是给人算计啦。我真为您遗憾。不过，总的来说，我可以用契洪特[2]的《形形色色的故事》的第一版换这本小书。您想换吗？您怎么会不想换呢？！过一年您就会后悔的。唉，好吧！那么我给您意大利版的《马可·波罗》。您明天就能拿到它。"

说话的同时，谢尔库诺夫并没等到天真的书籍主人的同意，就把这册珍本小书藏到鼓囊囊的公文包里，咔嗒一声锁上锁，环顾四周，想方设法要尽快离开。在我的记忆里，从来没有过哪个老实人能够把书抢回去的情况，书落到谢尔库诺夫的公文包里就如石沉大海。

1　伊凡雷帝，即伊凡四世（1530—1584），莫斯科大公，自1547年起成为第一位俄罗斯沙皇。
2　契洪特为契诃夫早期的笔名。

甚至连吵架也没有用。在刚一出现吵架的苗头的时候,谢尔库诺夫就不声不响地穿上衣服,迈着重重的步子,像公牛一样低下头,离开咖啡屋。任何力量都无法阻止他。在这种时候他会顽固地沉默着,重重地喘着气,甚至对最可怕的侮辱都充耳不闻。

有一次谢尔库诺夫建议我和他一起到温达瓦火车站[1]附近的小客栈去。那里住着一位图拉来的自学成才的落魄诗人。谢尔库诺夫希望从他那里弄到有价值的书籍和手稿。

我们坐电车去温达瓦火车站,但是为小心起见,我们在离小客栈还有一站的地方就下了车。根据某些只有谢尔库诺夫自己才知道的迹象,他怀疑,他永远的敌人——书商们,恰好今天监视他,试图从他手里抢走这位来自图拉的诗人。

谢尔库诺夫突然抓住我的手,拉着我向一根贴海报的柱子那里走。我们藏在了柱子后面,谢尔库诺夫上气不接下气地对我说道:

"站在那儿的,那个倒买倒卖的!那儿,您看见了吧,在小客栈对面的甬路上。老头,戴着一顶破巴拿马帽、留着山羊胡子的老头。我带您来,是为了让您帮我的忙。"

"我能帮什么忙呢?"

"我去那个药店,从那里的窗户可以很清楚地看到小客栈。您去引开他。我就在药店等到这一切结束。要是他看见我走进小客栈,那就全完了!我找这见鬼的诗人两个月了。"

"我要怎么引开他?"

---

[1] 温达瓦火车站,即现在的里加火车站,莫斯科的九个火车站之一。

"你假装是一个密探。他不会坚持下去的。他有不可告人的事。我曾经在他那里买过从历史博物馆偷来的书。"

谢尔库诺夫没等我反应过来就躲到药店去了。我除了扮演密探，别无他法。但是怎么扮演密探呢？

我把便帽盖在眼睛上，把手伸进口袋里，迈着晃晃悠悠的步子走到小客栈跟前。还有几步就走到戴巴拿马帽的老头那里时，我停下来，靠在栅栏上，开始不自然地仔细打量小客栈——这是一栋旧的四层楼，从屋顶到地下室的墙上有了裂痕。小客栈的门上贴着一张用红蓝铅笔交替写的公告：

"警示入住者：在所有楼层行走都要安静！"

戴着巴拿马帽的老头斜睨了我一下。我表情冷漠地站在那里，我觉得自己的神色甚至有些蛮横无理。然后我专注地，但又似乎试图不让老头发觉地看着自己微微弯曲着的手掌，就好像我的手掌里夹着一张照片一样。

老头迅速转过身，原地挪一挪脚步，开始侧起身子离开。但这时他犯了一个无可弥补的错误——他掏出了烟盒，并点燃了一支香烟。

我跟在老头身后，盯着他的后背。根据这个瘦弱的后背上反映出来的高度紧张状态我明白了，这老头在竭尽全力克制自己不慌忙逃跑。我赶上他，礼貌地叫住他：

"请让我借个火，公民。"

然后马上就发生了完全不能理解的事情，连我自己都被吓到了。戴巴拿马帽的老头尖叫一声，一个箭步跳向一边，像螃蟹一样，迅速地迈开两条弯曲的腿，在旁边的门洞里彻底消失不见。

谢尔库诺夫满意地搓了搓他那双胖胖的手。

他抢在了那些专业收购旧书者之前,成功地从图拉诗人那里买到了一封列夫·托尔斯泰的信件。我对谢尔库诺夫以及这一整件愚蠢的事都感到气恼,并发誓再也不和谢尔库诺夫有任何瓜葛。

我以为,谢尔库诺夫就像大部分书籍收集者一样,他自己根本来不及读书,他对书的兴趣只是一个收藏家对书籍的兴趣,而与书的内容无关。不过很快我就弄清楚了,其实并不是这样。

谢尔库诺夫在记者咖啡屋做了一次报告,讲书籍的历史。这个报告堪称一首关于书籍的长诗,一曲充满激情的书籍的赞歌。

根据他的说法,书籍是人类思想的唯一保存者,也是将这思想世世代代传下去的传递者。它穿越时间的长河将思想保存下来,并保持了思想原初的纯净和丰富多彩的意味,一如思想刚刚诞生之时。

由人的双手所创造的书籍属于如空间、时间一样永恒的范畴。人在有限的生命中创造出了不朽的财富。然而在生活的忙碌中我们却总是忘记这一点。

我们深入领会荷马节奏平缓的诗篇的结束句,我们眼前就会有奇迹发生——已成为化石的、千年前的荷马的手杖绽放出充满生机的诗歌的花朵。

我们第一次接触从难以想象的远方传到我们身边的思想,总是感觉这样的接触是新鲜的,而没有衰朽之感。我们这些二十世纪的人,是怀着我们的远祖所体会到的那种新奇和率真来接受它们的。

许多世纪已隐入了无法穿越的浓雾之中。只有人类的思想,就像天蓝色的织女星那样,仿佛吸收了世界空间全部的光能,而在浓雾中闪烁出强烈的光芒。宇宙中任何的"黑色的暗星云"都不能遮蔽这颗最纯净的星辰的光芒。正如历史上的任何失败和幽远的时空阻隔都无力摧毁数百种、千千万万种手稿和书籍当中凝聚下来的人类思想。

谢尔库诺夫确信，在世界上，特别是在《圣经》中提到的古老国家，还有未被发现的古文献手稿。找到这些手稿，其中未知的哲学体系和诗歌珍品将使人类更为富有。不久前在西奈的山脉中就发现了托勒密王朝[1]所建的古城。它隐匿在炎热而荒凉的峡谷之中。这个死城中的每一座建筑都是建筑杰作。如果找到古老的城市，那么就可能同时找到古老的手抄本和书籍。

听了谢尔库诺夫的报告，在了解了神秘的阿拉伯城市之后，我开始迷恋东方。我开始研究东方诗歌。谢尔库诺夫心甘情愿地给我弄到萨迪[2]、欧玛尔·海亚姆[3]和哈菲兹[4]的书籍。

在革命的年代，当人们习以为常的观念和惯性被打破，有些人一方面过着革命的生活，同时又痴迷于东方、诗歌，以及许许多多其他的事物。从旁观者的角度看，这可能让人感到惊讶。不过，实质上这没有什么可惊讶的。人类智力的求知欲的容量其实比可以预期的大得多。

革命最初几年所特有的那种严酷而新奇的感受是那么强烈、那么令人兴奋，因此将在所有的人类思想上都留下印记。我们这个年代的人，革命之子，不仅应当具备以前只有那些杰出人士才具有的崇高品质，而且应当拥有先前所有时代、所有国家的精神财富，这种理念在我看来是无可争辩的。因而，我在一切事物，其中也包括东方诗歌中，找寻着这

---

1 托勒密王朝，公元前305—前30年希腊化时期埃及的王朝。
2 萨迪（1203/1210—1290），波斯诗人。
3 欧玛尔·海亚姆（1048—1131），波斯诗人、数学家、天文学家。
4 哈菲兹（约1325—1389），波斯诗人。

种内在的丰富性。

记者罗佐夫斯基加深了我对东方的痴迷。这是一个懒惰的、上了年纪的人，他留着一把淡褐色的波浪形胡子。整个冬天他都穿着长及脚后跟的高级僧侣的皮袍。皮袍曾经是奢华的，现在毛已经脱落了。尽管他有着犹太血统，但总体上看起来像一个东正教神父。

所有的空闲时间里，罗佐夫斯基都懒散地躺在自己房间里那张铺着帖金人[1]织毯、压坏了的长沙发椅上，阅读关于东方的书籍。

他非常熟悉伊斯兰教，是这方面的行家，尤其了解伊斯兰教各种不同的教派。按他的说法，在所有的教派中他特别关注波斯的一个革命教派，一个阿里·巴布领导的教派，所谓"巴布派"[2]。他认为，这个教派将毁灭伊斯兰教，引发沉寂的小亚细亚国家的精神复兴。

革命前罗佐夫斯基曾去过土耳其和波斯，目的是实地考察东方。他曾经是一个自由而独来独往的人，当时的旅程对他而言很轻松。

他在小亚细亚度过了几乎一年的时光，居住在宗法制下的土耳其城市布尔萨。他讲述过许多关于土耳其的事情。他总是按照自己的方式来讲述，与通常的做法完全不同。

他从来不从重要的事情讲起，而总是从细节，甚至是琐碎小事开始。但渐渐地，这些细节就组成了一个令人着迷的故事。它可以被记录下来，立即发表。

---

[1] 帖金人为土库曼部族。
[2] 此处指的是巴布教派，为巴布（赛义德·阿里·穆罕默德，1819—1850）于19世纪40年代在伊朗创立。巴布教派的人宣扬人人平等、捍卫个人权利、建立巴布教派的神圣王国，以此代替《古兰经》与伊斯兰教法典中所创立的法规。巴布教派的民主因素在1848年至1852年的巴布教派起义中得以发展。

但由于出奇地懒惰，罗佐夫斯基从来没有记录过任何东西。他刚一坐到桌子边，就会觉得无聊至极，然后他就会扔下笔，去编辑部或记者咖啡屋给自己找个聊天的伙伴。

我还记得罗佐夫斯基讲的关于他曾居住的布尔萨那儿的老木屋的故事。他在开始讲这个故事的时候并没有先描述房子的外观，而是先讲他对于土耳其木屋气味的一系列研究。

罗佐夫斯基笃定地说，这些房子散发着温暖的木屑和蜂蜜的味道。特别是在酷热而安静的日子里，不能触碰露台上的栏杆，以免被烫到手。

在木屑的味道中总是能够感觉到干玫瑰花的香味。而这些房子散发着蜂蜜的味道是因为周围的油橄榄园中有野玫瑰丛，那里有很多蜜蜂，蜜蜂在房子的阁楼里筑巢，因此房子闻起来有蜂蜜甜甜的气息。

罗佐夫斯基第一次嗅到甜美的干玫瑰香气和蜂蜜的味道是在君士坦丁堡，当时有人给他看一个镶满粗加工宝石的小匣子，小匣子里面保存着一面先知的绿旗子。它被卷在发霉的丝绸里，上面还撒着玫瑰花瓣。

罗佐夫斯基为我揭示了许多晦涩的阿拉伯意象以及布宁的东方诗歌的含义。我回想起布宁的诗歌：

> 在酷热时节，当镜中的幻影
> 将全世界合成一个伟大梦幻，
> 越过悲伤大地，奔向无限光明，
> 它把灵魂带往占纳特天园[1]。

---

[1] 伊斯兰教的天堂。

> 蔚蓝色的考夫赛[1]，这河中之河，
> 在那里流动、奔涌，透过重重阴云，
> 给整个大地、所有部族和所有的国
> 应许下安宁。要忍耐，祈祷——并守信。[2]

我当然不能把记者咖啡屋所有到访者的情况都讲述一遍，虽然他们值得我这样做。

但不能不提的还有一位旧莫斯科的遗老，"金丝雀歌唱爱好者协会"的主席，记者萨韦利耶夫。

这位永远嘻嘻笑的老头是政治谣言和编造事件的主要供应者。他没有因此吃什么苦头，仅仅是因为他说话带鼻音，说得含混不清，并且语速很快。只有在注意力高度集中时才能猜到他在讲什么。

他脏兮兮的外套的所有口袋里都塞满了黏黏的水果糖，他执意请所有吸烟的人吃这些糖。他简直就是强迫人们吃这些从脏乎乎的口袋里拿出来的沾满碎屑的水果糖。因此，只要萨韦利耶夫一走进编辑部，大家就都立刻急忙把烟卷熄灭。

大家给萨韦利耶夫取了一个绰号叫"莫图斯[3]"，因为他在报社唯一的职责就是写讣告。

所有的讣告都是以这样的话开头的："死亡从我们队伍里夺走

---

1 伊斯兰教天堂中的仙池，天堂中的四大河流汇聚之处。
2 引自布宁的诗《考夫赛》(1903)。
3 传说中鼠疫流行时的收尸鬼。

了……",或者是"我们的社会生活遭受了重大损失"。

大家都受够了这些讣告,以至于有一次负责排版的人员决定让一成不变的讣告变得稍微活泼一点儿,顺便稍微开一下萨韦利耶夫的玩笑,就在"死亡从我们队伍里夺走了……"这一句中加进了一个词:"终于"。

第二天编辑部里爆发了一场激烈的争吵。那位负责排版的人员被解雇了。所有人心里都感到很不舒服,虽然这悼词是写给某个讨厌的教员的。萨韦利耶夫一整天都在编辑部自己的书桌旁擤着鼻涕。

"我把几百人送到了另一个世界,"他喃喃说道,"但是我一次都没有违背对他们表示悼念的原则。我不是他们的审判员。就算对那些卑鄙下流的人,我也没有写过一行不好的话。"

萨韦利耶夫停止哭泣后,去找总编,磕磕巴巴地告诉总编,他不会在竟允许这样可耻的事情成为可能的报社里工作下去了。任何劝说都于事无补。萨韦利耶夫离开了编辑部,只有那时,所有职员才忽然感觉到,他们竟然还有些想听到萨韦利耶夫喋喋不休的絮叨、嘻嘻的笑声,甚至还有些怀念他那粘了碎屑和棉絮的水果糖。

不久之后,萨韦利耶夫就死了。他的讣告与其他枯燥而冷漠的讣告并没有什么不同:"死亡从我们的队伍中夺走了一位谦逊勤奋的报业工作者。"诸如此类,等等。

萨韦利耶夫一直是孤身一人。他去世之后,他憋闷的房间里只剩下了一只老鹦鹉。它头朝下吊在小横杆上,也像它的主人一样嘻嘻地笑着,用傻乎乎的声音叫着:"小鹦鹉,吃不吃糖?"

鹦鹉被看门人带回了自己的住处,于是与萨韦利耶夫的一生相关的一切彻底结束了。

通常最晚闯入记者咖啡屋的，是一个礼数周到而大嗓门的人——"轰动消息之王"奥列格·列昂尼多夫。他是故意在所有人之后到来的，正好在油墨未干的报纸刚从印刷机器里飞出来的时候。

这时候列昂尼多夫可以平静地给一些与他竞争的报社里的同行讲述他这一天搞到的所有轰动性新闻，并不担心这些人把这些轰动性新闻抢先印到自己的报纸上。那些同行嫉妒得脸都白了，但却无计可施。

跟踪列昂尼多夫是没有任何用处的。没人能找到他。谁也不知道他是在什么时候，通过什么方式钻进那些新的苏维埃机关，带着殷勤、宽厚的微笑，在那里搞到耸人听闻的消息的。

欺瞒或是捉弄列昂尼多夫是不可能的。在耍手段方面他自己就被认为是一个无与伦比的高手。

只有一次，还在战争时期，一位鲁莽的基辅记者欺骗了列昂尼多夫，悄悄塞给他一个假的轰动性新闻。列昂尼多夫差点因此失去工作，不过他狠狠地报复了那位基辅记者，以至于从那以后不仅没有人敢耍他，甚至都不敢和他开玩笑了。

列昂尼多夫的报复表面上看是很简单的，他给那个基辅记者发了一封电报："只给哈尔科夫阿尔汉格尔斯克明斯克火鸡喂燕麦粉。"

当时是战争时期，电报落到了军事检查机关手里，被认为写的是密码。记者被逮捕了，有参与间谍活动的嫌疑。

如果侦查员不是偶然想到将电报中各个单词的首字母连起来读的话，那个记者需要在牢里待多久，就不得而知了。首字母连起来变成了骂人话。[1]记者被释放了，其实只受到了点儿惊吓，而奥列格·列昂尼多夫平静地在莫斯科市里转来转去，还获得了"聪明的复仇者"的美誉。

记者咖啡屋在一九一八年的夏末由于缺乏资金而关闭。对于这一点，不仅各个报社的记者，而且还有作家和艺术家们都真心感到惋惜——凡是觉得这个天花板低矮、贴着难看的粉红色壁纸的公寓是一个自由而富有魅力的俱乐部的人都感到惋惜。

黄昏时分，咖啡屋里感觉尤其好。在打开的窗户外面，在消防队的瞭望台和被拆掉的斯科别列夫纪念碑的底座后面，温暖的夕阳在被染成金色的尘土中渐渐暗淡下去。城市的喧闹声，更确切地说，是城市里人们的说话声（那时小汽车还很少，也很少有电车运行）渐渐沉寂下来，只有远处传来《华沙之歌》奔放的歌声。

在这种时候，一想到在那里，在晚霞慢慢沉下去的布列斯特火车站后面，霍登广场那边，白桦林中已经现出露水，莫斯科郊外清澈的河流里的水潺潺流淌，冲刷过倒在水中的树干，心里就越来越难受。从河里飘出寒冷的气息、水藻和腐烂木桩的气味。废弃的别墅里黑漆漆的，很早之前种植的芍药花孤独地开放。露水从阁楼流到封起来的露台的顶上，除了水均匀滴落的声音，在傍晚愈见浓重的黑暗中什么都听不到。

暂时宁静下来的公园、田野和森林就在惶惶不安的莫斯科旁边，在梦中倾听着莫斯科繁乱的嘈杂声。

---

[1] 首字母连起来是两个单词 хам 和 идиот，分别为"无耻之徒""白痴"之意。

喷泉大厅

政府从彼得格勒搬迁到莫斯科。

这之后不久,《人民政权报》编辑部把我派到了列福尔托沃的军营。列宁将在那里的复员军人中发表演说。

那是一个街上满是泥泞的夜晚。弘阔的军营大厅被马合烟的雾气所吞没。雨水敲打着落满灰尘的窗户。大厅里有一股酸味,还有潮湿的军大衣和石碳酸的味道。士兵们拿着枪,裹着脏兮兮的绑腿,穿着被水泡得发涨的军鞋,索性坐在潮湿的地上。

大部分人都是在《布列斯特条约》后滞留在莫斯科的前线士兵。军营中人心涣散,他们不相信任何人,不相信任何事情。他们一会儿吵闹着要求马上返乡,一会儿又坚决拒绝离开莫斯科,吵嚷着,说他们被欺骗了,有人借口送他们回乡,实际却遣他们去追击德国人。有一些心怀鬼胎的人和逃兵在扰乱军心。大家都知道,如果一个淳朴的俄罗斯人被折腾来折腾去,被搞得晕头转向,他就会突然暴跳如雷,开始暴动。而最终这些士兵造反的受害者往往是司务长和炊事员。

当时在莫斯科流传着一个言之凿凿的传闻,那就是列福尔托沃的士兵可能这一两天就会掀起暴乱。

我费了好大劲挤进军营的后排。士兵们不友好地盯着我这个非军人身份的外人。

我请求他们给我让一让路,让我离胶合板演讲台近一些,但是没有人动弹一下。硬挤过去的话又太危险,到处都是拿着枪的士兵,他们有可能会不小心擦枪走火。

其中一个士兵打了个长长的哈欠。

"无聊透顶!"他一边说一边搔了一下毛皮高帽下的后脑勺,"又要说些花言巧语了。我们可受够了这些陈词滥调。"

"那你还想要什么?有烟抽,还多多少少发些口粮——要我说就行了!"

"在莫斯科待一待,和姑娘们出去玩一玩,"一个消瘦的大胡子士兵调笑着补充道,"再染上个花柳病,就当是乔治英雄奖章,让你一辈子记得首都。"

"他们磨蹭什么呢!"后面的人用枪托敲着地板吵起来,"开始讲吧!既然战壕里的人都集合起来了,那就快点开始,别磨蹭!"

"这就要开始讲啦。"

"谁啊?"

"好像是列宁。"

"列——宁!撒谎吧!他可是没见过你的嘴脸。"

"除了和你他也没谁可以搭话了,你这个团里临时凑数的家伙。"

"真的,是他!"

"我们都知道他要讲什么。"

"要扯一晚上。"

"听那些口号把肚子都听瘪了。够了!"

"听着,兄弟,别被打发了!"

"要走,我们自己走。到此为止吧!"

忽然,士兵们开始骚动并陆续站了起来。马合烟的烟雾像波浪一样翻滚,一浪又一浪。在半明半暗中,透过烟层,隐约听见了一个发不大清楚卷舌音、非常平静而高亢的声音:

"请让一让,同志们。"

后面的人群开始向前拥挤,为了能看得更清楚一点。他们的步枪发出带威胁的响动。骂声渐起,有变成对射的危险。

"同志们!"列宁说道。

吵闹声像是被刀子划开了,只能听见警觉的人群从气管里发出的嘶嘶的呼吸声。

列宁开始说话了。我听不清楚。我被人群紧紧挤压着。有人的枪托子顶着我的肋部。一个站在后面的士兵把一只重重的手搭在我的肩膀上,还时不时猛地握紧手指,压着我的肩膀。

叼在嘴上的卷烟都熄灭了。卷烟里冒出的一股股蓝烟直飘向天花板。没有人吸一口烟,大家都把嘴里的卷烟忘了。

室外哗哗下着雨,在这雨声中我开始能勉强分辨一些平和质朴的话语。列宁没有发出任何号召,他只是向这些愤懑但又淳朴的人解释着让他们暗自忧虑的事情,或许他们已经多次听别人说过这些事情,然而之前他们听到的并不是他们想听的话。

他不慌不忙地讲着《布列斯特条约》的意义、左派社会革命党人的叛变、工农联盟和粮食问题,讲到当务之急不是在莫斯科集会、吵闹、毫无目的地等待，而是应该尽快耕耘自己的土地，并相信政府和党。

尽管传到耳中的只有只言片语，但我还是通过人群的呼吸、毛皮高帽滑到后脑勺上的样子、士兵们半张半合的嘴，以及出人意表的、完全不像男人而更像女人的长长的叹息，猜到了列宁讲话的内容。

我肩上的那只沉重的手开始平静下来，像是在休息一般。它在我肩上的重量让我感觉像是友好的爱抚。这个士兵返乡后，将用这只手抚摸自己孩子的头，抚摸他们剪得短短的头发。然后长出一口气——瞧，他说，终于等到了自己的土地。现在你只需要耕地耙地，把这些小鬼头抚养成人，过应有的日子。

我忽然想看看这个士兵。我回了一下头。这是一张长满了浅色胡须、宽阔但苍白得没有一丝血色的后备兵的脸。他羞怯地冲我微笑了一下，说道：

"主席！"

"什么主席？"我问道，不明白他在说什么。

"就是人民委员会[1]主席本人，对和平和土地做出许诺。你听到了吗？"

"听到了。"

"你看看！双手想要亲近土地，而我一直背井离乡。"

"你们安静点，别嘀咕个没完！"身边的人朝我们吼道，这是一个消瘦的士兵，制服帽遮住了他的双眼。

"行了，你别吱声！"后备兵小声回敬了他一句，然后开始有些着急地解开已经看不出颜色的军便服。

---

[1] 苏联人民委员会建于1917年十月革命以后，1917年至1946年系苏联政府，1946年改称部长会议。列宁任苏联人民委员会第一届主席。

"等一下，等一下，我想给你看看……"他低声嘟囔着，在胸口摸索，终于顺着被汗水浸得发黑的带子掏出了一个麻布的小袋子，从里面拿出一张磨损得不成样子的照片。

他吹了吹照片，把它递给我。高悬在天花板下、罩着铁丝网的灯泡一闪一闪的。我什么也看不见。

于是后备兵把手掌弯成船形，点了一根火柴。火柴一直烧到他的手指处，然而他没有吹灭它。

为了不让后备兵难过，我便看了看那照片。我确信这不过是一张很平常的农民家庭照片，我曾在许多农村家里的神龛旁见过很多这样的照片。

母亲总是坐在前排——一个干巴巴的满脸皱纹的老太婆，手指关节粗大。无论她在生活中实际是怎样的——善良又逆来顺受，还是大嗓门、脾气暴躁，照片上她总是面无表情，双唇紧闭。在相机快门按下的那一瞬间，相片上留下了一个坚定的母亲的形象，是一个严肃的传宗接代者的化身。而她的四周坐着或站着瞪大眼珠、表情呆板的儿孙们。

在这些照片中要花好大的力气才能找到并认出自己的老熟人们：老太婆那患了肺结核的少言寡语的女婿——一个乡下鞋匠；还有他的老婆——一个爱吵架的大胸脯娘们儿，穿着宽裙褶的罩衫和靴子，靴子的提靴扣搭在光滑裸露的小腿上；一个头发蓬松的少年，他眼里的那种目光常在流氓眼中能找到，眼神空虚到令人害怕；还有另一个少年——黝黑又喜欢嘲笑人，一眼就能认出他是全县有名的铁匠。还有那些孙子辈儿的——怯懦的、长着小小受难者眼睛的孩子。那是些从未感受过爱抚和问候的孩子。或许只有那个鞋匠女婿一个人心疼他们，给了他们些旧的鞋楦当玩具。

但是，在这张后备兵给我看的照片上并没有那些刻板印象。上面有一辆拴着两匹黑马的轻便马车。车夫座上正坐着这位穿着天鹅绒背心的后备兵。照片上的他年轻又英俊。他那双不太自然地伸出的手握着宽大的缰绳,在马车侧边上坐着一位美貌惊人的年轻农妇。

"再点一根火柴吧!"我对后备兵说。

他急忙划着了第二根火柴。我发现他看照片的样子就像我一样——目不转睛,甚至还有些惊讶。

……马车上坐着一位年轻农妇,她穿着带荷叶边的印花布长裙,像修女一样裹着紧贴眉毛的白头巾。

她面带微笑,嘴巴微微张开。这微笑里饱含的温柔甚至让我怦然心动。她那双显然是灰色的大眼睛满含深情。

"我在地主维利亚米诺夫手底下干了两年的车夫,"后备兵急忙压低了声音说道,"这照片是别人帮我们在老爷的车上偷偷照的。我和未婚妻一起。就在举行婚礼之前。"

后备兵沉默了一会儿。

"喏,你怎么不说话?"后备兵忽然挑衅似的粗鲁地问我,"难道你见过几千个这样的美女?"

"没有,"我回答说,"没见过这么漂亮的。从来没见过。"

"苦命的小花楸,"士兵说道,慢慢平静了下来,"战争开始之前死掉的。难产。不过,我有个女儿——和她妈长得一模一样。我说亲爱的同志,你来找我吧,到奥廖尔省……"

忽然人群猛地向前挤了一下,把我俩分开了。军帽和毛皮高帽被抛向空中。热烈的"乌拉"欢呼声在讲台四周爆发起来,充斥了整个大厅,一直传到街上。继而我看见了列宁,他在士兵的簇拥下快速地走着。他用一只手捂着耳朵,以免被欢呼声震聋,一面笑着跟那个瘦弱矮小的、

喷泉大厅

军帽总是耷拉到眼睛上的士兵说着些什么。

我在喧闹的人群里寻找我的那位后备兵,可是并没有寻见,于是挤出人群到了街上。"乌拉"声还在街角处震耳欲聋地响着,显然是在欢送列宁离去。

我沿着长长的、光线昏暗的街道向市里走去。雨过去了。在乌云中露出被雨水打湿的弯月。

我脑子里想着列宁,想着规模庞大的人民运动,这场运动的领袖是一个非常普通的人,他刚刚在这群欢呼雀跃、兴高采烈的士兵中间走过。我想着那位后备兵,想着那个年轻的农妇,尽管间隔着遥遥岁月,我几乎立刻就爱上了她,就像我爱着俄罗斯,对我而言,这场三人相遇之中还有着某种难以捕捉的共同的东西,某种占据了我的内心、让我感受到喜悦的激情的东西。我无法说出这种激情的原因。也许这是一种对前所未有的时代的感受和对美好未来的预感吧——我也不清楚。于是我心中又涌起那种令人愉悦的念头——俄罗斯是一个不同寻常的、独一无二的国度——这种念头曾经数度在我的脑海中浮现。

在莫斯科"大都会"宾馆正面的房檐下有一幅根据画家弗鲁别利的素描《梦幻公主》创作的琉璃砖画。砖画已经被子弹击碎、划破得很厉害。

中央执行委员会——"茨克"[1]——当时的议会,就在"大都会"举行会议。

茨克在宾馆以前的餐厅里开会,餐厅的正中间是一个灰扑扑的、已

---

[1] 中央执行委员会的首字母简称。

经不喷水的水泥喷泉。喷泉左边和餐厅的中间（如果是从讲台的角度看的话）坐着布尔什维克和左派社会革命党的成员，而右边坐着寥寥无几却吵吵嚷嚷的孟什维克和社会革命党成员，以及国际主义者。

茨克的会议我常去。我喜欢在会议开始前很长时间就赶到，并坐在离讲台不远的壁龛处阅读。我喜欢这大厅的昏暗以及它充满回响的空旷感，装在水晶灯座里的两三盏灯在不同的角落里孤寂地闪烁，我甚至也喜爱那布满灰尘的宾馆地毯的味道，这味道似乎永远都不会从"大都会"里散去。

但我最喜欢的还是那个时刻的到来，届时这个此刻还空空的大厅将成为唇枪舌剑的交锋和妙语连珠的演讲的见证者，成为波澜壮阔的历史事件的舞台。

我所认识的记者中，常来茨克会场的有罗佐夫斯基和谢尔库诺夫这两位。罗佐夫斯基总能准确地预言即将举行的会议的激烈程度。"今天都打起精神来！"他预先发出警告，"今天有好戏看。"或者没精打采地说："小卖部有茶。去喝茶吧。马上又要开始为了立法扯皮了。"

谢尔库诺夫不知何故总是害怕茨克的主席斯维尔德洛夫，特别是那双专注又沉着的眼睛。每当斯维尔德洛夫的眼睛不经意扫过记者群，谢尔库诺夫总是马上躲避他的目光，或者干脆躲到旁边的人背后。

斯维尔德洛夫个头不高，面色苍白，穿一件已经磨破的皮夹克，他的每一个手势和说出的每一个字，特别是和他的病容完全不相称的低沉有力的声音，都能让人感到一种不可动摇的力量。就连马尔托夫和丹[1]这

1　费·伊·丹（1871—1947），社会民主党中的孟什维克成员。

样最勇猛激烈和无所畏惧的反对者也会被他的声音所折服。

马尔托夫坐得离记者最近，我们对他的观察也就格外透彻。高高的、瘦瘦的，暴脾气，脖子上缠着一条破围巾，青筋暴起。他经常跳起来操着嘶哑的嗓音大喊大叫，愤怒地打断演讲者。他是所有激烈争论的始作俑者，只要他没有被剥夺发言权或者没有被取消参加几次会议的资格，他就会一直吵下去。

但偶尔他也会情绪平和。这时候他就坐到我们中间来，从谁那里拿过一本书，然后如饥似渴地读下去，好像忘记了时间和地点，也完全不理会喷泉大厅里发生的事情。

有一次，他向罗佐夫斯基借了一本《伊斯兰教史》，埋头读了起来。马尔托夫读书的过程中，脑袋窝在椅子里，两条瘦长的腿伸出去好远。

会议上正在讨论关于往农村派工人征粮队的法令。大家都预感风暴就要来临。可是，马尔托夫和丹的举动并无异常之处，于是大家便稍稍放松了下来。有的翻起了报纸，有的敲打着铅笔。斯维尔德洛夫把手从铃上拿下来，微笑着听旁边的人讲话。或许，这是最能让代表们感到放松的——斯维尔德洛夫可是很少笑的。

按照名单，演讲已接近尾声。这时马尔托夫好像是刚刚清醒，用有气无力的声音要求发言，整个大厅紧张了起来。各排坐席上都警惕地嘀咕起来。

马尔托夫驼着背，慢慢悠悠、摇摇晃晃地站上讲台，用空洞的眼睛环视了一下大厅，接着开始小声地、有些不情愿地说，派遣粮食工作队去农村的法令还需要在法律和统计问题上做些斟酌。比如说这一法令的某某条款的表述应该更简明一些，删掉很多像"为……起见"这样多余的词汇，把它改为"为了"，再比如某某条款重复了前面某一条款的内容……

马尔托夫在自己的笔记里翻了好久也没有找到他想要的内容,于是他有些懊恼地耸了耸肩。大厅里的人都确信,不会有什么激烈的争论了。于是又响起了翻报纸的声音。预言会有风暴的罗佐夫斯基有些摸不着头脑。"他就像氨水一样走味儿了,"他小声跟我说,"我们还是去小卖部吧。"

忽然整个大厅震动了一下。我没有马上明白发生了什么。讲台上马尔托夫的声音像要穿破墙壁一般响了起来。他的声音里充满了怒火。被他撕碎和抛洒的、写着枯燥的笔记的碎纸,像雪花一样旋转着飘落在前几排的椅子上。

马尔托夫颤抖着握紧拳头,喘着粗气叫喊着:

"背叛!你们编出这个法令就是为了把所有表示不满的工人从莫斯科和彼得格勒清理出去——那是无产阶级的精华啊!这样自然就能压制工人阶级强有力的抗争了!"

片刻的沉默之后所有人都原地跳了起来。叫喊的声浪席卷了整个大厅。个别的一些叫喊打断了他的讲话:"从演讲台上滚下来!""叛徒!""好样的,马尔托夫!""他如此大胆!""真相总是很刺眼啊!"

斯维尔德洛夫发疯似的摇着铃,让马尔托夫注意遵守秩序。但马尔托夫继续大声喊叫,比先前更激烈。

刚才他那种伪装的冷漠让大厅都昏睡了,现在他终于把局面扳过来了。

斯维尔德洛夫剥夺了马尔托夫的发言权,但是他仍在继续发声。斯维尔德洛夫剥夺了三次他参加会议的机会,但马尔托夫不加理睬,继续发出指责,一次比一次刺耳。

斯维尔德洛夫叫来警卫队。马尔托夫这才走下讲台,在口哨声、跺脚声、鼓掌声和尖叫声中故意慢步走出了大厅。

几乎在茨克的所有会议上，"大都会"的墙壁都会因为论战而颤抖。常常是孟什维克和社会革命党人以一些不值一提的根据，对发言者的言语疏漏或者他的说话风格吹毛求疵，故意挑起这些骚动。有时候他们不是激愤地叫喊，而是发出戏谑的大笑，或者发言者刚一开口，他们就像听到命令一样，站起来走出大厅，大声地呼朋引伴，谈天说地。

在这样的行为里既显示出无能，也有孩子气的逗能。于是抗议便有了争吵的特点。

国家生活的千年根基被撼动了，这是一个严酷的时代，充满了朦胧的预感、期望、残酷的欲望和对立。并且这场斗争的游戏、这徒劳喧嚣的闹剧令人费解。

很明显，对于这些人来说，他们党的教条比人民的命运、比普通人的幸福要重要得多。在烟雾缭绕、远离俄罗斯和人民的生活的会议中所诞生的这些教条，有一些像是化学分子式一样抽象的东西。他们妄图把新的生活塞进侨民们关起门来臆造的公式当中。这暴露出他们对活生生的人的心灵的蔑视和对自己祖国贫乏的了解。

在茨克的会议中也曾出现过一次鸦雀无声的场面。那是在德国大使米尔巴赫伯爵[1]被杀的那些天。

德国政府下了最后通牒，打着守卫大使馆的旗号要求允许德国军队进入莫斯科，把大使馆所在的杰涅日内胡同的那一整片全权交由德国当

---

[1] 威廉·米尔巴赫（1871—1918），德国驻莫斯科大使，被左翼社会革命党人刺杀。

局管理。

历史上应该没有比这更蛮横无理和下作的最后通牒了。

最后通牒提出后,茨克立即召开了非常会议。

我还清楚地记得那个闷热的夏日,太阳已经要下山了。窗玻璃上反射着惨白的日光,整个城市笼罩在夜晚将至的泛黄的昏暗之中。

我走进喷泉大厅,尽管大厅里挤满了人,甚至听不到许多人小声说话所产生的那种轻微喧嚷,这样的寂静让我震惊。

大厅墙上的钟摆有规律地计算着时间。但是很显然,包括我在内的所有人都觉得时间已然停止,只剩下越来越微弱的钟摆声。

斯维尔德洛夫走进来,摇了摇铃,用低沉的嗓音说,下面将由人民委员会主席弗拉基米尔·伊里奇·列宁发表讲话,做一项特别的通知。

大厅一下子陷入了骚动。因为所有人都知道,那时的列宁还在重病之中,是不能讲话的。

列宁快步走上演讲台。他面色苍白,身形消瘦。他的喉咙上还缠着刺眼的白色纱布绷带。他双手紧紧握住讲台的边缘,目光深沉地环视着大厅。能听见他时轻时重的呼吸声。

列宁用手按着作痛的喉咙,缓缓地轻声说,人民委员会已经断然拒绝了德国无耻的最后通牒,并且决定让俄罗斯联邦的全体武装力量从即刻起进入战备状态。

大家在静默中举起了手又放下,表示投票赞成政府的决定。

我们走出大厅,来到剧院广场,还在为刚刚听到的消息感到震动。此时的莫斯科笼罩在黄昏里,红军队伍从"大都会"旁边走过,刺刀的利刃在有节奏地摆动着。

寂静地带

偶尔我能得几日空闲。那时我清晨就会出门,步行穿过整个城市去诺耶夫花园[1],或者在莫斯科郊区闲逛,最常去的是普列斯尼亚区和杰维察原野那边。

那是食不果腹的年代。一天只配发八分之一磅黑面包。我会带着这八分之一磅面包、两三个苹果(它们是女邻居莉波奇卡送给我的补给)和一本什么书在外面待到天黑。

当时莫斯科郊区和所谓"县辖"俄罗斯小城没有任何区别。一圈偏僻荒凉的郊区环绕着庞大的、人心惶惶的首都。然而莫斯科的喧嚣没有到达这里。只是偶尔伴随混着尘土的微风,从远处传来《国际歌》声,或者步枪的射击声。当时在莫斯科经常能听到短暂的几声对射,

---

[1] 诺耶夫花园,指的是在麻雀山地区无忧花园内的诺耶夫别墅,是一个有大果园、经营花卉栽培的企业。

然而很少有谁对此感兴趣。它们发生得出人意料,又没有任何征兆地戛然而止。

城市的郊区非常荒凉。也许,这也是它最吸引我的地方。这是渴望从紧张的日子中得到暂时的休息吧?或者可能是为了寻找一份宁静,在这份宁静中我可以长出一口气,回望一下,从旁观者的角度认识发生的事情,从而更好地理解它们?

每次我一到郊区,内心总会出现一种感受:相信前面等待我的是丰富多样的生活,甚至是五彩缤纷而趣味盎然的生活。我至今无法理解,为什么只有在郊区时我才会有那种感觉。

望着某一条长满枯草、晾衣绳上挂着洗坏的衣物的偏僻小巷,我甚至能够预见几年后我一定会回到这里,以便明白在这段时间内我有了多大改变,而这条小巷却一如往昔,无人问津。

那斑驳的教堂圆顶还会在一片混沌中闪现微光,干透的衣物会被风吹得簌簌作响,而在这些日子里我或许已经游历过一些地方,已经出版了自己的书,甚至说不定会遭遇一段不一般的爱情。

我似乎把这条小巷当成了生活的见证者。我想让莫斯科这个僻陋的角落记录下时光在我身上流逝的痕迹。

然而,显然是我错了。五年后我回到莫斯科,来到其中一条僻巷,看到一幢白色的建筑物,周围栽满了椴树幼苗,门前挂着一块写有"某某区音乐学校"字样的牌子。

郊区有着自己独特的魅力:深色原木支撑的倾斜木屋、在滨藜中堆放着的因铁锈而变红的锅炉、早已废弃的小工厂、散发着桦树皮味儿的木柴仓库。大门口随着时间的流逝愈发变得锃亮的长凳(那里的土地因为被踩入地下的葵花子壳而变得像柏油马路一样坚硬)、因为长满蕨麻而变得异常松软的马路、废弃的铁路支线上不再起作用的道口拦木，这一切都蕴藏着魅力。铁路支线上停着永远熄火、大概还是斯蒂芬孙时代的机车，漆黑的机车上装有声音很大的汽笛。燕子已经在这些机车的驾驶室里筑起了巢。

一切都那么有魅力：树皮发黑、直至夏末才勉强长出一半叶子的衰朽的老榆树，还有长满蒲公英的一堆堆炉灰渣，椋鸟窝，用废弃铁床和教堂的破栅栏围成的篱笆。篱笆上缠绕着苦中带着一丝甜味的菟丝子。小窗台上养在罐头盒里的天竺葵尽显红艳，犹如海角天涯的火焰花。

在一个院子里我甚至看到了一件怪事：狗窝里有一只红身子黑尾巴的公鸡，公鸡爪子上还被系上链子（代替了已经不在的狗），很显然这是因为它肆无忌惮、好斗成性的脾气而惩罚它。

一卷卷在街上滚来滚去的轻盈的银灰色杨絮，在后院玩耍、发出尖细叫声、脱了毛的小猫，还有像是用皱巴巴的褐色木头雕出来的老太婆，以及尽情伸展自己肥美的圆叶、怒放着红色风帽般花朵的旱金莲，甚至配水站旁未干的水洼里喝水的麻雀，透过光线昏暗的房间敞着的窗户可以看到的、落满苍蝇屎的石印油画《接吻礼仪》，养着无聊得啾啾叫的金丝雀的鸟笼，无花果树和打碎后又歪歪斜斜粘上的红褐色瓷质赛特种猎狗，被蛾子蛀蚀的黄鹂标本，还有院内茶炊上冒出来的、直接飘向淡白色天空的烟，尽管那茶炊是向一侧歪斜的。如大家知道的，茶炊冒出这个样子的烟预示着持续稳定的炎热天气——这一切之中自有其美妙之处。

堆放在空地上的大水泥管上有孩子用炭写上去的"天堂""地狱""宝岛""冬宫"等字样。"冬宫"上有砖块儿新划出的红色痕迹。很显然，"冬宫"就在不久之前遭到了袭击。

偶尔，风会带来满街的腐水味和番茄叶的气味。房子后面是一片片枝繁叶茂的菜园。菜园的小畦之间支了木架，木架上放的不是稻草人，而是在旋转的、孩子们用反光彩纸折叠的风车。

远处，尘埃上方，灰蒙蒙的幻景之上，莫斯科教堂的圆顶和救世主大教堂勇士的头盔闪烁着逐渐暗淡的金色。教堂上空的云团如打散后蓬松起来的蛋白，被太阳染上了一层淡淡的红晕。

显然，这里曾经是亚洲：供奉着像是用褐色黏土塑成的或者用生铁铸成的东正教圣徒像的神庙，用链子固定住的沉重的十字架，克里姆林宫内的一座座圆塔，塔顶上戴着不停飞起的鸽群的花环。

郊区的那些淤泥池塘别有妙处。透过池塘绿得像橄榄油一样的水，沉没在水里的白铁罐不时在闪光。水里露出腐烂的木桩，一缕缕细细的水藻从木桩上垂下来，散发着一股药房的气味。池塘边有几棵树心被雷电烧毁的柳树，不约而同地倾向水面。柳树投下阴影。

我就坐在这树荫下温暖的土地上读书，不时望望沼气气泡从池塘底冒出，它们从来互不追赶。一些什么小虫拖着长长的腿在水面上蹿来蹿去。郊区的男孩子们把它们叫"水上漂"。只要往水面上扔一根火柴，"水上漂"就从各个方向快速朝它漂去，挤成一团，确定这只是不能吃的火柴后，它们又迅速四散开来。

永远有带着泡沫的水从生锈的管子里流入这样的池塘。在水注入池塘的地方总是聚集着一群小鱼，黑压压一片。

男孩们把扁木片当轮船放到水面上。少女们收好身上的印花布连衣裙摆，在水中涮洗衣服，每当有不明水生物从她们的脚下游过，她们就会惊声尖叫。姑娘们确信那是水蛭。

我在一个这样的池塘边经常能碰到一个种菜的人，他穿着一件肥大的破外衣，面色阴郁。他把五六个鱼竿插到岸上，开始钓鱼。偶尔能钓到像五戈比硬币那么大的小鲤鱼。老人一连几小时坐在那里，和我一样时不时嚼一口黑面包。

我同他畅谈起来，他带我看他的菜园。在我看来，这座菜园比最华丽的玫瑰园还要完美。菜园湿润的草丛中散发着茴香和薄荷的香气，令人神清气爽。

"您瞧啊，亲爱的同志，"那个种菜的人对我说道，"原来也可以这样生活。怎么都能活——自由是可以争取的，人好像也是可以改造的，番茄也是可以种好的。什么事都有其尊严、价值和荣耀。"

"您说的是什么意思？"我问道。

"我是说宽容和理解。依我之见，宽容和理解中有真正的自由。每个人都应该自愿地去做他喜欢的事情。而且任何人都不应该对他指手画脚。这样的话，我们也就没有什么可害怕的，也没有任何敌人能够征服我们。"

有时我穿过菜园和空地走到莫斯科河的浅水河段的岸边，空地上的碎玻璃反射的斑斑点点的太阳光刺着眼睛。郁郁葱葱的绿色群山从诺耶夫花园一直绵延到水边。水面上浮着的薄薄的一层石油集在一起，又流散开来，像是一条有着五光十色花纹的茨冈披肩。

摆渡的少年把我送到对岸的诺耶夫花园。那里由于高大的椴树和它们的绿荫而显得庄严肃穆。

椴树正开着花。椴树浓郁的花香仿佛来自遥远的南方的春天。我喜欢对这样的春天加以想象。这种想象更加深了我对世界的爱。除了诉诸纸笔，我无法与谁分享我的这些梦想。我记录过一些东西，常常又马上毫不吝惜地遗失了。

这些笔记让我感到羞愧。它们与那个严酷的时代并无关联。

诺耶夫花园一向以花卉栽培著称。花卉栽培每况愈下、经营惨淡，到革命开始前，花园里只剩下一个不大的温室花房了。尽管如此，还是有一些上了年纪的妇女和一位老花匠在那里劳作。他们很快跟我熟络了起来，甚至开始与我谈起他们的工作。

花匠抱怨说，现在只有办葬礼、召开盛大的会议才需要鲜花。每当他谈起这事儿的时候，其中一位妇女——她身材瘦削，长着一双颜色很浅但很明亮的眼睛——便会像是为他的话而感到难为情一样对我说，很快他们就一定会为城市的街心花园培育花卉，并且将向所有公民出售。

"不管您说什么，"这位妇女在极力说服我，尽管我并没有反驳她的意思，"人没有花是不行的。您瞧，比如说，不管现在还是将来都有恋爱的人。可除了花，还有什么能更好地表达自己的爱情呢？我们这一行永远不会消亡的。"

有时候花匠会给我剪几枝紫罗兰或者重瓣的石竹花。而我又会为拿着它们穿过还在忍受饥饿和人心惶惶的莫斯科而感到难为情，所以每次总是费尽心思把花巧妙地用纸包好，免得别人猜出我纸包里放的是花。

有一次，在有轨电车上纸包破开了。我没有注意到这一点，直到一位包着白头巾的上年纪妇女开口问我：

"这个时候您是从哪儿弄到这样迷人的花的？"

"您拿着时小心一些，"女售票员提醒我说，"不然，有人挤到您，就把这花全都挤烂了。您知道我们这儿都是什么样的人。"

"这是谁在挤呢？"一个腰间绑着子弹带的水手质问道，并立刻冲着一个背着磨刀凳在乘客中挤过来的磨刀匠发起火来，"你往哪儿挤呢？看见了吗？花。冒失鬼！"

寂静地带　　83

"瞧啊，多么敏感的人啊！"磨刀匠回敬道，但看来也只是想挽回点颜面，"还是个水兵呢！"

"你别招惹水兵！要不然很快就让你开开窍！"

"天哪，因为花也要吵架吗！"一个抱着吃奶的孩子的年轻女人叹口气说道，"我的丈夫，别看他是个严肃的、一本正经的人，可是我生这个孩子——生头一胎的时候，他就往产房送了稠李花。"

有人在我背后紧张地呼吸，我听到了很轻的说话声，但是声音太小，所以我没能立刻分清声音是哪里传来的。于是我回过头去。在我后面站着一个十岁左右、面色苍白的小姑娘，她穿着一件已经褪了色的粉色连衣裙，用像锡质灯盏一样的灰色圆眼睛恳求地看着我。

"叔叔，"她声音沙哑而神秘地说道，"给枝花吧！求求您了，给一枝吧！"

我给了她一枝重瓣石竹花。在乘客们嫉妒又生气的谈话声中，小姑娘开始拼命向后门的平台挤，电车还在行驶时，她就跳下车厢，身影消失了。

"一点没脑子！"女售票员说道，"脑筋不正常的傻瓜！如果良心允许，每个人都会要花了。"

我从花束里抽出第二枝石竹花递给了女售票员。上了年纪的女售票员脸红了，简直要流泪了，她垂下泪光盈盈的眼睛望着那枝花。

刹那间，几只手都无声地伸向了我。我把一整束花都分送掉了，突然间我在破旧的有轨电车车厢里看到了人们眼睛里的闪光，看到了无数亲切的微笑、无数的赞美，这是我从未遇到过的，无论在这之前，还是在这之后。仿佛太阳耀眼的光芒投射到了这节肮脏的车厢里，为所有这些疲惫不堪、忧心忡忡的人带来了青春。大家祝我幸福健康，祝我拥有最美丽的未婚妻，天知道还有其他一些什么祝愿。

一个穿着破旧的黑色夹克、瘦得皮包骨头、上年纪的人低低地垂下头发剃得很短的头，打开他的帆布包，小心翼翼地把花放了进去，我觉得有一滴泪水掉在了那沾满油渍的包上。

我有些情难自禁，迅速地跳下还在行驶的有轨电车。我一边走，一边一直在想：如果说他在众人面前无法自持，潸然泪下，那么这枝花引起了这个骨瘦如柴的人怎样痛苦抑或幸福的回忆，他把自己老年的痛苦和一颗年轻心灵的痛苦在心里隐藏了多久啊。

每个人内心深处都珍藏着仿佛诺耶夫花园淡淡的椴树花香的、对偶尔出现的幸福的记忆，但这幸福的闪光后来却被日常生活的肮脏遮蔽了。

在莫斯科郊区和诺耶夫花园闲逛的时光里，我逃入了那个寂静地带，那么难以置信，它近在咫尺，就在城市周围。在发生着那些轰轰烈烈的重大事件时，我的这种逃离是可以理解的。毕竟，这些重大事件是来不及有序地依次更迭的，甚至一天之中就会累积发生若干大事。

平平常常的生活就在身旁，它与那些重大的历史事件几乎只有几步之遥。这之中或许也自有其规律性吧。

叛乱

大剧院空荡荡的舞台上，摆放的是《鲍里斯·戈都诺夫》中的"多棱宫"布景。

一个穿黑色连衣裙的女人踏着高跟鞋跑到脚灯前。她裙子的腰带上别着一枝鲜红的石竹花。

从远处看，女人显得很年轻，但在脚灯的灯光下，可以看到她那泛黄的脸上深深地嵌满了细小的皱纹，她泪眼婆娑，眼中有病态的闪光。

女人手里攥着一把小型钢质勃朗宁手枪。她把手枪高高举过头顶，跺了跺高跟鞋，用尖厉的声音喊道：

"起义万岁！"

大厅里的人以同样的喊声回应她：

"起义万岁！"

这个女人就是著名的社会革命党人玛露霞·斯皮里多诺娃[1]。

于是，我们一行记者了解到了左翼社会革命党在莫斯科发动叛乱的消息。在这之前发生了许多事。

那时候正在召开苏维埃代表大会[2]。似乎，大会上没有谁比记者的位置更佳。他们被安置在乐池里。那里的视觉和听觉效果都非常好。

在所有发言人中，我记得很清楚的只有列宁一个人。而且，相对于他的发言内容而言，我更多地记住的是他的动作和说话风格。

列宁坐在桌子一角，俯身低着头，匆匆写着什么，似乎完全没有听别人发言。我只能看到他低垂的额头和时不时瞟向发言人的讥笑的眼神。但偶尔他也抬起头，放下笔记，就某个发言迅速地提些欢快的或嘲讽的意见。整个大厅的人伴着掌声哄笑一堂。列宁向后一仰，靠在椅背上，颇富感染力地与大家笑成一片。

他是在说话，而不是"发言"，很放松，好像不是跟诸多听众讲话，而是跟自己的一个朋友聊天。他讲话不慷慨激昂，不咄咄逼人，完全用日常生活的语调，卷舌音发不太清楚，这使他的话更加亲切。但有时他会有一瞬间的停顿，然后胸有成竹地迅速抛出掷地有声的话。

发言的时候，他沿着脚灯来回走着，要么双手插到裤子口袋里，要么两只手自然地把着黑色西装背心的开口。

在他身上既没有让人感到压抑的庄严气势，也没有自高自大，既没

---

1 玛·亚·斯皮里多诺娃（1884—1941），著名的女政治活动家，1918年7月6日至7日莫斯科左翼社会革命党叛乱的领导者之一。
2 1918年7月4日至10日召开的全俄工农兵及红军苏维埃第五次代表大会。

有华丽的辞藻，也没有刻意说出神圣真理的奢望。

他的言行举止都很朴素自然。从他的眼神里可以看出，除了国家事务，有余暇的时候，他并不反对谈论任何有趣的生活中的事情和活动——可能会谈论蘑菇当季的夏天，或者捕鱼的场景，或者科学预报天气的必要性。

在代表大会上，列宁谈到了国内和平与休战的必要性，谈到了粮食和面包问题。在其他发言人那里，"面包"这个词听起来像是一个抽象的、纯粹的经济学和统计学概念；而在列宁这里，得益于他难以捉摸的语调，这个词竟获得了形象性，变成了黑色的黑麦面包，就是那个时期全国上下朝思暮想的糊口的面包。这种印象并没有减弱他的发言的意义和对国家的重要性。

在苏维埃代表大会上，坐在侧面包厢里的是德国大使米尔巴赫伯爵，一个高个、秃顶、戴着单片眼镜的、举止傲慢的人。

那时候，德国人占领了乌克兰，乌克兰境内各地不断爆发农民起义，起义此起彼伏。

代表大会的第一天，发言的是左翼社会革命党人卡姆科夫[1]。他愤怒地呼吁抵抗德国人，要求与德国撕破脸，即刻发动战争，支持起义者。整个大厅的人惊惶不安地喧闹起来。

卡姆科夫走近米尔巴赫坐的包厢，几乎紧贴着包厢，冲他大喊：

"乌克兰起义万岁！打倒德国侵略者！打倒米尔巴赫！"

左翼社会革命党人立马从座位上跳起来，他们挥舞着拳头喊着。卡姆

---

[1] 鲍·达·卡姆科夫（1885—1938），真实的姓氏为"卡茨"，社会主义者，社会主义革命家领袖，左翼社会革命党的创始人之一。

科夫也挥着拳头。在他敞着的上衣里面可以看到腰带上挂着的左轮手枪。

米尔巴赫若无其事地坐着读报纸,连单片眼镜也没摘下。

喊叫声、口哨声和跺脚声铺天盖地,空前激烈。那时仿佛巨大的枝形吊灯就要轰隆一声掉下来,雕塑装饰就要从剧院大厅的墙上脱落。

甚至斯维尔德洛夫强劲的大嗓门也无法应付整个大厅的人群。他不停地摇铃,但这铃声只有乐池里的记者能听到,铃声被一阵阵喊叫声遮住了,传不到大厅里。

斯维尔德洛夫只好宣布休会。米尔巴赫起身,把报纸丢在隔栏上,缓步离开了包厢。

从剧院走廊是挤不过去的。保安打开了所有的门,但剧院的人群疏通仍然很缓慢。

事态极度紧张,每一分钟都可能发生冲突和失控的局面。但接下来的一天在莫斯科却超乎想象地安静。

第二天,七月六日,我早早就来到大剧院,但那时所有记者都已经在乐池里了。他们期待会有什么事件发生,所以来得更早。他们等待政府针对昨天左翼社会革命党人游行的简短通告。

剧院大厅里人都坐满了。会议定在下午两点。但两点的时候,主席团的会议桌旁一个人也没有。又过了半个小时,会议还没开始。整个大厅充满了疑虑重重的说话声。

这时,人民委员会书记斯米多维奇来到了舞台上,他说会议稍微推迟一会儿,建议布尔什维克们去剧院近旁的一所房子里参加党会。布尔什维克们走了。

大厅里空了下来,剩下的尽是左翼社会革命党人。

所有人都明白，只有在特殊情况下才能推迟会议。记者们冲向电话，要给编辑部打电话询问发生了什么事。但每一部电话机旁都站着全副武装的红军战士。谁也不准接近电话。剧院的所有出口都已被封锁，每个出口旁也站着武装警卫，上级命令他们不放任何人出去。

很快，剧院里不知从哪儿传出消息说，三个小时前，米尔巴赫伯爵在自己的使馆官邸被暗杀了。

记者们一片慌乱。左翼社会革命党人悄悄调换了位置，坐到所有出口旁边。

一种奇怪的声音开始从外面传到剧院里来——沉闷的折断声和粗重的敲打声，好像在剧院不远处有打桩机在打木桩。

一位头发花白的剧场服务员用手指招呼我，说：

"如果您想知道城里发生了什么事，请沿着这个小铁梯子爬上布景格架。只是别让任何人发现。在那左边，您会看见一个小窄窗子。请往窗外看看。强烈建议您。唉，发生了这样的事，主啊，救救我们吧，宽恕我们吧！"

我顺着很陡的没有扶手的小铁梯子，吃力地爬到了布满灰尘的窄窗前，准确地说，这是墙上的一个深孔。我朝窗外望了一眼，看到剧院广场的边缘和"大都会"宾馆的侧墙。

红军战士俯身从市杜马一侧跑向"大都会"宾馆。他们迅速卧倒，几乎是跌倒在地面上，从步枪里射出短促的火焰。随后，在左边某个地方，在卢比扬卡广场一侧，机枪声密集起来，大炮轰隆响了一声。

很明显，当我们坐在剧院里，与左翼社会革命党人一起被关在剧院的时候，莫斯科的暴动已经开始了。

我悄悄回到乐池。紧接着斯皮里多诺娃跑到了舞台前边，于是便发生了我在故事开头讲述的那一幕。一切都很明了——是左翼社会革命党人发起了暴动。

为回应斯皮里多诺娃的呼声，所有左翼社会革命党人都从上衣和口袋里掏出左轮手枪。而在这个时候，从顶层楼座上传来克里姆林宫警卫长沉稳而强硬的声音：

"左翼社会革命党人士们！只要你们一想逃出剧院或者动用武器，我们就会从上面几层向大厅开火。建议你们安静地坐着，等待命运的裁判。"

记者们谁也不想死于警卫人员的疏忽。显而易见，警卫忘了给我们及时放行。

我们派以奥列格·列昂尼多夫为首的代表团去找警卫长。他很有礼貌，但却坚决地回答说，遗憾的是没有收到任何有关记者的指令。不过最后警卫长在我们的劝说下动摇，命令我们所有人在剧院的前厅悄悄集合，警卫立刻打开大门，从那里把我们推到了剧院广场中。

从昏暗的剧院大厅出来后的那一瞬间，我被落日的光芒照得眼花目眩。而下一瞬间，一颗子弹打到身旁一根剧院圆柱上，嗖的一声，好像又沿原路返回了。在这之后，像是服从命令似的，一颗颗子弹有条不紊地打到墙上，但幸运的是，这些子弹都高过我们头顶。

"去科皮约沃胡同！"奥列格·列昂尼多夫喊道，并弯腰俯向地面，跑到剧院拐角那边。剩下的所有人都尾随他而去。

拐角处很安静。虽然子弹离得很近，但都飞向一边去了。剧院对面房子里的玻璃接二连三地破裂，被打落的石灰像白色的喷泉一样飞离墙面，我们仅凭这些以及微弱的呼啸声便可猜测子弹的情况。

在谢尔库诺夫奔跑的时候，一本破烂不堪的书从他包里掉了出来。

他好几次想要试着从拐角跑出来去拾那本书，但我们拽着他的手，不让他过去。最后他还是冲了出去，爬到了那本书跟前，回来的时候满脸涨红，浑身是灰，但他很幸福。

"您带着您的书就是一个危险的狂热分子，"奥列格·列昂尼多夫冲他喊道，"您疯了！"

"您说什么呢?！"谢尔库诺夫气愤地说，"这可是让-雅克·卢梭《忏悔录》的第一版。疯了的是您，而不是我。"

火力迅速转到卢比扬卡广场那边。左翼社会革命党人撤退了。

我在编辑部打听到，米尔巴赫伯爵确实在这天早上被左翼社会革命党分子勃留姆金刺杀了。这是发起暴动的信号。叛乱者成功占领了波克罗夫兵营，掌控了米亚斯尼茨卡雅街上的电报局，几乎逼近了卢比扬卡广场。而我们离开后没多久，留在剧院的左翼社会革命党人便被逮捕了。

傍晚，叛乱者被逐出城外，向喀山路的货运站和梁赞公路撤退，并开始四下逃窜。

暴动闪电般开始，同样闪电般结束。

莫斯科公馆史的资料

房子的历史有时比人的一生更有趣。房子的寿命比人长，因此成为几代人生活的见证。

除了为数不多的方志学家，谁也不会费力气去考察某座旧房子的历史。通常人们对方志学家很宽容，认为他们是无害的怪人。更何况他们一点一滴地收集我们的历史和传统，培养我们对自己国家的爱。

我相信，如果完全复原某座房子的历史，考察它所有居民的一生，了解他们的性格，记述发生在这座房子里的事件，那么就能写出一部或许比巴尔扎克的小说更具启迪意义的社会小说。

此外，每座房子里的生活都与许多物品有关，这些物品也都度过了不少岁月，游历过很多地方，见过世面。遗憾的是，物品的历史无法描写。物品不会说话，而人又容易遗忘，漫不经心地以一种粗鄙的态度对待物品——自己忠实的助手。

物品由我们的双手制造，就像大鼻子的布拉蒂诺是由老木匠卡洛[1]用多节的木头削成的一样。布拉蒂诺有了生命之后就到处惹是生非，如果没有魔法仙女的介入，如果不是童话故事，这就无法收场了。

倘若物品能够拥有生命的话，它们会给我们的关系带来多少乱子，历史说不定也会更加丰富多彩。那些物品也就有话可说了。

十月革命前莫斯科有多少公馆，当然，谁也无法准确说出来。据说，至少有三百座。这些主要是商人公馆。贵族公馆留下的不多，它们大多数早在一八一二年就被烧掉了。

十月革命以后，无政府主义者侵占了大部分商人公馆。他们肆无忌惮地、快活地居住在这些公馆里，周围是古老而奢华的家具、吊灯和地毯，而他们对待这种环境的方式却别出心裁。画作被当成毛瑟枪射击的靶子。昂贵的地毯被当成防水布盖到散落在院子里的子弹箱上。他们用稀有版本的厚书在窗子上筑壁垒以防不测。带花纹的镶木地板大厅变成了小客栈。在那里过夜的既有无政府主义者，也有各种身份不明的人。

莫斯科到处可以听到无政府主义者在侵占的公馆里过着放荡无度的生活的传言。刻板的老太婆们提心吊胆地悄声谈论着那里令人吃惊的狂欢酒宴。其实那根本不是酒宴，而是天天如此的聚饮，那些人喝的也不是香槟，而是烧酒，下酒菜则是像石头一样硬的黑海拟鲤。

这里是社会败类、颓废少年和狂热少女的聚集地——就像是莫斯科腹地出现的未来的马赫诺[2]之家。

---

1 布拉蒂诺和卡洛，阿·尼·托尔斯泰的童话《金钥匙》中的角色。
2 涅·伊·马赫诺（1888—1934），乌克兰政治和军事活动家，无政府主义者，国内战争(1918—1922)时期乌克兰南部革命和解放运动的组织者和领导者。当时被认为是反俄匪帮首领。

无政府主义者甚至还有自己的剧院。剧院名叫"伊希斯"[1]。这个剧院的海报上说,这是一个神秘、色情和具有无政府主义精神的剧院,以追求"达到狂热程度的思想"为目标。

这将是一种什么思想,海报上并没有说。每次一看到这个海报,我就想,没有拉钦斯基,"伊希斯"剧院是无法存在的。

我常常待在编辑部里,直到深夜,有时待到第二天早上,写我的第一部长篇小说。我在编辑部压瘪的沙发上过夜,沙发里的弹簧早就断了。有时夜里,某根弹簧会狠狠抽在我的肋骨上,还发出幸灾乐祸的咯吱声。

我比较喜欢在编辑部,而不是在自己住的让人昏昏入睡、散发着霉味的房子里写作。房内浴室里的水龙头滴个不停,有时夜里女主人穿着拖鞋在门外走,发出呱嗒呱嗒的声响。我屋里的灯光使她觉得不踏实,甚至她夜里会看好几次电表。

在编辑部,我占了库斯科娃那间宽敞的、铺有地毯的办公室和她的写字桌。有时我趴到桌子上睡着了,过十到十五分钟,我醒过来,就会状态饱满,精神抖擞。

编辑部的猫缩着前爪,与我面对面,趴在桌子上睡觉。它的眼睛偶尔睁开一条缝,友善地看看我,似乎在说:"你在干活吗?好吧,干吧,干吧!我再眯个把小时。"

可有一天,猫的两只耳朵猛地向四周动了一下。它看了我一眼,嘶哑地喵了一声。它的眼睛发绿,就像醋栗果的颜色。

---

[1] 伊希斯,古埃及神话中管理天、地和冥界的女神。

我仔细听了一下。远处的对射声响彻午夜的城市，向编辑部逼近。火力一直不减，从这一点来看，这绝非偶然的街头对射。

就在这个时候，响起了震耳的电话铃声。打电话的是编辑部莫斯科分部的主任。

"开始解除无政府主义者的武装了！"他在话筒里喊道，"那些公馆将被火速拿下。幸好您在编辑部。我现在就过去，而您，亲爱的，去一趟沃兹德维任卡街上的莫罗佐夫公馆吧，看看那里发生了什么事。千万要小心。"

我到了街上。四下漆黑一片，空无一人。从小德米特罗夫卡街那边传来了混乱的枪声，无政府主义者们住的原商人俱乐部的大门口甚至摆放着两尊山地大炮。

我穿过胡同来到沃兹德维任卡街上，向莫罗佐夫公馆走去。所有的莫斯科人都知道这座新奇古怪的房子。它像一座城堡，灰色的墙上牢牢地嵌着很多海贝壳。

现在整座公馆漆黑一片，似乎有不祥之兆。

我沿着花岗岩台阶来到笨重的正门前，这个正门就像中世纪教堂里的青铜铸造的大门。我仔细听了听，里面没有发出任何声音。我判断无政府主义者们肯定已经离开了，但出于谨慎仍然敲了敲门。

出乎意料的是门轻轻地打开了。有个人一把抓住我的手，把我拽到里面，门随即砰的一声关上了。我彻底陷入了黑暗中。有几个人死死抓着我的两只胳膊。

"怎么回事？"我随便问了一句，又觉得这个问题本身就很愚蠢。什么事情也没有，有的是这个显而易见的荒唐举动。我猜测，这个荒唐举动的结果将是一系列麻烦。

"很明显是个密探，"我旁边一个年轻女人的声音，"应当向奥格涅沃依同志报告。"

"请听我说，"我打算开个玩笑，便回答说，"基督山伯爵的时代过去了。请打开灯，我向你们解释一切。还请你们放我回去。"

结果我听到语式杂乱到让我吃惊的回答。

"哟，这可是个套曲儿[1]！"还是那个年轻女人的声音，"瞧，他想要干什么，还想我们把他放了。您啊，小猫咪，布尔什维克的密探，您就留下吧。只要您不乱动弹，不胡说八道，我保您一根头发也掉不了。"

我恼火了。

"无政府主义公主，"我对看不见的女人说，"请您不要再装疯卖傻了。您简直是黄色小说看多了。这在您这个天真无邪的年龄来说太危险了。"

"仔细搜他的身，把他锁到左拐角的客厅里，"女人就像没听到我说话似的，冷冷地说，"我去报告奥格涅沃依同志。"

"请吧！"我愤愤地说，"请去报告吧，报告给奥格涅沃依也好，特列尤希也好，恰加希[2]也好。我都无所谓！"

"哟，你可别为你的厚颜无耻后悔呀，小猫咪！"女人拉长声调说。

两个男人摸黑拽着我在走廊走。一个人身上穿着凉冰冰的皮上衣。

他们一声不吭地拽着我走了几段不长的楼梯，一会儿下来，一会儿上去，把我推到了一个房间里，从外面锁上门，拔出了钥匙。他们说，如果我要敲门的话，他们索性就透过门心板向我开枪。说完他们就走

---

1 中亚地区民歌的旋律。
2 "奥格涅沃依"意为"火的"，"特列尤希"意为"燃着微火的"，"恰加希"意为"冒烟的"。

了,走的时候其中一个人还算和气地补充说:

"难道侦察员是这样侦察的啊?布尔什维克传染病!要是你在我们这里,我就教会你了。"

实际上我随身带了火柴。但我一根也不敢点,即便是为了在黑暗中环视一下四周的环境。无政府主义者们什么想不到啊。他们会把火柴的亮光当作信号,到时候怕是真的要透过门心板开枪了。

我摸了摸门心板,上面布满了新奇古怪的雕刻花纹。然后我又摸了摸墙,不禁浑身哆嗦了一下——我用指甲钩住了墙上的丝绸蒙面儿。最后我竟撞到了一张软绵绵的扶手圈椅上,我坐下来,开始等待。

刚开始,这件事让我觉得很好玩。显然,无政府主义者们把我当作被秘密派来的侦察员了。我觉得,从他们那方面来说,这是非常愚蠢的,可这时候我无能为力。那姑娘是谁?我觉得她的声音耳熟。我开始在自己的记忆里搜寻,终于想起来了,有一次在果戈理纪念碑附近的集会上,一个女无政府主义者发言时就是这样的嗓音。她留着长长的黑刘海儿,眼睛像可卡因瘾君子的那样闪烁着贪婪的光,耳朵上的绿松石大耳环晃动着。人们不让她讲话。于是她掏出烟卷抽起来,并摇晃着大腿,脸上挂着蔑视的笑意穿过人群。对,当然,这就是她。

我优哉游哉地坐在舒适的、软绵绵的圈椅里,等待接下来要发生的事。我相信只要我出示《人民政权报》的证件,他们就会把我放出去。

一个多小时过去了。远处传来了步枪的射击声。有一次我还听到了低沉的隆隆爆炸声。

我想抽烟想得要命。最后终于忍不住了,我便掏出烟卷,蹲在圈椅椅背下面,划了一根火柴。火柴像镁光一样,一下子亮了起来,刹那间照亮了半圆形的房间。火光在镜子里和水晶花瓶上突然闪起。我匆忙点上烟抽起来，等吹灭了火柴以后我才猜到，为什么火柴燃得那么亮，因为这是一根不合格的火柴，火柴头大一倍。

就在这时候，第二件出乎意料的事情发生了——突然有枪从街上开火，子弹打到了公馆的玻璃上。墙上的石灰纷纷落下来。这么一来，我只能坐在地板上了。

火力迅速加强。我猜想窗内的火柴光好像成了给红军战士们的信号，他们悄悄包围了公馆。

射击主要朝向我坐在地板上的那个房间。一颗颗子弹打到吊灯上。我听到吊灯上的多面水晶玻璃摔到了地板上，并发出凄惨的叮当声。

我无意中扮演了侦察员的角色，就是无政府主义者给我编造的那种角色。我明白我的处境不太妙。如果无政府主义者们已经发现了火柴光，那么他们会闯入屋内，开枪把我杀掉。

但显而易见的是，无政府主义者们并没有看到火柴光，并且他们现在也顾不上我。他们在开枪回击。可以听到走廊里人们跑着拖过什么轰隆隆的东西，应当是机关枪。有个人断断续续地叫骂着，大声命令："一楼去四个人！不让他们接近窗户！"

什么东西轰隆一声倒了下去。随后，一群人从我房间旁边跑过去，我听得见重重的脚步声。打落的窗扇发出咔嚓声，那个熟悉的女人声音喊道："同志们，到这里！从墙上的豁口过！"一阵忙碌以后，一切都静了下来。只是偶尔红军战士朝窗户警惕性地打几发子弹，似乎检查房子里是否有埋伏。

后来便万籁俱寂。很明显，无政府主义者们逃跑了。

但这寂静没持续多久。我又听到了沉重的脚步声，还有叮叮当当的声音、说话声："仔细搜查整座房子！打开灯！开灯！""看来过得很奢侈啊，败类！""千万要认真点，当心角落里可能扔出手榴弹来。"

沉重的脚步声在我待的房门旁停了下来。有人猛地用力一拉把手，但门没有打开。

"锁上了，混蛋。"一个沙哑的嗓音迟疑地说。

他们开始晃门。我一声不吭。我能做什么呢？我总不能隔着上锁的门啰啰唆唆、语无伦次地解释，我被无政府主义者抓了，锁在了这里。谁会信我呢？

"开门，活见鬼！"门外好几个人喊。后来，有人朝门开了一枪，门裂开了。随后响起枪托沉重的撞击声。门晃动起来。

"造得真结实。"还是那个沙哑的嗓音赞道。

一扇门给撞开了，一道手电筒的光照到我的眼睛上。

"剩下一个！"一个年轻的红军战士高兴地喊道，并把步枪对准我，"喂，站起来吧，无政府主义者。去司令部！逍遥快活过了，够了！"

我倒是情愿去司令部。司令部坐落在波瓦尔斯卡雅街上的一座小公馆里。有一个异常瘦削的人坐在那里前厅的桌旁，他穿着弗伦奇式军上衣，蓄着浅色的小尖胡子，长着一双透着讥讽神色的眼睛。

他平静地打量打量我，突然笑了笑。我也对他笑了笑作为回应。

"喂，讲讲吧，"那个瘦削的人说，并抽起烟斗来，"只是要简短些。我可没时间陪您磨蹭。"

我坦诚地讲述了一切，并出示了我的证件。那个瘦削的人匆匆瞥了一眼这些证件。

"因为您过度好奇，本该把您关上两星期。但遗憾的是没有那样的法令。走吧！建议您让你们的《人民政权报》见鬼去吧。您要它做什么？难道您对苏维埃制度不满吗？"

我回答说，正好相反，我对俄罗斯人民福祉的希望都与这一制度相连。

"那好吧，"那个瘦削的人回答说，他被烟斗呛得皱着眉头，"当然，我们会努力不辜负您的信任的，年轻人。请您相信，这对我们而言是万般荣幸。万般荣幸。而眼下——请您出去吧！"

我来到街上。某个地方还能听到对射声。我感到羞愧得脸发热。那个瘦削的人嘲弄了我。但我心底里知道他是对的，无论我事后想出多少最俏皮、刻薄的回答，都无法驳倒他那些轻蔑的话。

中午，无政府主义者们被赶出了所有公馆。他们中的一部分人逃离了莫斯科，一部分在市内逃窜，失去了好战的激情。

莫斯科居民在睡梦中错过了这一事件。第二天，看到被子弹打穿的公馆、打扫碎玻璃的看门人，还有小德米特罗夫卡街上商人俱乐部墙上的缺口，那是唯一的一次大炮射击留下的，他们才大吃一惊。

那时那些事件发生得那么突然，人们甚至睡一觉就错过了看到它们的机会。

几点说明

夏天里,《人民政权报》被迫停止发行,正如其他所有自称"独立的"报纸一样。

很快在这之后,我收到了姐姐加莉娅从科帕尼寄来的信。这封信是一个来自布良斯克的乘务员送到家的,当时我不在家。他没有留下任何能够找到他的蛛丝马迹。

信脏乎乎的,弄上了燃油,折叠的地方磨破了。这封信从科帕尼寄到莫斯科花了一个多月的时间。

加莉娅写道:

"你答应妈妈会在春天回来,可你一直没动身,我们对能够见到你已经不抱希望了。妈妈一下子老了许多,你会认不出她的。她整天一声不吭,每到夜里她觉得我睡着了的时候,便放声大哭,声音大得我甚至都能听到。而我,科斯季克,这一年几乎完全聋掉了。

"难道你没有任何办法给她带来这最后一点快乐吗?我们交谈也只

是说你的事,但不知道你怎么样,是否健康。一想到每天你那里都可能发生什么事,我们就感到害怕。你的生活中有许多不同的东西,而妈妈除了你,什么都没有。你要明白这一点啊,科斯季克。

"昨天早上,妈妈说,如果八月中旬你还不回来的话,我们就从这里去莫斯科找你。妈妈相信我们怎么也能走得到。这里的所有东西我们都扔掉,我们要它们做什么!我们只带着背包去。钱不多了,可妈妈说,世上不无好心的人,因此她什么也不怕。应当趁天还暖和,离冬天还远的时候出门。或许,还有地方能坐上火车,虽然都说不通火车了。

"科斯季克,亲爱的,不管怎样,好歹回个话吧,让我们知道你现在怎么样,我们要不要在这里等你。只有我们还呆在这座森林里,就像在熊窝里一样,我们也不明白怎么到现在还活着。"

这封信让我心如刀绞。是得去一趟。但怎么去?怎么才能溜到乌克兰?

那时乌克兰、顿巴斯和克里米亚都已被德国军队占领。在基辅执权的是德国人物色的黑特曼帕弗洛·斯科罗帕茨基[1],一个长着两条长腿、外表英俊、傻里傻气的军官。乌克兰的报纸上把不喜欢袒胸露背的连衣裙视为他的优点。除此之外,斯科罗帕茨基再没有其他可圈可点的品质了,甚至连德国人也粗鲁地嘲笑这个冒牌的黑特曼。

要从内务人民委员部拿到离开苏维埃俄罗斯的出境许可证,至少得花一个月的时间。七月就要过去了,我估计了一下,八月底才能获得许可证。可我了解妈妈的性格,知道她不管怎样八月中旬都会徒步来莫斯科,甘愿以自己和加莉娅的生命冒险,因此我一天都不能耽误,应当立

---

[1] 帕·彼·斯科罗帕茨基(1873—1945),国内战争时期乌克兰独立活动的策划者,后逃亡西方。

刻动身。

后来我弄清，去乌克兰还需要有乌克兰领事签发的入境许可证。

我去了领事馆。领事馆位于特维尔大街一座大楼的院子里。褪了色的黄蓝两色旗在旗杆上无力地耷拉着，旗杆系在阳台的栏杆上。

阳台上晾着衣服，领事家吃奶的婴儿在小推车里睡觉。老保姆坐在阳台上，一只脚晃着小推车，睡意朦胧地唱着：

飞来了一群小鸽子，
叼来了一堆小梨子，
给彼得里克，彼得里克，
给小少爷彼得里克叼来的……

我到了才知道，甚至连领事馆的门都无法靠近。有数百人干脆或坐或卧地在落满灰尘的地上排队。有些人已经等了一个多月了，他们听着"小少爷彼得里克"这首歌谣，徒劳地讨好领事家的保姆，因为根本不知道等待他们的是怎样的命运，他们昏头昏脑，一片茫然。

只能不经批准悄悄进入乌克兰了。

我打听到彼得格勒有几个在人称低级趣味的廉价小报工作的记者要去乌克兰。他们的证件齐全。

一个记者介绍我认识了这几个彼得格勒人。他们确实不大乐意，但答应带上我并在边境上帮我，但正如他们的领导——一个穿着灰色护腿套、戴着金色夹鼻眼镜的爱发脾气的人——所说的那样，"只在可以想象的范围以内"。什么是"可以想象的范围"，他没有解释。我自己也知道一旦被抓住，谁也不会保护我。

出发日定于三天以后。这三天内没有发生任何事，除了我打听到罗曼宁来到了莫斯科的消息。我立马去了亚基曼卡区他住的那座房子，但一个爱吵嘴的女人甚至连前厅都不让我进，她说罗曼宁一个月在这里才住两三次。

我给他留了一封信便走了，从此再无他的音信。我又感受到了那种因为接二连三不断失去刚爱上的人而产生的熟悉的痛苦。

人流滚滚，皆为过客，没有一个人留下与我共同度过哪怕几年的时光。人们刚一出现，便匆匆离去，我知道未必能再见到他们。这让我想起莱蒙托夫"心灵的热度，耗费在荒漠之中"[1]的诗句，看来这也算是一种安慰吧。

出发前，我又去了一遍莫斯科我喜欢的所有地方。从诺耶夫花园向克里姆林宫远远望去，克里姆林宫上空，雷雨很快就要来临。教堂的圆顶微微闪耀着昏暗的亮光，雷雨前夕的风吹得红旗飘扬，黄色的云团被闪电的光芒从内部照亮。

突然，惊雷冲出拥挤的城市，轰响着掠过头顶。大雨开始喧闹地倾泻在树木上。

我在空空的温室里避雨。架子上放着唯一一个盛开着天竺葵的花盆，天竺葵泛着病态的红晕。我摸了一下这盆被人遗忘或是有意留在这里的花。它的所有叶子和花冠都向着有臭氧的地方，向着怡人的雨流伸展，而雨流正浇灌在其他被搬到外面的幸运花朵上。

我把这盆花放到雨下。在雨滴的拍打下，花枝颤动起来，仿佛在眼

---

[1] 出自莱蒙托夫的诗歌《致谢》(1840)。

前获得了生命。

对我来说，这盆花就是我对俄罗斯的爱的一小部分。对它的回忆与我在莫斯科最后的日子交织在一起。当时我很快就要动身，吉凶未卜，当然没有料到，要到五年之后才会回来，等待着我的生活那么像虚构出来的似的，我甚至都不太敢写它了。

在之前的几篇里，我只讲了我的所见所闻。因此，其中没有记录太多那些年所发生的著名事件。但我只是写下我自己的证言，决不打算，况且也无法在这部书中描绘出革命初期的广阔图景。

我老早就开始写这部关于自己生活的小说了。我年纪很大了，而这部小说目前我刚刚写到我还是一个青年的那个时代。

我不知道能否来得及写完这部小说。如果我可以年轻十岁的话，那么我就有时间写第二部小说——第二部关于自己生活的书，第二部可能比第一部更有趣。但第二部小说写的将不是我的实际生活，而是应该有的生活和可能有的生活，如果说如何创造自己的生活只取决于我本人，而不是取决于一系列外部的、常常是敌对的环境的话。

这将是一部讲述未竟之事、讲述支配我的意识和心灵的一切内容的小说，其中所写的生活将汇集这世上所有的色彩、所有的光芒和所有的浪潮。

这部书里很多篇章的内容非常清晰地呈现在我眼前，仿佛那一切我已经体验过多次了。

里加—奥廖尔铁路线上的取暖车

从小我就格外地迷恋铁路。大概因为我父亲就是铁路职工吧。

当然,这种迷恋是小孩子式的。当我们全家在铁路附近的某个地方消夏的时候,我会一连几小时待在相邻的车站,与戴红帽的值勤人员一起接送所有的列车。

与铁路相关的一切,甚至是蒸汽机车炉膛里的煤烟味,对我而言,直到现在还散发着旅行的诗意。

我总是心醉神迷地看着油亮的绿色蒸汽机车,那发光的钢杆晃动得越来越慢,停在水泵房附近,不紧不慢地向空中吐出一股急速上升的水汽,发出咝咝的声音,像是经过疲劳的行驶以后在喘着粗气。

我想象着这列蒸汽机车挺着有力的胸膛,冲出风的阻挠,冲破黑夜,穿过茂密的森林,穿过辽阔的、生机勃勃的大地,它的汽笛声从铁路传向远方,可能传到了护林房。而在这个房子里,一个像我一样的小男孩也在想象着光闪闪的特快列车在荒原上飞掠着穿过黑夜,一只狐狸缩起爪子,远远地看着列车,叫声中透着莫名的忧愁。或许那也是出于迷恋吧。

每当客运列车开走,车站便沉寂下来,形成一种炎热、枯燥乏味的氛围。热水从站台上的绿桶里往下滴。母鸡在铁路线上无所顾忌地刨着找食吃。栅栏里的烟草花在傍晚前花瓣都闭合着。被无数车轮磨光的钢轨闪闪发亮,让人厌倦。备用线上停着一节货车车厢,靠着车厢的小卖部拴着一匹红褐色的小马,小马套在四轮大车上。它在睡觉,但时不时地用力抖几下背上的皮毛来驱赶纠缠不休的苍蝇。

之后,从远处传来猛烈的、颤抖的汽笛声。这是不停站的货车经过。车站外面高高的路面弯成弧形,通向松树林。列车总是突然间从森林里冲出来,在弯道处倾斜着,弯曲着,向车站奔驰而去。

我感觉从未见过比这更美丽的景象。一股股浓密的蒸汽从烟囱里冒出来。蒸汽机车不安地发出长鸣。列车气势汹汹,飞也似的进站,像失控一样急驰而过,随之传来钢铁的叮当声和车轮匆忙、断续的哐啷声,扬起的灰尘形成一阵阵猛烈的旋风。好像再过一会儿,列车将腾空而起,像挟着枯叶一样,载着车站上所有的人离去。当然,首先会带走戴红帽的值班员。

货车车厢一闪而过,弄得人眼花缭乱,但我有时能看见车厢侧面上表示不同线路的白色字母:PO(里加—奥廖尔线)、MKB(莫斯科—基辅—沃罗涅日线)、ЮЗ(西南线)、СПБВ(圣彼得堡—华沙线)、РУ(梁赞—乌拉尔线)、ПРИВ(维斯瓦河沿岸线)、MBP(莫斯科—温达瓦¹—雷宾斯克线）、СВ（塞兹兰—维亚泽姆斯基线）、МХС（莫斯科—哈尔科夫—塞瓦斯托波尔线）等，以及数十条其他的线路。有时碰到不认识的线路，比如УСС或ПРИМ，我就问父亲，从而知道УСС指远东的乌苏里斯克线，而ПРИМ指的是滨海线，一条沿芬兰湾海岸、从彼得堡到谢斯特罗列茨克的短线。

真是没的说！我羡慕这些没有生命的货车，羡慕它们自己从不知道它们将要被派到哪里去：可能去海参崴，从那里去维亚特卡，再从维亚特卡去格罗德诺，从格罗德诺又去费奥多西亚，而从费奥多西亚再去纳夫利亚车站，去往那个松涛阵阵的布良斯克森林的腹地。

假如可以的话，我倒想坐在任意一节货车车厢的角落里，随它一起漫游。在会让站上，一列接一列、连续不断的货运列车常常停上几个小时，那么我将在那里度过多么美妙的日子啊。我会惬意地躺在路堤旁暖融融的草地上，与列车员一起在装卸货物的平台上喝茶，从长着细长腿的小姑娘们那里买草莓，在邻近的河里游泳，那里盛开着黄色的睡莲，让人神清气爽。随后在路上，我会奋拉下双腿，坐在打开的车厢门口，迎面吹来从白天晒热的大地上刮来的风，飞奔的车厢长长的影子落到田野上，太阳像一块金色的盾牌，落入俄罗斯平原雾气沉沉的远方，落入千里之外的远方，在逐渐暗淡的天穹上留下一道泛着酒红色的金光的痕迹。

当我在布良斯克火车站的备用线上仔细搜寻里加—奥廖尔铁路线的717802号取暖车时，我回想起了自己儿时对货车车厢的迷恋。

1　温达瓦，拉脱维亚西海岸城市，波罗的海沿岸的终年不冻港。1917年以后改称"文茨皮尔斯"。

在那节取暖车上我遇到了我的旅伴——那几个彼得格勒记者。他们舒适地安顿下来，把茶摆在翻过底来的箱子上喝着，讲言辞文雅的猥亵笑话。

他们并不在意我，好歹同我打了个招呼，想方设法要尽量表现出不想认识我的样子。可为什么当初他们又同意带上我呢？

我揣摩不出这其中的原委。难道就是为了在出现来自当局的危险时出卖我的人头以自救？他们虽说证件齐全，但万一发生什么事呢？也许当局突然要找他们茬儿呢。在这种情况下，对他们来说，像我这样没有通行证、没有出境许可证的人简直就是难得的可资利用之人。

我给了他们逃脱打击的可能，使他们有机会假装绝对忠诚于苏维埃政权，他们会说："瞧，同志们，你们对我们这些老实的苏维埃人挑刺儿，其实取暖车里混进来了一个没有证件的可疑家伙。把这件事报告给你们就是我们的义务。请你们检查他吧。"

我打消了这些令自己羞愧的想法。要是在五年前，我从来不会这样心怀恶意地揣度陌生人。但我无法克服对这些肆意妄为的记者的不信任。一个身材矮小、长着一双油汪汪又圆溜溜的眼睛的人尤其让我反感。他叫安德烈·博列利，当然，这只是他为写各种故作惊人之笔的简讯而想出的笔名。记者们彼此交谈时都叫他多佳。

他一直在往上拽那条很短的保护色裤子，笑着，同时尖叫着，口沫四溅。他脸上的灰色皮肤像是贴了一层橡胶，并且毛孔很多。他一直不停地讲愚蠢的俏皮话和双关语，而且他说什么都带着一种骨子里就有的讥笑态度。他把苏维埃俄罗斯称作"劳动人民代表苏维埃"，称莫斯科是"红色的古都圣地"，称布尔什维克是"装订工人同志"。

就连这伙堕落的家伙的头儿，那个穿着灰色护腿套、爱发脾气的人，有时也忍受不了他，皱着眉头说：

"您真是个说废话的天才，多佳。别扮小丑了。够啦！"

"白色的东西，您厌烦了，"多佳不假思索地打起双关语来，"而红色的东西，您却觉得妙极了！"

直到那个爱发脾气的人说立即把多佳扔出取暖车厢，多佳这才安静片刻。

一夜过得很安稳。列车慢吞吞地走着。我没有与自己的旅伴攀谈，而是琢磨着想什么法子可以转到别的取暖车厢去。但这不可能。几乎所有车厢都满载着全副武装的红军战士和波罗的海的水兵，一些货车车厢里运载的是骑兵的马匹。

第二天，我发现了一个奇怪的情况。多佳的手提箱上系了一个蓝色的搪瓷茶壶——整个茶壶都压瘪了，上面的搪瓷也不完整了。

让我感到奇怪的是，我的旅伴们在各个站都是拿着大白铁杯子跑去打开水的。他们并不把开水倒到茶壶里，虽然一杯水明显不够他们所有人喝。

在路上的第二天，有关茶壶的谜底出乎意料地揭晓了。列车经常停站，这次又晃晃悠悠地溜进布良斯克车站。相邻取暖车厢里的一个红军战士向我们的门里看了看。

"兄弟们，"他说，"你们知道吗，我们那儿发生了一件多么荒唐的事啊。我们这些马大哈在路上弄丢了一个茶壶。公家的。真是哭也没用啊！你们有没有多余的茶壶？"

"没有！"多佳斩钉截铁地说，"我们自己还用杯子喝水呢。"

"可你们那里不是系着一个搪瓷茶壶吗？"红军战士心无城府地说，"今天就借给我们用一下吧。我们会完好无损地还回来。"

"这个茶壶不行。"那个穿护腿套的人凶巴巴地晃了一下夹鼻眼镜，回答说。

红军战士感到受了委屈。

"怎么不行？"他问，"它是黄金做的吗？"

"这个茶壶漏水，你懂吗？漏水！不中用啦。到处都是洞。"

红军战士会意地一笑。

"一群怪人！"他还是那么心无城府地说，"你们需要带着各种破烂。比方说，如果是穷人，可以理解。可你们不是穷人。瞧，你们喝茶加的是纯糖，而不是糖精。对不起，打扰了。"

红军战士走了。我的几个旅伴互使了一下眼色，其中一个嘶嘶地低声对多佳说："蠢货！那么招摇地摆着自己的茶壶，不就是在招惹人吗？"

他们又低声争吵了很久，然后把一捆东西堆在系茶壶的手提箱上，又在上面放了一件大衣。

"在哪个取暖车厢？"外面突然有一个不满的声音问道，"这个，是吗？"

"没错，政委同志。里加—奥廖尔线上的。"

多佳迅速俯身冲向茶壶，一把抓住它，把它放到膝盖上，使劲掰断了茶壶上的白铁皮嘴，他因为用力而涨红了脸，眼里都流出了泪水，并把壶嘴塞到了口袋里。

一个上了年纪、神色不满的政委呼哧带喘地进了取暖车厢。那个刚才露过面的红军战士也跟在他后边走进来。

"你们这里的茶壶是怎么一回事儿？"政委问道，"那个茶壶在哪里？请给我们看一下。"

多佳从一捆东西下面掏出了废掉的茶壶。

"茶壶嘴呢，咦，咦！"红军战士说，还吹了一下口哨，"刚才还有呢，可现在却不翼而飞了，就像那只会唱歌的小鸟一样。就像那只被抓住的会飞的鸟儿一样。"

政委看了一眼茶壶，想了一下，然后对红军战士说：

"喂，跑一趟，带两名警卫过来。"

他转身朝向记者们：

"你们的证件。"

记者们倒是情愿掏出证件，但他们的手还是在发抖。政委耐着性子等。他慢条斯理地把所有证件看了一遍，然后把这些证件放到了自己外套的口袋里。

"我们的证件手续齐全，政委同志，"穿护腿套的人说，"为什么您把这些证件都收走呢？"

"我看到了，是手续齐全，"政委回答说，并有所期待地向我转过身来。

"瞧，政委同志，这是什么事啊？"穿护腿套的人急忙说起话来，"我们取暖车厢里有这么个公民。他是从莫斯科上车的，虽然我们也表示反对。据我们所知，他没有通行证，没有过境许可证。要查的话，首先应当检查他。我们作为忠诚的苏维埃公民正想要向您报告这件事。您看，还没来得及呢。"

"忠诚的苏维埃公民先生们，"政委问，"你们从哪里得出结论的，说他既没有通行证，也没有许可证？你们认识他吗？"

"不，根本不认识。"

"要想污蔑他人，得先认识这个人，"政委用训斥的口吻说道，"而这些往茶壶嘴里装钻石的能人儿，我们一周就抓到了五个。这样的事情需要想象力！想象力！"

政委用曲起的手指敲了敲茶壶。

"既然如此，公民们，请吧。我们谈一谈吧。这些东西我们先留在这里。西多罗夫，叶尔什科夫，"他对两个站在取暖车厢旁、全副武装的红军战士说，"带他们去我那里。这个人嘛，"他指了指我，"暂时就让他在这儿吧。还有，注意路上不要让他们从口袋里扔出任何东西。明白吗？"

"明白！"红军战士干脆地答道，"这不是第一次了，政委同志。"

记者们被带走了。随后政委也走了。我一个人留在了取暖车厢里。很快，红军战士回来了，不声不响地拿走了那些记者的东西。

我等待着。一个小时过去了。从停靠在附近的宣传车厢里走出一个赤裸着上身、光着脚板的人，他睡眼迷蒙，长着一大堆蓬乱的头发，留着打成绺的一把大胡子。他从车厢里拿出一块胶合板、一些画笔和颜料罐，把胶合板靠在车厢上，吐了口唾沫在手上，拿起画笔，一气呵成地用炭黑色颜料画出了一个戴高筒帽的胖子。从胖子那被刺刀挑开的肚子里正往外撒着钱。

然后胡须打绺的人挠了挠耳朵，在宣传画旁边用红色的颜料写道：

资本家的黄金大肚，
岂料如此丑态百出。

相邻取暖车厢里的水兵们叫嚷了起来。胡须打绺的人对此不闻不问，他在车厢的阶梯上坐下，卷起粗大的马合烟卷来。

这时，一个红军战士过来了，他让我去政委那里。全完了。我抓起我的手提箱，我们就一起去了。

政委在停在一条长满蒲公英的备用线上的货车车厢里。车厢的门口架着一挺擦得干干净净的机关枪。

政委坐在木板桌子后面抽着烟。他迟疑地打量了我很长时间。

"讲讲吧,"他最后终于说,"您要去哪里,为什么要去?对了,也把相关证件出示一下。"

我明白应当坦诚行事。我向政委讲述了自己申请办理出境许可证的不幸遭遇。

"说到证件,我最重要的文件就是这封信,"说完我便把姐姐加莉娅的信放到政委面前的桌子上,"没有其他证件。"

政委皱了一下眉头,开始慢吞吞地看信。他一边看着信,还几次看看我。随后他把信折起来,装到信封里,递给我。

"证件倒是真的,"他说,"有什么证明信吗?"

我把证明信递给他。

"请坐。"他说完便拿出盖章的表格,开始仔细地填写起来,偶尔看一眼我的证明信。

最后他说:"给您!"然后把表格递给我:"这是给您的出境许可证!"

"谢谢。"我不知所措地说,嗓子都变音了。

政委站起身来,拍了拍我的肩膀。

"瞧瞧!"他不好意思地说,"着急可不好。请问候您的母亲。请告诉她,这是来自政委阿诺欣·帕维尔·扎哈罗维奇的问候。想必是位很了不起的老太太。瞧她想出了什么主意——步行去莫斯科。"

他向我伸出了手。我紧紧地握住他的手,什么也说不出来。他整了整挂毛瑟枪的皮腰带,说道:

"而那个往茶壶里装钻石的形迹可疑的人得枪毙。其余的都放了。我安排您去另一个取暖车厢。您不能跟他们一起走。好吧,祝您走运。

可别忘记问候您的母亲。"

我晕头晕脑地走了。费了很大的劲儿,我才忍住没有流泪。那个送我去新取暖车厢的红军战士注意到了这一切。

"为这样的政委,"他说,"付出两次生命也不足惜。他是奥布霍夫工厂的工人,彼得格勒人。你可要记住他的名字——阿诺欣·帕维尔·扎哈罗维奇。说不定还会在哪儿见到他的。"

我被安置到一节只有两个人的取暖车厢里:一个上了年纪的歌手和一个瘦削的贫嘴少年瓦季克,这是个身材不太匀称、天真、热心肠的男孩。他们两个都从彼得格勒出发,歌手去在文尼察当医生的独生女儿那里,瓦季克去住在敖德萨的妈妈那里。一九一七年的寒假,瓦季克从敖德萨坐车去彼得格勒的爷爷那里做客,在那里滞留了一年半。整件事情在他看来倒是很有趣。

我们安稳地到达了那时位于俄乌之间的边境车站泽尔诺沃(谢列季纳-布达)。

在泽尔诺沃附近,夜里,列车停在森林边上的一个小车站。布良斯克森林从这里往北延伸,在这旁边还有那些我童年经常去的迷人的地方。

没有睡意。我和歌手跳下取暖车厢,沿着乡间小路走去。小路沿森林边缘伸向夜色模糊的田野。庄稼簌簌作响,低空中出现了一些粉红色的闪光,抖动一下,随后又暗淡下去。

我们坐到路边一棵古老的、早就被风暴击倒的榆树上。草地和田野里这样孤零零、被风蚀的榆树,不知为何总是让人想起穿着粗呢外衣、蓄着被风吹乱的花白胡子、体格硬朗的老人。

歌手沉默了一阵说:

"每个人都以自己的方式信仰俄罗斯。每个人都有自己的证据证明这种信仰。"

"您的证据是什么样的呢?"

"我是一个歌手。很好理解啊,我的证据是什么样的。"他沉默了一会儿,突然用忧伤而悠扬的声音唱起来:

> 独自一人开始我的游历,
> 石子路在雾中闪烁光亮,
> 深夜静谧。荒原聆听上帝,
> 星星与星星互诉衷肠。[1]

我早就认为俄罗斯诗歌中没有什么比莱蒙托夫的诗句更富有才情了。尽管莱蒙托夫表达的是他对生活无所期待、对过去无所惋惜的心境,但显然,他违背自己的内心这样表达恰恰是因为他惋惜过去,期待生活中出现哪怕是迷惑性的,但令人心情沉重的瞬间。

风从庄稼上面掠过。庄稼翻滚起来,发出一种有东西散落下来似的哗啦啦的声音。远处的闪光突然变得更加炽烈,响起了雷声,雷声低沉,给人一种半睡半醒的感觉。

我们朝着小车站的方向往回走。我摸黑揪了一根什么小草,直到第二天早上才看到,那是一株芳香的三叶草,是俄罗斯大地最羞怯、最迷人的一种花草。

---

1 引自莱蒙托夫的诗歌《独自一人开始我的游历》(1841)。

中立地带

早上，列车到达泽尔诺沃车站。边检人员走过各取暖车厢，检查出境许可证。

我们那节取暖车厢和其他几节取暖车厢一起被从列车上摘了下来，一个旧调度机车拖着我们去边境，到那个所谓"中立地带"。各节取暖车厢的门被关上了，门口安排持步枪的红军战士把守。

机车终于停了下来。我们走出来。取暖车厢停在养路亭近旁干燥的田野上。风裹挟着尘土吹来。几辆农家的大马车拴在拦路杆上。马车夫——几个手拿鞭子的老头——不时地喊几声："谁去那边，去乌克兰？请到这儿来！"

"远不远？"我问一个胡须稀疏的老头。

"嘻，远？三俄里，就已经能看到德国人了。上车走吧！"

我们把行李放到大车上，人在旁边跟着走。其他的一溜大马车也都跟着我们走起来。我在后面看到了里加—奥廖尔线取暖车厢上的旅伴。

他们跟在大马车后面走着,兴奋而愉快地谈论着什么。多佳不在他们中间。在这片田野上,道路上,风卷着纷飞的尘土,沟谷里榛树丛呼啸作响,因此那个穿灰色护腿套的人看上去野性十足。

当我们走出大约一公里的时候,穿护腿套的人停住脚,转过身面朝北方,对着俄罗斯,示威式地朝那边挥动拳头,骂了一句粗话。车夫畏惧地看了他一眼,带着遗憾摇了摇头。

我好像在哪儿提到过,我母亲相信因果报应的戒律。她说,没有任何卑鄙的、惨无人道的或者奸诈的行为,到头来不会遭到报应。无论早晚,报应总会来到。我曾经嘲笑过这种老妈妈式的迷信,但在这一天,我差不多也相信了这种因果报应的戒律。

我们下了坡,进入一片长满榛树丛的洼地。我们的车夫紧张起来,让马快点走。

我们过了洼地的底部,开始往对面的坡顶上爬。这时从榛树丛中走出一个人,他戴着毛皮高帽,穿着满是灰尘的紫色马裤。他一只手垂着,提着一支毛瑟枪。他的胸前交叉系着两条亚麻布子弹带。

随着这个穿马裤的人,又有几个小伙子从树丛中走出来,他们穿着军大衣、呢子短上衣和绣花的乌克兰衬衣。他们都带着短筒枪和军刀,有人在腰带上还挂着"柠檬"手雷。

穿紫色马裤的人把一支毛瑟枪举向空中开了一枪。马车随即都停了下来。

"谁放行的?"穿紫色马裤的人带着哭腔喊道。

"边防支队。"穿灰色护腿套的记者慌里慌张地回答。

穿紫色马裤的人走到大道上,正好来到载着记者们的行李的大车旁。

"放行到自己腰包里去了吧!"穿马裤的人喊道,"东西检查过了吗?"

"检查过了。"

"检查到自己腰包里去了吧！证件看过了吗？"

"看过了。"

"看到自己腰包里去了。哎嘿，伙伴们，动手啊！抓紧！"

小伙子们于是开始把行李箱从马车上往下扔。穿护腿套的记者叫喊了起来。穿紫色马裤的人用毛瑟枪柄捣了他的牙齿一下，说：

"钱赚够了？那就闭上嘴，资产阶级孽种，趁着我还没有给你的脑门狠狠地来一个漂亮的小鼓包。"

穿护腿套的人拿一块沾满血污的手帕捂着嘴，在路上的尘土中摸索，寻找被打掉的夹鼻眼镜。

小伙子们开始拿军刀划开皮箱。他们划得很巧妙，干脆利落——两刀划出一个十字。显然，是没有时间去打开箱子或者撬开锁。小伙子们看上去都很匆忙，而且不断朝苏维埃边界那边张望。

我们的马车夫轻轻地拍了马一下，悄悄地走了几步又停下了。

小伙子们从行李箱里把东西倒腾出来，对着亮光打量一下那些衬衣和床单，把他们不要的东西都扔到尘土里。

"他们在找东西呢，"车夫低声向我们解释说，"你们朝前走，只是要轻点，到那片灌木丛。再过去就是拐弯，到那儿就看不到我们了。我赶着车慢慢跟上去，他们或许不会留意到我们。"

我们到了灌木丛后面，而车夫一会儿赶一下马，一会儿又勒住，不长时间也过了灌木丛，随后就开始使劲打马快走。我们爬上一片高岗，马拉着车疾驰起来。我们跟在马车后面跑了大约十分钟。然后车夫才停住。

我们抽上烟,车夫说,在中立地带游荡的是阿塔曼[1]科久巴的匪帮,对所有的过路人都抢劫。他们在那些物品中翻找的主要是贵重物品和现金。不过他们抢劫的时候总是极为匆忙,虽然按说苏维埃的边防军本不该进入中立地带,但他们时不时还是会对匪徒们发起袭击,毫不留情地对他们开枪。

我们闷闷不乐,一言不发。我们从匪徒们那里逃出来了,可不知为什么却一点儿也高兴不起来。

道路在一片采伐过的宽阔林地的树桩之间向前伸展。夕阳西下。淡红色的余晖落到幸存的寥寥几棵松树的树冠上。

我若有所思地走着。突然,我打了个冷战,一声金属般刺耳的吆喝使我抬头观看:

"哈利特[2]!"

路中间站着两个身穿黑外套、戴着钢盔的德国士兵。其中一个拽着我们的车夫那匹后腿有毛病的驽马的笼头。

德国人要求出示通行证。我没有通行证。

显然,那个矮小结实的德国人从我的面部表情猜到了这一点。他走到我跟前,朝俄罗斯那边指了指,喊了一声:"丘留克[3]!"

"给他五卡尔博瓦涅茨[4]的沙皇零钱,"车夫说,"我们就能往前走,一直走到米哈伊洛夫斯克村。这条狗,可别蒙骗我们。"

我递给那个德国人一张十卢布的纸币。"别!别!"他气急败坏地叫

---

1 自由哥萨克首领的称呼,与"黑特曼"意思相近。
2 原文为德语"站住"一词的俄语音译。
3 原文为德语"回去"一词的俄语音译。
4 卡尔博瓦涅茨,当时的乌克兰货币单位,相当于卢布。

嚷起来，晃着脑袋。

"您怎么能塞给他十卢布？"车夫十分恼火，"我可是给您说了：给他五块钱。他们只要五块钱那种。因为沙皇时期的五块钱是在他们德国印刷的。"

我给了德国人一张五卢布纸币。他把手指举到头盔上，摆了摆手：

"发——尔[1]！"

我们出发了。我回头看了看。那两个德国人叉开穿着笨重靴子的双腿，稳稳地站在沙土路中间，笑了笑，抽起烟来。他们的头盔在太阳的辉映下闪闪发光。

一团辣乎乎的东西顶上喉咙。我感觉俄罗斯没有了，也不会再有了，一切都失去了，再活下去没有任何意义了。歌手似乎猜到了我的想法，他说：

"仁慈的上帝啊，俄罗斯到底是怎么了！真是一场噩梦。"

瓦季克也停下来，看了看德国人，他的嘴角一撇，浑身抖着像孩子一样大哭起来。

"没事儿，小家伙，"车夫嘟哝道，"或许，不会那么快，但他们笃定会为我们的眼泪遭报应的。"

他猛地拉了一下缰绳，马车轧得厚厚的红褐色沙子发出咯吱咯吱的响声，沙子上还有德国人钉了铁掌的皮靴踩出的印迹。

俄罗斯留在了北方，那片采伐场上空略带绯红的暮霭越来越浓。路边浅紫色的三叶草开着零星的花。不知为什么，这使我的心境平和了一些。"走着瞧，看谁会取胜，"我心想，"走着瞧！"

---

1 原文为德语"走"一词的俄语音译。

"我们浪荡鬼的黑特曼"

我在科帕尼住到了晚秋时节,然后去了基辅,想定居在那里,把母亲和姐姐接过来。

我没能很快安顿下来。最后,我开始在唯一一家好歹还像点样的报纸《基辅思想》做校对员。这家报纸曾经风光过一阵。柯罗连科[1]、卢那察尔斯基[2],还有许多前沿人物都在那里工作过。即使在德国人和黑特曼政权统治下,《基辅思想》也试图保持自己的独立,但并不是总能做到这一点。报社经常被罚款,还遭到了几次封报的威胁。

我在弗拉基米尔大教堂旁边一栋不大的房子里租了两个狭小的房间,房东是个极度多愁善感的德国老姑娘,叫阿玛莉娅·克诺斯泰。但

---

[1] 弗·加·柯罗连科(1853—1921),俄国作家,政论作家。
[2] 阿·瓦·卢那察尔斯基(1875—1933),苏联国务活动家、作家、批评家、艺术理论家。

我却没能顺利地让妈妈和加莉娅来到基辅——城市突然被彼得留拉[1]分子包围了。他们开始了对基辅的正规围攻战。

我屋里的窗子朝着植物园,一天早上,我被传遍整个基辅的炮击声吵醒了。

我爬起来,生上炉子,往植物园那边看,那里炮火震掉了枝叶上的落霜,随后我又躺下,看书或者思考。暖洋洋的冬日的早晨,炉子里劈柴燃烧的噼啪声和炮火的轰鸣——所有这一切形成了一种平静的状态,尽管这种平静不完全是通常意义上的平静,它是一种令人觉得奇怪的平静,它不稳定,但总归是平静。

头脑还清醒,我借着水龙头用冰水洗了把脸。老姑娘克诺斯泰屋子里传来的咖啡味道不知为何给人一种圣诞前夜的感觉。

那段时间我开始动笔写很多东西。尽管说来奇怪,但围攻倒是帮了我。城市被包围圈紧压着,我的思想也是如此。

我意识到:基辅已经与世界隔离,我们哪儿也不能去;围攻显然还要持续很久;现在别无他法,只能等待——这种意识让生活变得轻松而无忧无虑。

连老姑娘阿玛莉娅·克诺斯泰都习惯了炮轰,把它当成固定不变的日常程序。炮火偶尔停歇时,她反倒感到不安。寂静预示着意外,而意外就有危险。

不过,很快隐隐的炮火声就再次把城市环绕起来,于是大家都放心了。人们又能读书、工作、思考了,又各就其位,抖擞精神,开始工作,感到

---

[1] 西·瓦·彼得留拉(1879—1926),乌克兰民族主义者,当时领导武装力量反抗德国占领者及其扶植的黑特曼政权。

饥饿（确切地说，是半饥半饱），踏踏实实地睡觉，一切都回到了正轨。

我是阿玛莉娅现在唯一的租客。她只租房给单身男人，但她没有任何不轨的意图。因为她只是受不了女人。她按顺序暗恋着她的每一位租客，不过除了日常的照料和突然出现的红晕以外，她从未以任何形式表示出这份心意。只要听见任何一句让人想到和爱情或是婚姻这些危险领域相关的话，她长长的黄面孔上就会泛起红晕。

她热情地称赞所有之前的房客而且为他们感到遗憾，因为他们全都像说好了似的，娶了厉害又贪婪的女人，然后搬了出去。

阿玛莉娅以前在基辅的几个富裕人家做家庭教师，后来攒了一些钱租下来这栋房子，她出租房间，同时给人缝补衣服度日。

尽管阿玛莉娅曾以家庭教师为职业，但她身上并没有那些刻板的礼数。总的来说，她是个善良、寂寞而孤独的女人。

阿玛莉娅身上有一点让我惊讶：虽然她自己是德国人，但是对于占领基辅的德国人，她是持有敌意的，认为他们都是无礼的莽夫。

她对我有着腼腆的好感，显然，是因为我晚上会看书写作。她认为我是个作家，甚至有时会和我谈论文学和她喜欢的作家施皮尔哈根。她亲自整理我的房间。随后我便偶尔会在书中找到干花，或者是画着灿烂的大丽菊的明信片。她关心人，但并不让人感到纠缠不休，因而我们的友谊从未被破坏过。

只有在隆重的节日时，她的朋友们才来看她——她们是一些年迈的德国保姆和身披饰有缎带的斗篷、提着手包、穿着护腿的瑞士女人。

阿玛莉娅拿出小杯子，以及绣着小猫、哈巴狗、三色堇和勿忘草图案的餐巾，把她的这些宝贝都摆放到桌子上，倒上著名的巴塞尔咖啡（她是巴塞尔人）。

这些外国保姆吃喝时十分优雅有度，她们在交谈中用的全是感叹语，以此表达她们的惊讶和恐惧。

只有一个男人被允许加入到这些讲究的女人之中——他便是这栋房子的房屋管理员。他是西南铁路线的会计，有个十分华丽的姓氏，他就是塞巴斯蒂安·克图连达-齐卡夫斯基先生。

他总是一副斗鸡的架势，个子矮矮的，刻意剃了一种皮条客那样的小胡子，还打了油膏，长着一双像纽扣一样的傲慢的眼睛。他穿着短小的烟色条纹蓝上衣，装模作样地往前胸的兜里放一块浅紫色的丝质布片，用来代替本应放在这里的考究手帕。除此之外，他还佩戴着玫瑰色的赛璐珞[1]衣领和蝴蝶结。这种总是脏兮兮的赛璐珞衣领在当时被叫作"单身汉的福星"。这种领子不能洗。人们是用普通的文具橡皮擦掉上边的污渍的。

克图连达先生身上总是散发着胡须油膏、烟叶和家酿烧酒混合的味道。他在自己那间昏暗的屋子里用粟米酿制这种混浊的烧酒。

克图连达先生是光棍，和他母亲——一位胆小的老太婆住在一起。她害怕她儿子，尤其是他的博学。克图连达先生喜欢向我们这栋房子的租户卖弄他的博学，对他们说些文绉绉的话。

"请允许我告诉诸位，"他神神秘秘地说道，"魏宁格[2]的《性与性格》是就性欲问题在其最佳层面上的记述。"

在阿玛莉娅这里聊天时，克图连达先生从不涉及与性相关的问题，

---

[1] 赛璐珞，塑料的一种，旧称假象牙，用来制造玩具、文具等。
[2] 奥托·魏宁格（1880—1903），奥地利哲学家、心理学家，23岁时自杀身亡。《性与性格》是其21岁时完成的著作。

但他有关"尊贵的黑特曼斯科罗帕茨基先生"的政权源于神授的论述却让家庭女教师们心惊胆战。

我在生活中见过很多傻瓜，但是我还从没见过这么死脑筋的白痴。

那时在基辅的生活就像是瘟疫时期的盛宴。基辅开了许多咖啡厅和餐馆，那里的甜点和食物最多只够招待三十个顾客。但表面上，这一切给人的印象是一种遭到重创之后的繁华。城市的居民算上莫斯科和彼得堡人，人数几乎翻了一倍。剧院里上演着阿尔志跋绥夫[1]的《嫉妒》和维也纳轻歌剧，拿着长矛、戴着黑红两色国徽军帽的德国巡逻队在街上来回巡逻。

报纸上极少有关于发生在苏维埃俄国的那些事件的报道。这是个令人不安的主题。报纸倾向于不触及它。就让人们觉得生活晴朗无云吧。

大眼睛的基辅美女和黑特曼军官在旱冰场上双双起舞。许多赌博窝点和幽会场所应运而生。在比萨拉布卡，一些未成年的妓女向人们公开兜售可卡因，与行人纠缠。

至于工厂里以及工人聚居的边缘地区在发生些什么，没人知道。德国人感觉到了不安全。尤其是在艾希霍恩将军[2]被暗杀之后。

看上去，基辅城希望在围困中无忧无虑地生活，好像乌克兰已不复存在——它处在彼得留拉军队的包围圈之外。

有时，我晚上会去尼古拉耶夫大街上的文学与演艺界协会。从北方逃出来的那些诗人、歌手和舞蹈演员在那里的餐馆演出。醉汉的吵嚷时

---

[1] 米·彼·阿尔志跋绥夫（1878—1927），俄罗斯作家，1917年以后移居国外。《嫉妒》是其创作于1913年的剧本。
[2] 艾希霍恩（1848—1918），德国陆军元帅，在乌克兰的基辅被暗杀。

常打断悠扬的诗歌朗诵。餐馆里总是很闷热,所以即使是在冬天也要开点窗户。雪花被裹挟在寒气中,飞进灯火通明的大厅中,转瞬即化。夜里,炮声听起来格外清楚。

有一次,维尔金斯基[1]在协会里演唱。此前我从未听过他在舞台上演唱。我记得他还是中学生,是个年轻诗人的时候,就能写一些优雅的诗歌。

那天夜晚,从窗外飞进少有的大片雪花,它们盘旋着,有的还飞到了映着五彩吊灯的钢琴上。炮轰明显地迫近了,震得桌上的高脚杯摇晃作响,玻璃不安的低泣像是在向人们警告着危险。而桌边的人们依旧抽烟争论,碰杯说笑。有一位身着晚礼服、长着埃及女人一样的细长眼睛的年轻女子,笑声特别有感染力。雪花不时地落在她的裸背上化掉,每一次她都会轻颤一下回过头去,像是想看到背后那片融化的雪。

维尔金斯基穿着黑色的燕尾服上了台。他又高又瘦,脸色格外苍白。台下安静了下来。侍者们不再端着托盘送咖啡、葡萄酒和小吃,他们都停了下来,在大厅后边排成一排。

维尔金斯基纤细的十指交叉相握,他痛苦地把手垂在身前,开始了演唱。他唱的是不久前在基辅近郊博尔夏戈夫卡村被打死的那些士官生,那些被派去对抗危险的匪帮、踏上必死之路的年轻人。

我不知道,为什么,是谁需要。
谁用无情的双手将他们驱向死亡?

---

[1] 亚·尼·维尔金斯基(1889—1957),俄罗斯舞台演员、诗人、作曲家。

歌曲唱到了士官生的葬礼。维尔金斯基歌曲的结束句是这样的：

> 疲惫的观者默默将大衣裹紧，
> 一个女人，带着疯狂的神色
> 亲吻死者已经发青的嘴唇，
> 而将订婚戒指抛给了牧师。

他唱的是发生在士官生葬礼上的真事。

台下响起雷鸣般的掌声。维尔金斯基鞠躬致意。一个坐在远处、喝醉了的军官语气呆滞地喊了一声：

"唱《上帝保佑沙皇》!"

人群中爆出一阵喧哗。一个穿着旧得发亮的夹克、戴着夹鼻眼镜、小尖胡子气得发抖的瘦老头冲向军官。这人看着像是一个老师。他开始用瘦小的拳头敲着军官所在的大理石桌面，喷着唾沫喊道：

"近卫军的败类！您竟敢侮辱自由的俄罗斯的人！您应该在前线打布尔什维克，而不是在这里！不过是个酒囊饭袋！"

所有人都跳了起来。瘦老头扯着军官要和他打架，却被人们拽着手拉开了。军官的脸涨成了紫红色，他慢慢站起身，一脚蹬开椅子，抓起一只酒瓶。

几个侍者向他扑过去。那个穿晚礼服的姑娘尖叫一声，用手挡住了脸。维尔金斯基用力地敲了一下琴键，并举起一只手。所有人都安静了下来。

"先生们！"维尔金斯基的声音洪亮而傲慢，"这简直是不成体统！"

他转身缓缓走下舞台，让那个戴夹鼻眼镜的人喝了点水。军官像什么都没发生过一样坐回桌旁，对着大厅上空说：

"我打过犹太佬，以后还要打，直到把他们打进棺材板。我让你尝尝近卫军的败类的厉害，我是来自戈梅利的戈梅利的莫夫申宗。"

又开始了一阵吵闹。戴着黄蓝袖标的黑特曼近卫军出现在大厅里。

我出来，到了大街上，边走边深深自责。在我的身边，我的国家里，有多少佩戴着近卫军肩章和粉红色赛璐珞衣领，或是戴着笨重的德国钢盔的败类啊。以前我觉得，我有一个为自己辩解的牵强的理由——我写了很多东西，所以我过着双重生活。如今那个虚构的世界在鞭挞着我，我却无法反抗。

那时我的写作更像是绘声绘色却无人需要的研究论著。其中没有整体感，却有着大量轻浮而杂乱无序的想象。

比如，我能花上好几个小时描写不同的闪光，不管它是出现在哪里的——瓶子碎片上的、轮船舷梯铜扶手上的、窗户玻璃上的、杯子上的、露珠上的、蚌壳上的，还有人的瞳仁中的。这一切汇聚成了让我意想不到的图景。

真正的想象，需要清晰、精确，而我很少能做到。这些图景大多是模糊的，那时我很少下功夫赋予它们现实的明确性，也常常忘却粗砺的生活。

最后我自己形成了一条雷打不动的描写规则。然而不久之后我把它们找出来连起来重看时，却发现这些文字甜腻腻的、无聊透顶。我感到吃惊。散文必需的力度和严整在这里变成了果子露、美味糕一类的甜食。这些文字非常黏腻，这就是些文字的果子露。它们是很难清洗掉的。

我曾下狠心要洗清这种云山雾罩、辞藻华丽的散文，虽然不是总能如愿以偿。

幸运的是，那个阶段很快就过去了，几乎所有那期间写的东西都被我销毁了。不过就是现在，我有时还能觉察到自己对华丽辞藻的嗜好。

但很快我所有的创作和疑惑都以一种出人意料的方式被打断了。

彼得留拉对基辅的围困日益加紧。于是黑特曼斯科罗帕茨基发布了一条动员令：十八岁到三十五岁之间的男性都要参军，没有例外。如果被动员的人没有报到，那么他的房屋管理员将用自己的性命为此负责。命令写得很简单：如果"藏匿"上述年龄的男子，房屋管理员将被毫不留情地处决。

动员令贴遍了市里。我漫不经心地看完了命令。我认为，作为俄罗斯联邦共和国的公民，我不应该也不愿意服从任何黑特曼的命令。

一个冬天的深夜，我从印刷厂回家，路上寒风凛冽，比比科夫林荫道上的杨树在风中发出凄厉的呼号。

在房子附近的栅栏边站了个围着保暖头巾的女人。她朝我快步走过来，拉住了我的手。我躲闪开。

"别出声！"女人开口了，我这才听出是阿玛莉娅，她的声音因为紧张而断断续续的，"我们离开这儿。"

我们走向弗拉基米尔大教堂。教堂粗笨的墙垛支撑着沉重的外墙。

我们停在背风的墙垛那里，虽然周围空无一人，但阿玛莉娅还是向我低声耳语道：

"谢天谢地，亏了您一整天都不在。他从早上十点就开始守在前厅了，并且哪儿也不去。太可怕了！"

"谁呀？"

"克图连达先生。他在守候着您呢。"

"为什么？"

"哎呀，主啊！"她的声音提高了，恳求似的从小手笼里拿出双手交叠在胸前，"您快逃吧！求求您了，别回家。我给您我一个朋友的住址——她是个善良的老太太，世上再没有像她这样的好人了。我写好了一封信给她。您就到她那里去吧。有点远，在格鲁博奇察，但是那里情况会好一些。她一个人住在自己的小房子里。她会把您藏好的。在危险过去之前，我会每天给您送去点吃的。"

"出什么事了？"我问道，"我一点也没明白。"

"难道您没看到黑特曼的动员令吗？"

"看了。"

"克图连达找上您了。要把您送到军队里。"

说到这里我才都弄明白。

"他哭哭啼啼的，"阿玛莉娅用冷冷的声音说道，"他哭成了个泪人，说要是您跑了，明天早上十点他就会像最后一个匪徒一样被枪毙。"

她从手笼里拿出信，把它塞进我的大衣口袋里。

"走吧！"

"谢谢，阿玛莉娅·卡尔洛夫娜！什么也威胁不到我。我是俄罗斯联邦的国民，黑特曼的命令关我屁事。"

"主啊，太好了！"阿玛莉娅大声说道，可能她是没注意到，或是原谅了我说"关我屁事"这样粗鲁的话。她把手笼放在胸前，笑了起来："这我还真不知道。要是这样的话，那他们也不会把他怎么样了。"

"不会有事的，明天我和克图连达去征兵站，他们会立刻把我放回来的。"

"那就好。"阿玛莉娅安下心来，同意了，"咱们回去吧。我先进屋，您过个两三分钟之后再进去，免得让他看破了。唉，我真够累的！"

我这是第一次挽她的手,挽着她走路。我感觉到她还在发抖。

我在楼梯里等了几分钟然后才进屋。克图连达正坐在前厅的椅子上。他冲向我,用鸡爪似的手一把抓住我,颤颤巍巍地絮叨道:"看在耶稣基督的分上,您别让我送命!我等了您一整天。就算您不可怜我,也请您可怜可怜我的老母亲吧。"

我告诉他明天早上我会和他去征兵站,不过当然,我是个俄罗斯国民,他们会放我回来。

克图连达哭哭啼啼的,马上俯身要吻我的手。我把手抽了回来。阿玛莉娅站在门口,眯着眼睛看着克图连达先生。我从未见过她这样的眼神。这时我突然想到,如果我听了她的话跑掉,那这个可怜的人是真的会被枪毙的。想到这一点,我不由对这个多愁善感的女人那种平静的残忍感到惊讶。

克图连达离开了,临走前还送给我祝福。他表示他板上钉钉地相信我肯定会被放回来,因为"黑特曼先生"绝对没兴趣让来自红色莫斯科的人留在自己的军队里。

当我在厨房水龙头下洗完脸回屋时,阿玛莉娅在走廊里拦住了我。

"别说话!"她神神秘秘地说道,拉着我的手踮着脚尖穿过小客厅,来到黑乎乎的前厅。在那儿她向房门示意,轻轻按了一下我的肩膀,让我透过锁眼看一眼。

我看了一眼。楼梯口台子上,克图连达坐在一个装鸡蛋的箱子上,正悄悄地捂着嘴打哈欠。他当然不相信我,打算一直监视我到早晨。

"畜生!"我们从前厅回到客厅时,阿玛莉娅低声说道,"我还把他给放进屋来了。我恨他恨得脑子都麻木了。明早的早餐给您留在厨房的柜子里了。"

"我们浪荡鬼的黑特曼" 133

早上八点整，克图连达就弄响了门铃。我给他开了门。他泛红的眼睛眼泪汪汪，蝴蝶领结像垂下的翅膀一样，皱皱巴巴，可怜兮兮。

我们向加里西亚集市的征兵站走去。克图连达先生借口自己头晕，紧紧地抓着我的手。显然，他是怕我一见到穿堂院就跑进去溜了。

在征兵站要排队等候。那些房屋管理员捧着厚厚的户口簿，在应征者身边跑来跑去。这些管理员带着不好意思的神色，又做出献媚讨好的样子。他们请应征者抽烟，根本就是在强塞，让他们一定收下。不管应征者说了什么，他们都唯唯诺诺，守着自己的被监护人寸步不离。

在一个散发着厨房味道的房间的最里面，桌后坐着一个戴着黄蓝两色肩章的黑特曼军官，他的脚在桌下不停晃动。

我前面站着一个胡子拉碴、戴着眼镜、身体孱弱的年轻人。他神情沮丧、一言不发地等着。轮到他的时候，军官问他职业，他回答道：

"我是水文地理学家。"

"伯爵[1]？"军官重复了一遍，靠到椅子上，看了一眼那个青年，丝毫不掩饰自己的不满，"真是个难得的人物！我这儿有贵族，有男爵，就是还没有伯爵。"

"我不是伯爵，是水文地理学家。"

"闭嘴吧！"军官平静地说道，"我们都是伯爵。我们清楚这些伯爵和这些水文-伯爵。冲着你说的蠢话，你给我到总务队卖力气去吧。"

那个青年只是耸了耸肩。

"下一个！"

---

1 俄语"伯爵"一词与"水文地理学家"一词的后半部分相同。

"下一个是我。"

我向军官递上了我的证件，坚定地说道，作为俄罗斯苏维埃联邦的公民，我不应该被征入黑特曼的军队服役。

"这真是个惊喜！"军官表情夸张，眉飞色舞，"您的话简直让我着迷了。我要是事先知道您会来，肯定叫军乐队前来迎接。"

"您的玩笑和正事无关。"

"那什么和正事有关？"军官恶狠狠地说着，站起身来，"这个？"

他伸出中指做了个侮辱的手势，伸到我的脸前。

"去他的！"他继续道，"去您的苏维埃-犹太国籍，我要坐在大树上朝它啐唾沫。"

"您不许这么说话！"我说道，尽力保持冷静。

"每个人都指着我的眼睛说'您不许'，"军官语气阴沉地说道，然后坐下，"够了！出于对您伪造国籍的敬意，我指派您去哥萨克雇佣兵团。到黑特曼先生本人所在的近卫军去。请感谢上帝吧。证件留我这儿。下一个！"

我和黑特曼军官谈话时，克图连达先生已经消失了。我们所有应征者都被押送到了杰米耶夫卡军营。

这一场因为伴着士兵的刺刀出场而让人印象更加深刻的喜剧，是如此荒诞不经和匪夷所思。直到待在了寒冷的军营里，我才第一次感受到了这笑话之下的苦涩。我坐在布满灰尘的窗台上，点上一支烟，静静思考。我做好了承受任何危险和艰辛的准备，却没想到会来到黑特曼近卫军这个戏班子。我决定观察好环境，找机会逃跑。

这个戏班子实际上很血腥。就在当天晚上，就有两个来自桥头镇的小伙子因为走出了大门，听到呵斥声后没有马上停下来而被哨兵枪杀了。

炮声变得更猛烈，这让那些还有精力焦躁不安的人安下心来。炮轰预示着某种未知却已经临近的变数。"哪怕更糟糕，只要换一个"，这大概是基辅那时最流行的言论了。

大多数应征者都属于"摩托小伙儿"，城里这样称呼那些从城郊索洛缅卡和舒利亚夫卡来的恶棍和小偷。

他们都是些不顾一切、肆无忌惮的年轻人。他们心甘情愿加入黑特曼的军队。显然，黑特曼的军队不过是在勉强支撑着，"摩托小伙儿"们比任何人都清楚，在即将到来的混乱中他们可以不用把武器还回去，可以随心所欲地抢劫，发不义之财。所以"摩托小伙儿"们现在尽力不引起长官的怀疑，努力地装作是勤勤恳恳的黑特曼士兵。

这个军团被叫作"尊贵的先生、黑特曼帕维尔·斯科罗帕茨基殿下雇佣兵团"。

我被分到一个当过俄国飞行员的"中尉先生"带的连里。他一句乌克兰语都不懂，喊口令也是支支吾吾的。在喊"普拉沃卢奇"（"向右转"）或是"利沃卢奇"（"向左转"）之前，他都要先琢磨一下，回忆一下口令该怎么喊，怕自己喊错弄乱了队列。他对黑特曼的军队抱有公开的恶感。有时他会望着我们，一边摇头一边说：

"一支春娃娃[1]将军带的部队！都是些恶棍、无赖和意志薄弱的家伙！"

有好几天时间他都是敷衍了事地教我们整队、使用步枪和手榴弹，然后给我们穿上烟绿色的外套，戴上钉着乌克兰国徽的军帽，套上旧球鞋，打上绑腿，带我们到克列夏季克参加检阅，许诺说检阅之后第二天

---

[1] 据说春娃娃是一种德国玩具，会发出调笑声，后比喻纵酒作乐的人。

就派我们去彼得留拉前线。

我们和其他一些小股队伍从克列夏季克的市杜马大楼旁边走过,小时候我在这里曾遭遇过射击战。杜马圆形大楼的尖顶上,天使长米迦勒的镀金像依旧单脚保持着平衡。

黑特曼戴着一顶皱巴巴的羔皮帽,穿着一件束腰无领白长袍,骑着一匹枣红色的英国马,立在杜马大楼旁。他下垂的一只手中握着马鞭。

黑特曼的身后站着几个德国将军,他们头戴镀金尖顶头盔、骑着如铸铁一般的黑色战马,像石雕那样,纹丝不动。德国人差不多都戴着单片眼镜,眼镜不时闪出些许的亮光。人行道上零星地聚起了一伙伙好奇的基辅人。

队伍散乱地从黑特曼面前走过,错落不齐地对他喊着:"光荣!"作为回应,黑特曼只是把马鞭举到羊皮高帽旁,稍微向上提一提自己的马。

我们团决定给黑特曼来一个出其不意。我们一走到和他并排的地方,全团就突然唱起了气势汹汹的歌曲:

> 我们亲爱的,亲爱的,
> 我们浪荡鬼的黑特曼,
> 我们浪荡鬼的黑特曼——
> 帕维尔·斯科罗帕茨基!

"摩托小伙儿"们唱得格外地气势凶猛——在每一节开头都会吹口哨,并带着绝望的凶狠大喊一声:"嗨!"

> 嗨!我们亲爱的,亲爱的

黑特曼斯科罗帕茨基，
黑特曼斯科罗帕茨基，
浪荡鬼们的阿塔曼。

我们很快就会被派到前线，这激怒了"摩托小伙儿"们，他们不再顺从。

斯科罗帕茨基没有感到吃惊。他依旧平静地把马鞭举到羊皮高帽旁，微微一笑，像是听到了可心的笑话，还回头看了看那些德国将军。他们的单片眼镜揶揄似的一闪，单从这就能做出判断，大概德国人听懂了这首歌里的一些词。人行道上三五一伙的基辅人低声议论，表示赞叹。

天还没亮时我们就被叫醒了。东方朦朦胧胧透出我们不愿意看到的曙光。在这个令人不悦的早晨，在军营煤油灯的油烟里，在泛着一股鲱鱼味的淡茶里，在"中尉"因无声的绝望而渐渐失去光泽的双眸中，在无论如何都穿不上去、又冷又潮的球鞋里，都带着一种难以消散又莫名其妙的忧愁，一种巨大的、使人感到心灵空虚的不舒服感。我决定今天一定要从这个"尊贵的先生、黑特曼帕维尔·斯科罗帕茨基殿下雇佣兵团"逃走。

点名时发现我们已经少了十二个人，飞行员不抱希望地挥了挥手，说："你们他妈的都见鬼去吧！列队！"

我们敷衍了事地排起队列。

"克罗科姆——卢什[1]！"他喊了一声口令，我们佝偻着身子，离

---

1 乌克兰语"齐步走"。

开营房里潮湿而又让人不踏实的温暖，走入冬天清晨寒冷刺骨的空气中去。

"前线到底在哪儿呢？"一个似乎刚刚醒来的声音从后排带着诧异的语气问道，"难道我们就这样列队徒步去吗？"

"你听说过齐姆科维奇夫人的妓院吗，在普里奥尔卡的那家？那儿就是前线。最高指挥官的大本营。"

"你们最好别出声，""中尉先生"请求道，"上帝做证，听着令人厌恶。而且本来在队列里就不该说话。"

"我们自己知道什么该做，什么不该做。"

"中尉先生"只是叹了口气，往旁边闪了闪，离队列稍远一点。很明显，他有点怕这些"摩托小伙儿"。

"为了一瓶破酒，就把乌克兰出卖了！"一个愤怒的男低音说道，"而现在你却得在这儿把马粪搅和到这片雪地里。岂有此理！"

"把他们所有人都赶到地狱那里去——完事大吉！"

"所有人是指谁？"

"就是所有人！那个彼得留拉，还有那个混蛋黑特曼，无一例外——所有人！让人们安静地喘口气吧。"

"中尉先生，您怎么了？怎么活像相亲的大姑娘，一言不发？前线在哪儿？"

"过了普里奥尔卡，"飞行员不情愿地回答，"普夏-沃季察附近。"

"嗬——嗬——嗬！该死！这不是要走十俄里吗？"

"没关系，"飞行员答道，"他们送我们到那里。"

队伍里传来一阵嘲笑。

"有意思，用什么送？"

"你们这就看到了。"

"用沙皇的马车送。我们都是这么舍生忘死的英雄,不这么送哪行?"

就是到此刻我还是不明白,我们当时是被怎样一种习惯忍受的惯性支配着一直走啊走,尽管我们每个人(包括"中尉先生"在内)都明白去前线没有任何意义,而且我们当时可以马上心安理得地散伙回家,不会有任何不良后果。

但我们还是继续走,下了坡,走到了波多尔,走到了契约广场。那里已经开始了早晨平静的生活——穿着灰色制服大衣的男孩们去上中学,兄弟修道院里的钟敲响了,召唤着人们去进行早祷,穿着靴子的农妇们赶着羸瘦的奶牛,几间肮脏破旧的理发店也已开门营业,扫院子的人在清扫人行道上灰白色的融雪。

契约广场上停着两辆旧的敞篷有轨电车。

"上车!"飞行员突然兴奋起来,喊道。

连队莫名其妙地站住了。

"我说过了——上车!"飞行员气愤地说,"我都说了,他们送我们到那里。这是军用电车。"

雇佣兵们快活地喧闹起来。

"我们作战很文明嘛!"

"简直就是格尔瓦西神父[1]的奇迹!坐着电车去前线。"

"走吧,小伙子们!别磨蹭了。"

我们迅速坐满了电车车厢,车厢咣当咣当直响,并且不时地打铃,

---

[1] 格尔瓦西和他的双胞胎兄弟普罗塔西都是公元1世纪至2世纪基督教圣徒(殉道者),传说其干尸有治愈疾病等奇迹。

慢吞吞地沿着铺卵石的波多尔和凄凉的普利奥尔卡向普夏-沃季察前进。

电车过了普利奥尔卡就停下了。我们下了车,散乱地跟随着飞行员,走过布满东倒西歪的茅舍的小巷,走过有着一堆堆还冒着热气的厩肥的、被雪覆盖的空地。前方是一个很大的古老花园,黑漆漆一片。那是我从儿时起就很熟悉的著名的"忘忧"别墅。

在花园的边缘,被雪覆盖的斜坡上挖了战壕,里面有联络通道、掩蔽部和叫作"狐狸洞"的掩体。雇佣兵们出乎意料地喜欢上了这些战壕,掩体是安全可靠的。

飞行员把掩蔽部占住了,"摩托小伙儿"们马上就占上两个"狐狸洞"。几分钟之后,他们已经在简易木板床后面起劲地玩起了"打铁路"纸牌游戏。

我站岗放哨。在前方广阔的田野那边,普夏-沃季察的松林泛着绿意,被暖风吹得湿润起来。彼得留拉士兵(我们称他们为"谢奇人"[1])不时从那边有气无力地射击一阵。子弹啸叫着在头上方并无危险地轻轻划过,偶尔会打在胸墙上,发出啪啪的声响。

飞行员命令不要将头探出胸墙外,也不要对彼得留拉士兵的射击进行还击。

右边,第聂伯河上空呈现出锡灰色的天空,一条田间道路延伸进树林中,路上撒满了牲口粪,成了一片棕黄色。左边,从斯维亚托申方向传来激烈的炮声。

无论我怎样盯着树林细看,希望看见哪怕一个彼得留拉士兵,都

---

[1] 指扎波罗热营地的哥萨克。

一个也没有看到。哪怕是哪株灌木丛晃动一下也好，但是就连这个也不曾有。

站岗很无聊。我开始吸烟。前不久我弄到了三盒"萨利维"牌的敖德萨烟卷，非常以此为傲。烟卷又粗又密实，散发着香味。

我吸着烟，无所事事，便在记忆里逐一回想最近几年内我的生活。结果回忆的画面变得杂乱无章。

我认为，该是在生活中理出头绪的时候了，哪怕是暂时的，要使生活为我成为一名作家的志向服务。我已经二十六岁了，却没好好写出什么作品——全都是一些片段、草稿和习作。应该做到有明确的目的性，拒绝随意性的写作。

我感到右边、在田间道路的那边似乎有什么朦朦胧胧、勉强可见的东西在移动。那里是一片旧墓地。其中一个坟丘上立着歪斜的十字架。忽然间我觉得，这阴暗的日子和十字架，这冰雪消融的天气和在我背后的昏暗公园里鸣叫的寒鸦，这点缀着厩肥、撒满腐烂的秸秆的道路，对我来说似乎早就熟识。这种感觉袭来，我甚至发出了哀叹。三年前也是在和这一模一样的一天，廖莉娅被埋葬在村子后面的那个高岗上。三年好像等同于三十年。现在那儿还有那些该死的德国人，还是那样的泥泞，或许连她坟墓的痕迹都不存在了。我想都不敢想，她的遗骸就在这地下躺着。我不相信这是真的。我觉得好像她会永远那样躺着，像我们把她放进木板棺材里时那样——苍白、美丽得无法言说、平静、年轻，带着垂下的睫毛在脸颊上留下的忧伤阴影。

我无法对任何人诉说这件事情，甚至对妈妈也是如此。我注定要在心里承受这种强烈的痛苦。没有一天我不感觉到这种疼痛，没有一天，尽管我在这本书前面的一些篇幅中并未提及这点。

是的，想必也不用提了。作家难道可以相信，批评家冷漠的笔触或者读者苛责的目光竟然不会轻率地、嘲讽地触碰他心中战栗的情感，而这种情感正如一滴泪珠，马上就要掉落尘埃？作家难道可以相信，没有人会随便震落这滴泪珠，而这泪珠也不会在人的心中留下血的伤痕？

我想起廖莉娅，又猛然吸起烟来，然后，为了缓解那突然间向我袭来的不安，我扣动了步枪的扳机。步枪放在胸墙的凹槽里。枪砰的一声响了。从墓地里立刻噼里啪啦响起了散乱的射击声。很明显，那里聚集着彼得留拉士兵，我的枪声吓到了他们。

飞行员从掩蔽部里蹿出来。我们开始朝着墓地频频开火。可以看见，一些十字架上腐朽的碎木片飞起，随后一些人从地面上爬起来，离开墓地向树林飞奔。"摩托小伙儿"们朝着他们的背影射击，将两根手指含到嘴里打口哨，还粗鲁地骂着娘。彼得留拉士兵的进攻没有成功。

一个头发乱蓬蓬的、戴着一副厚眼镜的大学生，大概是个牧师的儿子，到战壕里来替换了我。

我下来，进了"狐狸洞"。那里一盏小煤油灯冒着黑烟。我从包里拿出面包和一截放了很久的香肠，吃了起来。值日兵朝我走过来——这是一个眼神机灵、脸上有着很多道白色伤疤、手掌上有刺青的人，那刺青的图案是一个噘起的女人嘴唇。当这个机灵人舒展开手掌，嘴唇也略微打开，好像是为了亲吻而张开，而当他把手掌合起来，嘴唇也紧闭起来。这种刺青图案很受"摩托小伙儿"们欢迎。

机灵人给我倒了一杯热茶，给了我三块方糖，拍着我的肩膀说：

"'茶是维索茨基的,方糖是布罗茨基的,而俄罗斯是托洛茨基的。'[1] 我说得对吗?"

不等我回答,他就从我身边走开了,靠着简易木床坐下,说着下流话,故作丑态,马上打起了纸牌。从斯维亚托申传来的隆隆炮声越来越清晰。每声炮响之后,小煤油灯都会冒起更浓的黑烟。

我身上暖和了,后来靠着墙睡着了。

半夜我被一阵低沉的喧闹和叫骂声吵醒。打牌的人打起架来了。几个人把那个机灵人按在桌子上,照准他的脖子结结实实地闷声痛打。

机灵人没有反抗,一声不吭——很显然,人们打他是事出有因的。

战壕里有人招呼去三个人换岗。"摩托小伙儿"们放过了那个机灵人,然后我们三个——他、我,还有一个穿骑兵外套的高个子的人去了战壕。

在战壕里,我的位置离那个机灵人很近。

夜里出现了解冻的迹象。雪簌簌作响,好像我们周围有老鼠在折腾。

那个机灵人骂了好一会儿,直到穿骑兵外套的高个子用凶狠的嘶哑声对他说:

"你安静一会儿,烦人精,不然我就把你打残了,像打一只狗一样!"

机灵人吐了一口唾沫,走到我身边蹲下,默默待了一会儿,说:

"兄弟,你打不残我的!我自己已经把自己弄残了,像一幅画!我整张脸都划破了,脸上都是疤。你注意到了吗?"

"注意到了。"我回答说。我不想跟这种浅薄的人聊天。

---

[1] 十月革命时期反犹太主义者编的小曲,其中三人均为犹太人,茶商克隆普斯·维索茨基、糖商拉扎尔·布罗茨基,以及当时的苏维埃最高军事委员会主席列夫·托洛茨基。

"这儿，应该说，根本不是伤疤，"机灵人带着出人意料的忧伤说道，"而是写在我这让人厌恶的臭皮囊上的、前所未有的爱情故事。应该是这样理解。"

机灵人尴尬地笑起来，好像他被呛了一下。

"我当时在'高加索和水星'公司的伏尔加轮船上工作。在餐厅做服务生。一次，一个毕业班的女中学生从科斯特罗马上了我们的轮船。她要去辛比尔斯克。我在那之前已经饱尝了女人的滋味，都是轮船上的女伴。对待她们，我的做法总是很轻浮。总有那样的男人，当女人不再爱他们时就痛哭流涕，用头撞墙。可我没有感到痛苦。我反正得到了自己要的东西。不爱了——那就算了！人走茶凉！和贪婪的人打交道，我还算走运。没一个女人不贪婪，不是贪恋爱情，就是贪恋金钱。大多数是女服务生和年轻一点的洗碗女工……对了……那个女中学生坐上轮船，来餐厅吃晚饭，就是孤身一人。她脸色苍白，很漂亮，看得出，这里的一切对她都是新鲜的，也看得出，她有些难为情。她有着满头金发，梳着辫子，辫子沉甸甸的，盘在后脑。我在给她端菜的时候，一只手轻轻碰到了她的发辫。我立刻浑身颤抖了一下——发辫竟是那样冰凉，而且怎么说呢，还有弹性。我当然道了歉，而她只是蹙了一下眉，瞧了我一眼，说了句'没关系'，然后安静地整理了一下发辫。可以看出来，她很高傲。

"'唉'，我想，'死定了！'主要是，她的纯洁把我降服了。一棵苹果树就这样绽放出花朵——芳香四溢。立刻我的愁绪就开始了——我甚至因为她而呻吟起来。一想到她到了辛比尔斯克就要下船，而你还要带着自己那颗令人厌恶的、破碎的心留在轮船上，就想用头撞墙，放声痛哭。但我暂时忍受着，数着时间——毕竟到达辛比尔斯克还有两昼夜的航程。我给她送上最好的食物,甚至答应给厨师半瓶伏特加,让他把配菜做得更美味一些。而她,显然缺少经验,没留意到这些。她是一个太年轻的女子,简直就是个小女孩。我试探着跟她搭话,虽然这对我们服务生来说,毫无疑问,是禁止的。规矩就是那样——你上菜要快,不能说话,而乘客先生们谈话时,不能伸过你那猪头脸去插嘴,这种事想都不敢想。你是仆人,做事要符合自己的身份:'是''稍等''上菜请吩咐''万分感谢'(这是给你小费的时候,你该说的)。

"我怎么也找不到一个可以跟她搭讪的时间——因为另一个服务生尼科季姆总在周围转来转去。最后我终于迎来了好运——尼科季姆离开去了厨房。我连忙问她:'请问您要去哪里?'她抬起眼睛看着我——她的眼睛是深灰色的,睫毛像天鹅绒般的黑夜,回答我说:'去辛比尔斯克。怎么了?'就是这句'怎么了',她把我彻底难住了。'啊,没什么,'我说,'只是想提醒您,您,看得出来,是一个人出行,而在轮船上常常是什么人都有。可以这么说,也有卑鄙无耻的人,专门招惹没人保护的年轻女士。'她瞧了我一眼,说道:'我知道。'并微笑了一下。就在那时我明白了,为了她的每一个微笑,我愿意一滴一滴付出我全部的鲜血,甚至没人会听到我的呻吟。

"我再也没碰上跟她说话的机会。当然,我会把两三个小餐桌上的花都特意摆在她的餐桌上——尽管这件事微不足道,但我想让她明白,她对我来说是这个世界上最可爱的人。但她好像还是没有注意到。

"马上要到辛比尔斯克的时候,尼科季姆突然吵嚷起来,还就是在她的面前。'你为什么这么做?'他说,'你把我的花都搬到自己这儿来了!可找到一朵漂亮的郁金香了!'她当然猜出来了,脸红了,但没有抬起眼睛。

"你得相信我。这是我平生第一次给一个人讲这个故事。不能讲给无赖听。他们会一下子玷污这一切的,而我生命里不曾有过比这更美好的东西,我以我的老妈妈的名义发誓。无论我是怎样一个作奸犯科的人,也可以说我是一个绝对诚实的小偷,我都不会卑鄙到把这件事讲给无赖听。你相信吗?"

"我相信。"我回答说,"把故事讲完吧。"

"还没有结束。"机灵人说,他又重复了一遍,嗓音里带着出人意料的威胁语气,"还没有结束!会结束的,我是这么认为的。你无权让我陷入怀疑。你别打断我的思路。是的……第二天早上我们的轮船就应该驶进辛比尔斯克了,而我的脑海里——你不会明白在想些什么!我只知道一点——我现在不能和她分离。哪怕是远远地,哪怕是在暗中,我也要跟着她走到我卑贱人生的尽头。我需要的东西不多。我只要与她呼吸同样的空气。因为别的空气对我来说简直是毒药。你能明白吗?你读过各种各样写爱情的书——这些在书里都写着呢。是的!快到早晨时,关于我该做什么,我的头脑中已经形成了一个稳妥的方案。夜里我从餐厅老板的钱柜里偷出了营业款,船刚在辛比尔斯克靠岸,我就穿着当时身上那件服务生寒酸的燕尾服跑到岸上,就像是去市场买小萝卜。我就这样留了下来。

"最初一段时间钱还够用,而我身上穿的衣服当然令人生疑。我买了一件西装短上衣。当然,我跟踪着她。她住在祖母家那栋带花园、种着醋栗树的老房子里,我运气不错,那栋房子的斜对面,就是斜一点点儿,有一家小旅店。那家旅店不算排场,很小,甚至没养一只唱歌的金丝雀。我在那家小旅店踏实地住下来。我编了一套说辞,说跟一个同事约好了到辛比尔斯克来买鹅,但同事耽搁了,还没到。我就在这儿住着,发愁，等待。但我没搞明白一点，人们都是在秋天，而不是在夏天来买鹅的。"

"那么怎么样，见到她了吗？"我问。

"见到了。见过两次。她从我的心里走过，把一切都彻底带走了。我当时什么都不想，只知道一点，那就是我很高兴。她，当然，什么都没有怀疑，甚至大概已经忘记了我——我是一个外表不让人愉悦的人，我自己知道——牙齿像黄鼠狼，一双老鼠眼，还总是滴溜溜乱转，这双该死的眼！真该把它们抠出来见鬼去！不管你怎么努力，美貌是攒不到、偷不到的。"

彼得留拉士兵的机关枪从树林边缘又射击了一阵，短暂而无趣，然后又陷入沉寂。

"这些全都是扯淡，"机灵人说，"不管黑特曼，还是彼得留拉的人。还有整个紧张局势，这种挣扎，我不明白，这一切都有什么用。我也不想弄明白。"

他沉默起来。

"你怎么了？"我说，"刚开始讲就打住了。"

"不，我没打住。我在辛比尔斯克一共住了十天，后来，小旅店的老板——一个患病的人，一个好人——有一次招呼我过去，悄悄对我说：'这儿有一些暗探，也就是警察的线人，问了你的情况。小心点，年轻人，今天你可别被抓了。你是小偷吗？''不，'我说，'我不是小偷，我也从来没做过小偷，就是因为对一个女人的爱。''法庭不会考虑你对女人的爱。那不是法律要素。你以后不要再来这里了。你当心点吧。'我拿定主意——不，我不能去坐牢。我现在需要行动的自由，为的是不失去这个女人。应该兜个圈子，把我的踪迹弄乱。

"为了躲避风头,我就在那天离开,去了塞兹兰,而到那儿的第三天我就被当作挂着鼻涕虫的小偷抓起来了。我被用轮船押送去萨马拉接受审判。两名押送兵押送我。我们快到辛比尔斯克了。我从小窗户向外看,从河上能看见她住的那栋房子和花园。我请求押送人员:'请把我带到三等舱的小吃部去,我已经一天多没吃东西了。'是的,他们动了恻隐之心,当然就带我去了。我小声对小吃部的女服务员说要一杯伏特加。她给我倒了一杯。我一饮而尽,然后,瞧,就是这只手,把杯子攥碎了,用碎玻璃片开始在自己整个脸上划、刮。就像在用那些沾了血的碎玻璃洗脸一样。这一切都出于那无法忍受的忧伤。我弄得满柜台是血。从那时起伤疤就留在了我的这副嘴脸上,给我的脸添了彩。"

"哦,后来呢?"我问。

机灵人瞧了我一眼,花了好一会儿时间吐了一口唾沫,然后答道:

"好像你不知道似的。后来——红菜汤加狗屎。给我一包'萨利维',否则我就掐住你的颈动脉——我的手法很准,你会连挣扎都来不及。我都是糊弄你的,公子哥,而你却马上感动得鼻涕一大把。"

我给了他一包"萨利维"牌烟卷。

"喏,讲完了!"他说,然后他站起身,慢慢地沿着战壕走了,"不管是这会儿,还是再过三十年,只要你说漏了嘴,把这些讲给那些无赖听,我就会毫不留情地要了你的命。你大概会想出这样的诗句:'啊,爱情,是令人陶醉的梦。'"

我无法理解他这种出人意料的凶狠劲,一直望着他的身影。

在黎明的雾霭中,从基辅方向响起了炮弹的呼啸声。我觉得炮弹是直接朝着我们打来的。我没有错。

炮弹打在了胸墙上,爆炸时发出巨响,仿佛周围的空气像一个空心铁球般炸裂开来。炮弹的碎片像成群的燕子一样呼啸着飞过。那个机灵人受了惊吓回过头，脸碰在了战壕壁上，他吐出一口鲜血，同时骂了最后一句脏话，就倒进了一个泥雪混合的水洼里。一个带血的斑点在雪中慢慢扩散开来。

第二发炮弹打在了"狐狸洞"旁边。"中尉先生"从掩蔽部里蹿出来。第三发炮弹又打在胸墙上。

"自己人！""中尉先生"用哭声大喊道，并向着基辅方向发出威胁，"自己人在射击！一群傻瓜！没用的东西！你们在朝谁射击？你们在朝自己人射击，坏蛋！"

"中尉先生"转过来对我们说：

"撤退到普里奥尔卡。赶快！不要惊慌！让你们的黑特曼下地狱吧。"

我们跳跃着沿着下坡路撤到了普里奥尔卡，一听到炮弹的呼啸声大起来就趴下。毫无疑问，最先跑的是"摩托小伙儿"们。

原来，黑特曼的炮兵认为，大概我们的战壕已经被彼得留拉士兵占领了，于是朝着战壕集中开火。

"中尉先生"从战壕里出来时，迈过了那个机灵人的尸体，他没有回头，对我说：

"把他的证件带上，以备万一用得上。没准能找到他的亲人呢。好歹也是个人，不是一条狗。"

那个机灵人脸朝下趴着。我把他翻过来，让他仰面躺着。他的躯体还是暖的，别看他很瘦，却很重。弹片打中了他的颈部。手掌上文着的那个深蓝色的女人翘嘴唇也染上了鲜血。

我解开机灵人的淡蓝色奥地利军大衣，从他军便服的口袋里拽出一个磨旧的证件——证件显然是假的，以及一个空信封，信封上写着地址：

"辛比尔斯克，花园路，13号，伊丽莎白·杰尼舍娃收"。

被击溃而大大减员的黑特曼军队开始向普里奥尔卡街区内干草屑撒得到处都是的广场集结。

普里奥尔卡的居民全都跑到街上，议论着哥萨克雇佣兵的撤退，毫不遮掩他们为此感到高兴的心理。

但不管怎么说，一队队德国骑兵还是骑着膘肥体壮的枣红马在城里镇定自若地四处行走。不管黑特曼还是彼得留拉——对德国人来说反正都一样。首先必须要维护治安。

在普里奥尔卡广场上，我们按照"中尉先生"的命令把步枪和子弹堆放在一起。德国人立刻骑着马来到这些武器旁边，面无表情地守护着。他们甚至没有看我们一眼。

"现在——回家去吧！""中尉先生"说，把自己黄蓝两色的肩章扯下来扔到马路上，"各显神通吧。有什么本事使什么本事。城里简直一团糟。有的街道上蜂拥着彼得留拉的人，相邻的街道上黑特曼的人在撤退。所以，在过十字路口时，先朝左边瞧瞧，再朝右边望望。愿你们好运。"

他为自己并不得体的笑话尴尬地笑了笑，用非军人的手势朝我们摆了摆手，头也不回，急匆匆走了。

一些雇佣兵当即在广场上把军大衣脱掉，廉价卖给普里奥尔卡的居民，或者白白奉送，只穿着没有肩章的军便服离开。

我很冷，所以我没有把军大衣脱掉，只是把肩章连同大衣上的布一起扯下了。棉花从被扯下肩章的破洞里露出来，从这一点就可以很容易地猜出我是什么人。

我走到了很久很久以前与父亲和弗鲁别利一起去过的基里洛夫医院。当时我觉得，医院周围的所有地方，长满山楂树的深深的峡谷，还有长着很多树瘤的榆树,好像都是神秘的、不祥的。现在我沿着通往卢基扬诺夫卡陡峭而又尘土飞扬的公路艰难而缓慢地走着,对这些地方,甚至是这段时光,我都没有感受到什么异乎寻常之处。大概是因为太疲倦了。

当然,我曾经意识到这是一段离奇的、几乎是梦幻的时光,有时好像是梦呓或者过于怪诞的画面,但此刻我看不到这些——昏暗的天空就像三十年前一样笼罩在破旧的郊区小巷和窝棚的上方。灰色的思绪在我脑海中时隐时现,我郁闷地想:"到底何时这场昏头昏脑的业余爱好者的演出才会结束?在这场演出中出现的,有黑特曼们、阿塔曼们、彼得留拉,有大吹大擂的口号呼喊声,有杂乱无章的思想,各种乱成一团的概念,还有远远不能用时势使然作为理由来解释的仇恨。到底何时这个草草搭起的舞台上的大幕才能拉上?很遗憾,在这个舞台上流的不是蔓越橘浸膏,而是真的滚烫的鲜血。"

当我走过城里的十字路口时,我既没有向左瞧,也没有向右望。我极其厌恶这个军事和政治的滑稽表演,而愤怒夺去了我对危险的警觉。我穿着自己扯下肩章的军大衣穿过彼得留拉士兵的队伍,只有两次遇到有人用枪托用力砸我的后背。

有几伙"正宗乌克兰人"[1]在人行道上站成稀稀拉拉的几排,对彼得留拉士兵高喊:"斯拉瓦!"而看我的时候则带着极度的厌恶。

但我还是回到了家,拉响了门铃,听到了阿玛莉娅欣喜的喊声,我扶住门把手,坐到前厅里的椅子上,那些轻松快乐的想法开始在我脑海

---

[1] 当时的乌克兰民族主义者的自称。

里绕来绕去，尽管军大衣紧紧地压着我的胸膛——每过一分钟都压得更紧一些，好像它是一个活物，想置我于死地。后来我意识到，不是军大衣，而是那个机灵人长长的、骨节粗大的手指在掐着我的喉咙，索要一盒"萨利维"牌的敖德萨烟卷。而与那个机灵人一同让我窒息的还有他手掌上文着的深蓝色的女人翘嘴唇。我发出一声叹息，把一切都忘了。

年轻的时候，我有时会出现这样短暂的晕厥。由于疲倦就会出现这种情况。

紫色光线

就算鼓足了劲喊"斯拉瓦"也比喊"乌拉"困难得多。无论怎样喊，也达不到强劲有力的轰响效果。从远处听来，总感觉喊的不是"斯拉瓦"，而是"阿瓦""阿瓦""阿瓦"。总之，在检阅的时候和在体现人们兴奋心情的时候，用这个词其实都不恰当。尤其是年事已高的公民，他们头戴羔皮帽，身穿从箱子底下抽出来的皱巴的乌克兰短上衣，用这个词来表达那种情感就更不合适。

因此，当次日早晨我在自己的房间里听到"阿瓦、阿瓦"的呼喊声时，我就猜到，"乌克兰军队及海达马克[1]军营的阿塔曼"彼得留拉先生本人骑在白马上进了基辅。

前一天，城里到处都张贴了警备司令的通告。通告中以平和冷静、

---

[1] 1918年至1920年间乌克兰资产阶级民族主义分子反对苏维埃政权的反革命武装，特种骑兵。

缺乏幽默感的语言通知,彼得留拉将骑着日梅林卡铁路员工赠送给他的白马,率领政府——执政内阁——进驻基辅。

为什么日梅林卡铁路员工送给彼得留拉的是一匹马,而不是一辆轨道车,或者哪怕是调度机车呢?这令人费解。

彼得留拉没有辜负基辅的女工、女商贩、家庭女教师和小铺老板们的期望。他确实骑着一匹相当温顺的白马,踏进了这座被征服的城市。

白马披着镶着黄边的淡蓝色马披。彼得留拉身穿草绿色的棉短上衣。唯一的装饰品是一把明显是从博物馆拿来的扎波罗热弯刀,它拍打着他的大腿。一群"正宗乌克兰人"虔敬地望着这把哥萨克"马刀",注视着脸色苍白、略微浮肿的彼得留拉,望着他身后骑在鬃毛披洒的马上、身姿矫健的海达马克们。

海达马克们剃光的头顶上留着长长的染成蓝黑色的额发(额发是在羊皮高帽下垂下来),这让我想起童年和乌克兰戏剧。戏剧里,也是这样的海达马克[1],眼圈涂了蓝靛粉,灵巧地跳着戈帕克舞,热情奔放地高喊:"欢呼吧,老兄,莫悲伤,过去过来转起来!"

每个民族都有自己的特性,有其值得敬重的特征。但是,那些沉湎于对自己民族的深厚感情、缺乏分寸感的人,总是会把这些民族特征搞到荒诞可笑的地步,让人觉得像糖浆一样甜腻,令人生厌。因此,对于一个民族来说,没有比浅薄的爱国主义者更难对付的敌人了。

彼得留拉企图重振甜蜜魅人的乌克兰。自然,结果一事无成。

跟随在彼得留拉后面的是执政内阁——患神经衰弱症、步态不稳的

---

[1] 此处指17世纪至18世纪抗击波兰人的乌克兰哥萨克。

作家温尼琴科[1]，他之后是些没有人知道是谁的行将就木的部长。

一个短暂而草率的政权——执政内阁就这样在基辅登场了。

基辅人像所有南方人一样热衷于讽刺，他们编出了多到数不清的笑话，新的"独立"政府成了人们的笑柄。特别让基辅人啼笑皆非的是，在彼得留拉政权刚成立的头几天，滑稽可笑的海达马克们带着梯子在克列夏季克走街串巷，攀上梯子摘下所有俄文牌匾，换上乌克兰文牌匾。

彼得留拉还带来了所谓加里西亚语，一种相当晦涩难懂的语言，其中充斥着对相近语言的借用。在这全新的外来语面前，熠熠闪光、诚如热情奔放的少妇的皓齿一样字字珠玑、机智俏皮又婉转如歌的乌克兰人民的语言退避了，退到遥远的舍甫琴柯的农舍和寂静的园子里去了。在那里，它"悄然无声"地度过所有的艰难时光，但保全了自己的诗意，而拒绝折断自己的脊梁。

彼得留拉时期，一切都显得那么做作——无论是海达马克、语言、他的整个政策，还是许多从尘封的洞穴里爬出的、胡子花白、持沙文主义立场的村社成员，还有货币——一切，连执政内阁向人民做的荒诞不经的报告也包括在内。但关于这一点，后文再谈。

遇见海达马克们时，人们都会愣住，张望一番，问一问自己——这是海达马克呢，还是故意搞笑？每每听到新语言蹩脚的发音，脑海中便不由自主地冒出同样的问题——这是乌克兰语呢，还是故意搞笑？而当商店售货员找零给您，您用不信任的目光审视这些灰色的纸片，上面隐约可见黄色和淡蓝色颜料模糊的斑点，您此时会想——这是钱呢，还是

---

[1] 弗·基·温尼琴科（1880—1951），乌克兰作家。乌克兰民族主义头领，曾任乌克兰执政内阁（1918—1919）的总理。

故意搞笑？孩子们就喜欢玩这样的脏兮兮的纸片，把它们想象成钱。

假币太多，真币太少，以至于居民们都默认了，不再去对真假做任何区分。假币自由流通，与真币同价兑换。

那时，没有哪一家印刷厂的排字工和石印工不去欢天喜地地印制彼得留拉假币——卡尔博瓦涅茨和萨格。萨格是面值最小的硬币，相当于半戈比。

有很多精明的市民用墨和廉价水彩颜料在自己家中造假币。甚至有外人进房间，这些市民对这些假币也不加掩饰。

在克图连达先生家里，造假币和用粟米自酿烧酒搞得热火朝天。

这位巧言令色的先生把我推到黑特曼军中后，就对我怀有一种刽子手对自己的受害人所常有的那种兴致。他客气得有做作之感，总是邀请我到他家里去。

这个活到我们这一"振聋发聩"（用克图连达先生自己的说法）的时代的小贵族阶级的最后残余激起了我的好奇心。

有一天我去了他狭小的房间，房间里摆满了装着浑浊的"粟米液"的大玻璃瓶。屋子里散发着颜料的味道，稍稍有点酸味，还有那种特殊的药物的味道——现在我忘了那种药的名称，那时人们用它治淋病。

我正赶上克图连达先生在制造面额为一百卢布的彼得留拉假币。假币上画着两个穿绣花衬衣的姑娘，眼睛大大的，目光安详，露着结实的双腿。不知为何，这两个姑娘以芭蕾舞女演员那种优雅的姿势站着，她们的衣服上镶着别致的锯齿形花边，头上梳着卷发，克图连达先生此时正往卷发上涂墨。

克图连达先生的母亲——一位面庞颤抖的瘦老太太，坐在屏风后低声读着波兰祈祷书。

"锯齿形花边就是彼得留拉纸币从头到脚的全部内容,"克图连达先生以说教的口吻对我说道,"您可以画上两个像戈莫莉娅太太那样的丰满女人的臃肿身体,来代替这两个乌克兰小姑娘,而不冒任何风险。这不重要。重要的是让这花边跟政府钞票上的一样。到时甚至没人会瞧纸币上这两位有伤大雅的太太,他们只会心甘情愿地给您兑开一百卡尔博瓦涅茨的大钞。"

"您能做多少张这种钞票?"

"我一天画的量,"克图连达先生答道,煞有介事地噘着嘴唇,嘴唇上方的小胡子剪得很短,"能达到三张。我也能画五张。取决于我的灵感。"

"巴西亚!"老太太从屏风后面喊道,"我的乖儿子。我害怕。"

"什么事都不会有,妈妈。没有人敢谋害我克图连达先生。"

"我不怕监牢,"老太太突然出人意料地答道,"我怕你,巴西亚。"

"脑子进水了,"克图连达先生说着向老太太使了一下眼色,"对不起,妈妈,但是您能安静会儿吗?"

"不!"老太太说。"不,我不能。上帝会惩罚我的,要是我不对所有人说,我的儿子,"老太太哭了起来,"我的儿子就像那个加略人犹大[1]……"

"安静点!"克图连达开始怒吼,从椅子上跳起,用尽全力摇晃屏风,老太太就在屏风后。摇摇欲坠的屏风腿碰撞地板,发出吱嘎吱嘎的响声,有一团黄色的尘土从屏风上飘下。

---

[1] 即出卖耶稣的加略人犹大。

"安静点,发疯的蠢女人,否则我把抹布蘸上煤油堵住你的嘴。"

老太太又哭,又擤鼻涕。

"这是怎么回事?"我问克图连达先生。

"这是我的私事,"克图连达用挑衅的口吻答道,他扭曲的面孔上布满通红的血管,几乎马上就有鲜血从血管中流出,"我奉劝您别干涉我的事情,如果您不想和布尔什维克长眠于同一个坟墓。"

"无耻之徒!"我平静地说,"您这种卑鄙小人,甚至还不如这些可恶的一百卡尔博瓦涅茨值钱。"

"扔到冰面下边去!"克图连达先生突然歇斯底里地喊起来,跺着脚,"彼得留拉先生会把您这种人扔到第聂伯河……扔到冰面下边去!"

我把这件事讲给阿玛莉娅听,她回答说,据她猜测,克图连达先生给所有把乌克兰弄得分崩离析的政权——中央拉达[1]、德国人的政权、黑特曼政权,还有现在的彼得留拉政权——当密探。

阿玛莉娅相信,克图连达先生会开始报复我,而且一定会告发我。因此,这个热心肠而又有办法的女人,从那一天起就开始亲自监视克图连达先生。

不过,到傍晚的时候,阿玛莉亚提防克图连达害人所采取的种种机智措施都派不上用场了。我和阿玛莉娅眼看着克图连达先生一命呜呼,而他的死也同他龌龊的一生一样愚蠢至极。

黄昏时分,街上响起了啪啪的枪声。遇到这种情况,我会去到阳台上一探究竟。

---

[1] 中央拉达,1917年至1918年的乌克兰民族主义组织。

我到了阳台上看到，在弗拉基米尔大教堂前空荡荡的广场上，有两个穿便装的人正向我们住的这栋楼跑来，几名彼得留拉军官和士兵在后面追赶，但显然又害怕追上他俩。军官边跑边朝跑着的人开枪，厉声喊着："站住！"

就在这时我发现了克图连达先生。他从他所住的一间厢房里冲出来，跑到通往街面的笨重的便门，将一把大钥匙从锁头里拔出来，那钥匙像是打开中世纪城池大门的老古董。

两手拎着钥匙的克图连达先生躲在便门后。那两个穿便装的人从旁边跑过去的时候，克图连达先生推开了便门，把拿钥匙的一只手伸出门外（克图连达先生像端手枪那样端着钥匙，从远处看，这真的很像他在举着一把老式手枪瞄准），并且用尖利的嗓音喊道：

"站住！混账布尔什维克！我要开枪了！"

克图连达先生想给彼得留拉的人帮忙，哪怕是把逃跑的人稳住几秒钟也好。当然，几秒钟就可能决定他们的命运。

我从阳台上一清二楚地目睹了随后发生的一切。跑在后面的一个人举起手枪，连瞄准也没有，看也不看克图连达，边跑边朝他的方向开了一枪。克图连达先生一边尖叫，一边被血呛得哽咽着，在鹅卵石地面的院子里滚起来，两脚蹬着石头，抖动着，他发出一阵沙哑的喉音，紧握着钥匙死去了。血流到了他粉红色的赛璐珞袖口上，睁着的眼睛里凝结的是恐惧和怨恨的神色。

直到一个小时之后，一辆漆皮斑驳的"急救车"才赶到，把克图连达先生运往停尸所。

老母亲睡着了，错过了儿子的死，直到夜里才知道消息。

几天后，老太太被送往古老的苏利莫夫养老院。我经常碰见苏利莫夫养老院里的老太太们,她们两两一对地散步,像贵族女子中学的学生一样,清一色穿着深色的杜阿登诺尔布[1]的连衣裙,她们散步就像是干瘪的土鳖虫盛大的列队游行。

我之所以讲述克图连达先生这桩无关紧要的事,仅仅是因为这件事与执政内阁时期的生活的整体特征是一致的。一切都是琐屑、荒谬的,有如一出没有条理、有时又带着悲剧色彩的糟糕的轻喜剧。

有一天,基辅的大街小巷张贴出巨幅海报。海报上宣布,内阁政府将在"阿勒河"电影院大厅向人民做工作报告。

预感将有意想不到的"精彩节目"上演,整座城市的人都试图挤进去听报告。事情就这样发生了。

电影院狭长的大厅笼罩在一片诡秘的黑暗中。没有开灯。人们在黑暗中吵吵嚷嚷,气氛活跃。

后来,舞台后响起了回音很强的锣声,五光十色的脚灯一时间亮起来,在观众面前,在色彩十分花哨的舞台布景(如同"风平浪静时美丽至极的第聂伯河"[2])下,出现了一个年事已高但身材匀称的人,他一身黑色西装,留着讲究的小胡子——这便是执政内阁的总理温尼琴科。

他面带不满的神色,明显有些不自在,一直在摆弄那条鲜艳夺目的领带,他做了一通关于乌克兰面临的国际形势的简短乏味的发言。大家给他鼓掌。

这之后,走上舞台的是一位穿着黑色连衣裙的、瘦得出奇、涂脂抹粉的姑娘。她面带明显的绝望神色,两手交叉放在胸前,在引人遐思的

---

1 杜阿登诺尔布,平纹棉布,由未染色的或染色的粗糙棉线织成。
2 果戈理的中篇小说《可怕的复仇》(1831)中的句子。

钢琴和弦声的伴奏下,惊惶不安地朗诵起女诗人加林娜[1]的诗:

> 他们在砍伐葱绿的幼林……

大家也给她鼓掌。

各个部长的讲话之间穿插着幕间小剧的表演。交通部长发言后,姑娘小伙儿们跳起了戈帕克舞。

观众表现出发自内心的欢乐,不过,当年迈的"虚张声势的胡扯部长",换句话说就是财政部长,费力地走上舞台时,大家都警觉地安静下来。

这位部长头发挓挲着,一副好斗的样子。他显然很生气,大声地喘着粗气。剪成平头的圆脑袋上闪出了汗珠,嘴唇上方花白的扎波罗热式小胡子垂到了下巴上。

部长穿着肥大的灰条纹长裤和同样肥大、口袋往下坠的柞丝绸西装上衣,里面是绣花衬衣,喉部系着一条带红色小绒球的丝带。

他并没打算作什么报告。他走到脚灯跟前,仔细听着观众大厅里的动静。为此部长甚至把手掌弯成小茶杯状,放到毛茸茸的耳旁。大厅里传来了笑声。

部长心满意足地微微一笑,为自己的什么想法点了一下头,问道:"莫斯科佬?"

确实,坐在大厅里的几乎全是俄罗斯族人。什么都没多想的观众照直回答,是的,大厅里坐的多半是莫斯科佬。

---

[1] 加林娜·加林娜(1870—1942),原名格·阿·林克斯,俄罗斯女诗人、芭蕾舞演员。下面所引是她的一首无名诗的诗句,作于1901年。

"这——样啊!"部长阴沉地说,然后往大大的格子花纹手帕里擤了擤鼻涕,"再清楚不过了。尽管并不让人愉快。"

大厅沉寂下来,人们预感到来者不善。

"要干吗?"部长突然用乌克兰语喊了一声,脸红得像红甜菜,"你们从你们那个令人厌恶的莫斯科跑到这儿来,就像苍蝇叮蜂蜜。在这儿你们开了眼了吧?该让你们遭雷劈!在你们那里,在莫斯科,折腾得都没东西吃了,不仅如此,而且……连用来吃饭的东西也没有了。"

大厅里开始出现愤怒的窃窃私语。这时响起了一声口哨。一个身材矮小的人蹿到舞台上,战战兢兢地拽住"胡扯部长"的胳膊肘,想要把他拉走。但这老头子情绪激动,一把推开那个人,用力很猛,那个人差点没摔倒。老头现在已经身不由己,他无法停下来。

"你们怎么不说话啊?"他带着笼络人心的口气问,"啊?你们装糊涂。那我替你们回答。在乌克兰你们有面包,有糖,有油,有荞麦,有票子。但在莫斯科你们只能守着灯油,遭受别人的侮辱。就是这样!"

已经有两个人战战兢兢地拉着部长柞丝绸上衣的下摆,而他猛地用力挣脱开,喊着:

"流氓!寄生虫!滚回你们的莫斯科去吧!在那里折腾你们犹太佬的政府吧!滚!"

温尼琴科出现在侧幕后。他愤怒地挥了一下手,那个满腹怨气而面红耳赤的老头终于被强行拖到了侧幕后。为了缓和让人不快的气氛,马上有一个由年轻小伙子组成的合唱队登上舞台,他们雄纠纠地歪戴着羔皮帽,班杜拉琴的演奏者弹起了琴,迅速跳起下蹲舞,一边开口唱道:

哦,是谁躺在那里永久地安息,

那不是大公，不是老爷，不是上校——
那是一个令人讨厌的老妇人的情夫！

执政内阁对人民所作的工作报告到此为止。人群大声地嘲笑道："滚到莫斯科去！在那里折腾你们犹太佬的政府吧！"从"阿勒河"电影院蜂拥至街上。

乌克兰执政内阁和彼得留拉政权显得土里土气。

曾经光彩夺目的基辅变成了扩大版的什波拉或密尔哥罗德，那里有各种政府机关和里面的多夫戈奇洪[1]们。

城市里的一切都建成老式乌克兰的样子，甚至卖蜜糖饼干的售货亭也是如此，上面挂着写有"来自波尔塔瓦的塔拉斯"字样的招牌。长胡子的塔拉斯那么令人望而生畏，他身上的雪白衬衣那么有型有款，刺绣图案色彩鲜艳，熠熠闪光，以至于不是每个人都敢向这个歌剧中的人物买糖饼和蜂蜜。

莫名其妙的是，到底是在发生什么重大事件，还是在由《海达马克》[2]中的人物来进行戏剧演出。

要想搞明白发生了什么事情是不可能的。时代风起云涌，变革一个接一个。每一个新政权在执政之初就显现出明确而可怕的征兆，表明它将迅速迎来凄惨的下场。

---

1 多夫戈奇洪，果戈里小说《伊万·伊万诺维奇和伊万·尼基福罗维奇吵架的故事》中的人物，庸俗的乡下地主的典型。
2 乌克兰作家塔·格·舍甫琴柯的长诗，作于1841年。

每个政权都急于发布更多的宣言和法令，幻想着宣言里能有点什么东西融入到生活当中去，在生活中扎住根。

彼得留拉政权就像黑特曼政权一样，给人们留下的印象是对明天完全缺乏自信和思维不清晰。

彼得留拉把希望主要寄托在当时占领着敖德萨的法国人身上。苏维埃的军队已经从北方无情地压过来。

彼得留拉分子散布谣言，说好像法国人就要来解救基辅了，好像已经到了文尼察、法斯托夫，甚至明天就会有穿红裤、戴非斯防护帽[1]、威武的法国雇佣兵出现在博亚尔卡城下。彼得留拉的知心好友——法国领事恩诺已经就这些事信誓旦旦地向其做过保证。

由于自相矛盾的谣言，报纸变得昏头昏脑，乐于刊载所有这些流言蜚语，那时候几乎人人心知肚明，法国人在敖德萨的法占区里按兵不动。城市里"不同的势力范围"(法国、希腊、乌克兰)只不过是用一些松松垮垮的维也纳椅子隔开的。

彼得留拉政权时期的谣言就像大规模的烈性传染病，获得了一种自然而然的、几乎是宇宙现象的性质。这是一种普遍的催眠。

这些谣言失去了其直接的功能——传达杜撰的事实。谣言具有了一种新的性质，仿佛是另一种实体。它们有着自我安慰的作用，变成了一种药效极强的麻醉药。人们只有在谣言中才能找到对未来的希望。

甚至基辅人外表上也变得好像吗啡瘾君子。每听到一个新的谣言，他们通常浑浊的眼睛就变得闪闪发光，平常精神委顿的状态消失得无影

---

[1] 非斯帽，北非和西南亚国家的一种男帽，因摩洛哥的非斯市得名。

无踪，说话由笨嘴拙舌变得活泼生动，甚至是巧舌如簧。

一些谣言转瞬即逝，也有一些谣言长时间发挥作用，会让人连续两三天处于一种自欺欺人的亢奋之中。

连最顽固不化的怀疑论者也相信一切，甚至包括这些传言：乌克兰将被宣布成为法国的一个省，为了隆重宣告这一国家事务，彭加勒[1]总统将亲自来基辅；电影演员薇拉·霍洛德娜娅已经召集了志愿兵，像圣女贞德一样骑着白马，率领她无所顾忌的部队开进了普里卢基城，在那里宣布自己成了乌克兰女皇。

有一段时间我试图把所有这些传闻都记录下来，但后来放弃了。因为做这件事情，我要么头痛得厉害，要么开始不声不响地发疯，想消灭所有的人——从彭加勒、威尔逊总统[2]，到马赫诺[3]以及在基辅附近的特里波利耶村坐拥私邸的著名阿塔曼泽廖内。

很遗憾，我把这些笔记销毁了。究其实质，这是一部不可思议的伪经，记录的是无助、惊慌失措的人们的谎言和难以压抑的幻想。

为了让自己的精神稍微清醒一些，我重读了一些我所心爱的、简洁清新的、以其不可磨灭的光辉温暖人心的书：屠格涅夫的《春潮》、鲍里斯·扎伊采夫[4]的《淡蓝色的星》、《特里斯丹和绮瑟》、《曼侬·莱斯戈》[5]。这些书如同亘古不灭的星辰，在令人惊惶不安的基辅夜晚的晦

---

[1] 拉蒙·彭加勒（1860—1934），法国政治活动家，1913年至1920年任法国总统。
[2] 托马斯·伍德罗·威尔逊（1856—1924），1912年至1921年任美国总统。
[3] 涅·马赫诺（1888—1934），乌克兰政治活动家，无政府主义者，既反对乌克兰地方政权，也反对苏维埃政权。
[4] 鲍·康·扎伊采夫（1881—1972），俄国作家，1922年移居国外。
[5] 指的是法国作家普雷沃（1697—1763）的长篇小说《德·格里欧骑士和曼侬·莱斯戈的故事》。

暗中熠熠生辉。

我一个人住。母亲和姐姐仍然完全被隔绝在基辅城外,我对她们的境况一无所知。

我决定春天徒步前往科帕尼,尽管有人提醒我说沿途有一个无法无天的"德梅尔"共和国,我不会活着走出那里。然而,新的事件接踵而至,我于是就此放下徒步去科帕尼的想法。

我独自一人,与自己的书为伴。我曾尝试写点什么,但写出来的东西都是模糊不清的,像是呓语。

只有夜晚与我分享孤独,那时寂静笼罩整个街区和我们的那栋楼,没有入睡的只有三三两两的巡逻队员、云朵和星辰。

远处传来巡逻队的脚步声。每一次我都吹灭小油灯,以免把巡逻兵招至我们的房子里来。我偶尔会在夜里听到阿玛莉娅哭泣,我就想,她的孤独比我的孤独沉重得多。

每一次阿玛莉娅夜里哭泣之后,会有几天她和我说话时态度倨傲,甚至带着敌意,但过后又忽然发出害羞的、带着歉意的微笑,又开始像关照她所有的房客那样热心地关照我。

德国开始了革命。驻扎在基辅的德国部队按部就班、有礼有节地选举成立了自己的士兵代表苏维埃,开始为返回祖国做准备。彼得留拉打算利用德国人的弱点,收缴他们的武器。德国人得知了这一消息。

在原定收缴德军武器的那天早晨,我感觉到我们住的那栋房子的墙有规律地摇晃,被惊醒了。是鼓声在咚咚作响。

我来到阳台上。阿玛莉娅已经站在那里。德国军团迈着沉重的步伐沿丰杜克列耶夫大街默默行进。列队行进过程中,钉掌的军靴震得窗玻璃叮当作响。鼓声好像在发出警告。在步兵之后是骑兵，同样都阴沉着脸走过去，马蹄发出细碎的嘚嘚响声。而骑兵之后通过的是几十门大炮，沿着长方石块铺成的马路轰响着、颠簸着走过来。

德国人只是默默伴着咚咚的鼓声绕整个城市走了一圈，然后返回兵营。

彼得留拉立刻撤销了收缴德军武器的秘密指令。

德军这次无言的示威之后时间不长，炮兵就开始从第聂伯河左岸进行远程射击。德军迅速逃离了基辅。炮声变得越来越清晰，于是，城里人都知道，苏维埃的军团很快要从涅任打过来了。

当基辅城下、布罗瓦雷和达尔尼察战斗打响时，大家开始意识到，彼得留拉的大业落空了。城市里宣布了彼得留拉政权警卫长的命令。

这条命令里说，在明天之前的这个夜晚，将由彼得留拉军队指挥部发射致命的紫色光线，以打击布尔什维克。这种紫色光线由法国军事当局通过"自由乌克兰的朋友"、法国领事恩诺提供给彼得留拉。

由于发射紫色光线的需要，城市居民按指令要在明天之前的夜里下到地下室，在里面待到第二天早晨，以避免不必要的损失。

基辅人习以为常地钻进地下室，发生事变的时候他们常躲在那里。除了地下室，厨房也成了十分可靠的地方，如同堡垒一样，在那里可以简单喝喝茶，无休止地聊天。大多数厨房位于住宅的深处，不大可能有子弹飞到那里。在厨房能够感觉到那里残存食物的味道中某种让人安心的东西。那里的水龙头有时候还会滴出水来。一个多小时的时间就能集一茶壶的水，把水烧开，用干越橘叶沏壶浓茶。

每个在夜间喝过这种茶的人都认同，当时这种茶是我们唯一的支柱，是一种维持生命的饮品，是治愈不幸与痛苦的灵丹妙药。

那时我觉得，国家在飞向宇宙一般隐秘的迷雾中去。难以置信的是，在被子弹打得千疮百孔的屋顶上风的呼啸声中，在满是煤烟子和绝望情绪的沉寂夜晚的天空上，不知什么时候就会透露出阴冷的曙光，而这曙光的出现，只是为了让人能又一次看到荒凉的街道和街上不知往何处奔忙的人们。他们打着发硬的绑腿，拿着各种型号和口径的步枪，饥寒交迫，面色发青。

手指因为经常扳动钢的枪栓而抽筋。人体的全部热气都从单薄的军大衣和能够刺痛皮肤的粗平布衬衣下跑走了，一点儿没留下。

在"紫色光线"之夜，城市陷入死一般的沉寂，就连炮火也停息下来，唯一能听到的是远处车轮的隆隆声。根据这典型的声响，有经验的基辅居民明白，军队的辎重队正匆匆从城市撤离，不知开赴何方。

事情就这样发生了。早晨，城市脱离了彼得留拉的掌控，重获自由，最后一点碎屑都荡然无存。散布关于紫色光线的谣言，就是为了夜间逃离时畅行无阻。

就像以前常常发生的那样，基辅又进入无政权管理的状态。但是阿塔曼和郊区的"游民"没能夺取这座城市。中午，采普内大桥上，马屁股上冒着热气，车轮滚滚，人声鼎沸，在歌声和悠扬婉转而欢快的手风琴乐声中，红军的博贡团[1]和塔拉夏团[2]进驻了基辅，于是城市里的生活发生了根本的变化。

就像剧院的工人所说，发生了一次"舞台布景的彻底转换"。但是没人能猜到，这一转换对饿得虚弱不堪的公民来说预示着什么。这唯有时间能够说明。

---

1 伊·博贡(?—1664)，乌克兰人民解放战争英雄，该团为纪念他而命名。
2 塔拉夏为乌克兰城市，该团以此命名。

"我的丈夫是布尔什维克,而我是海达马克"

墙上贴出了被水泡涨的传单,上面有军事革命委员会严厉的命令。

命令简短,但很有分量。这些命令毫不留情地把基辅的全体居民划分为两类——值得重视的人和人类的垃圾,没有任何商量的余地。

垃圾们开始被清理,但实际上被划为垃圾的人数量并不是那么多。他们自行分散到一些人迹罕至的地方,在那里定居,等待情况好转的时期。

我在莫斯科所经历过的情况重新出现,不过具有了另一种性质。所有这些又增添了一些任意放纵和无所顾忌的色彩。

博贡团(这一称谓是为了纪念波格丹·赫梅利尼茨基[1]勇敢的战友博贡团长)分散住在基辅的私人家里。

---

[1] 波·米·赫梅利尼茨基(约1595—1657),17世纪乌克兰著名国务活动家和解放战争的统帅。

被安置到我们住宅的是四个博贡团战士。他们带来了一个飞机上用的炸弹，把它小心翼翼地摆放在前厅里维也纳式弧形挂衣架下面，并对阿玛莉娅说：

"亲爱的，您别不小心碰到这东西。否则，它要是轰的一声响了，您的房子和所有的家具就会变成一场梦了。明白吗？"

"明白。"阿玛莉娅咬紧双唇回答，随即就打开了早就被钉死的后门。从那时起，再也没有人走正门了。

很难理解博贡团的战士是怎么能在地面上行进的，他们身上带着那么多武器，什么都有：机枪、火枪、手榴弹、步枪、短筒枪、刺刀、毛瑟枪、芬兰刀、马刀、匕首，除此之外，还带着淡紫和红色的留声机喇叭，作为对和平生活的感伤回忆。

博贡团刚一占领城市，家家户户就传出早已被遗忘的、充满激情的抒情歌曲的华彩乐句。一个忧伤的男中音又用走调的声音开始诉苦，他再也无处奔忙，再也无人可以爱，而一个齿音含混的男高音哀叹道，春天不会为他而到来，布格河水不会为他漫溢奔流，心儿也不会为了他而欢快地跳动，不会为了他。

维亚利采娃又大喝一声，坐上了"三套马车"奔驰，美丽的海鸥在湖水被映成红色的湖面上死去。

一切都混杂一处：瓦里娅·帕尼娜[1]和手榴弹、碘仿的气味和声调悦耳的乌克兰"莫瓦"[2]、皮帽上的红色丝带和交响音乐会、博贡团战士们对充满欢乐的村边园子里静谧池塘的向往，还有集市上歇斯底里的、尖声

---

[1] 瓦·瓦·帕尼娜(1872—1911)，俄国女低音歌唱家。
[2] 莫瓦，乌克兰语"语言"的意思。

刺耳的搜捕。

我们楼下的房子住着一位年迈的、和善的老头儿,工程师别列柳勃斯基和他的妻子。作为伏尔加河上著名的塞兹兰大桥的建筑师,他曾经遐迩闻名。

别列柳勃斯基家有一位女佣——脸色红润、性格开朗的姑娘莫特里娅。

博贡团里的一个司务长爱上了她,坚持要娶她。莫特里娅迟疑不决。她的婚姻观念有些守旧。她怕博贡团的那个人——一个居无定所的人,不可指望的家伙——跟她过几天日子,过后必定会抛弃她。

一天,莫特里娅来找我,带着乡下姑娘的那股坦率劲儿说,她差点跟那个司务长同居,但她及时跑开了,现在只有博贡团的那个人"照规矩"娶她,并且他们的爱情能够天长日久,她才会同意与他成亲。

她口述,让我给博贡团的那个人写了一封信。信一共只有这几个字:"如能天长地久,我就答应。"我是用大大的印刷体字母写的。

大约一个小时之后,博贡团的那个人收到了这封信,于是开始跺着皮靴在各个住宅里窜来窜去,寻找连队的印章,一边骂着人,威胁着会动用武器。

"把印章藏哪儿去了,你们这些鬼脸土匪?"他冲自己的下属喊道,"我要把所有人都给毙了,就像打死狗崽子。马上让我看到印章!"

房屋被皮靴跺得直颤悠。司务长把战士们的行囊翻了个遍。

最后印章终于找到了。司务长在一张纸条上写了:"我发誓,天长地久。"并且把连队的印章啪的一声盖在上面以示忠诚,然后把纸条带给了莫特里娅。于是莫特里娅妥协了。

过了一天,就举行了热热闹闹的婚礼。有几辆双套敞篷马车来到楼前。这些烈马的鬃毛都编上了彩色的丝带。虽然从我们这幢楼到举行婚礼的弗拉基米尔大教堂不超过二百米，参加婚礼的人们还是乘上马车向教堂奔驰，然后在教堂周围转圈，伴随着一片铃铛声、喝彩声、口哨声和热情奔放的歌声：

  我坐在大桶上面，
  大桶下面是摇篮，
  我的丈夫是布尔什维克，
  而我是海达马克！

  嘿，小苹果，你滚向哪儿呀，
  落到博贡团的人手里——回不来啊！

  我们的博贡——是位指挥员，
  天地不怕鬼神惊，
  浑身挂彩，遍体伤残，
  铮铮铁骨再铸成！

  每当唱到副歌"嘿，小苹果，你滚向哪儿呀"时，赶车人在行进中不时勒马，马受到刺激，使得铃铛晃动，和着歌曲的节拍有节奏地踏着小步向后退。这种表演显示出精湛的技艺，一大群好奇的、跑来弗拉基米尔大教堂的人用隆重的呼喊声欢迎博贡团的人。

  到了婚礼后的第三天（不知何故，所有不愉快的事情总是在第三天到来），博贡团的战士们被夜里的警报声惊醒。

  他们不情愿地闷着声集合起来，对所有质询都只是简短地回应：

"赶我们去日托米尔。去平乱。那里有牧师叛乱了。"

莫特里娅失声大哭。让她害怕的最糟糕的事应验了——不言而喻,司务长一定会抛弃她,不会再回来。

于是司务长大发雷霆。

"把所有房客都赶到院子里去!"他对战士们喊道,为了重申这一命令,他还站在楼梯上往天花板开了一枪,"把他们这些寄生虫赶到院子里去!让他们灵魂出窍!"

受到惊吓的房客们都被赶到院子里。那是一个冬天的深夜。落到脸上令脸刺疼的细小雪粒从灰蒙蒙的天空撒下来。女人们哭着,把睡眼蒙眬、冻得发抖的孩子紧紧抱在怀里。

"别怕,"战士们说,"你们不会有事的。是我们的指挥员因为这个该死的莫特里娅发神经了。"

司务长让自己的一排人在被吓坏的房客们对面排好队列,他自己走了出来。他拉起大声哭喊的莫特里娅的手。

他站在结了冰的院子中央,从刀鞘中拔出骠骑兵的马刀,用刀刃在冰面上画了个大大的十字,大声喊道:

"战士们和自由俄罗斯的自由公民们!请你们见证,我当着你们的面在这片亲爱的土地上画十字,我发誓不会抛弃我的美人,并且我一定会回到她身边。我要和她在著名的卡涅夫市附近的莫什内村建立我们自己的小家,我愿为此立据,盟誓。"

他拥抱了哭泣的莫特里娅,然后轻轻地推开她,大声喊道:

"上车!出发!"

战士们奔向马车。在口哨声和《小苹果》的歌声中,马车从院子里飞驰而出,铁皮包裹的车轮隆隆作响,沿着比比科夫林荫道向下奔驰,直奔日托米尔公路。

一切都结束了。莫特里娅擦干眼泪,说道:"就是要他说出这句话,这个该死的当兵的!"然后回到了别列柳勃斯基家,在那里几条惊恐不安的哈巴犬还在叫着。日子又回到了老样子。

不知怎的,一切都突然变得黯然失色。一段时间后,基辅人开始带着明显的想念之情回忆起博贡团的战士们。那是一些淳朴快乐,同时又英勇无畏的小伙子。他们带来了火药的味道,带来了在战场上被子弹打穿的红旗、豪迈的歌曲,以及对革命的忘我的忠诚。他们来了,又离开了,但革命浪漫情怀的劲风没有平息,仍久久地在城市上空喧响,使得对什么都已司空见惯的基辅人也开心微笑。

当时正值邵尔斯[1]指挥博贡团。很快他的名字就几乎成了一个传奇。

我是从博贡团的战士们口中第一次听到了邵尔斯的事迹,听到了关于这位刚毅不屈、无比勇猛、富有才华的指挥员令人心潮澎湃的故事。

我还记得,当时最让我感到惊讶的是战士们对邵尔斯的那种忠诚的、近乎孩子般的爱戴。在他们眼中,在他身上集中体现了一个统帅的一切优秀品质——坚强、机敏、公正、对普通人的关爱,以及他身上永续的、清醒的浪漫主义精神,如果可以这样表达的话。

博贡团的战士是一群年轻人。邵尔斯同样很年轻。他们共同的青春和对革命事业必将获得成功的信念把军队变成了一个兄弟般团结友好的集体,共同的激情和一起流淌的鲜血把他们紧密地联结在一起。

---

[1] 尼·亚·邵尔斯(1895—1919),博贡团将领,曾加入沙皇军队,后转投红军。

任何外部事件也不能阻碍树木汁液的流动。因此，春天如期回归大地，第聂伯河的水肆意漫出河岸，荒地上的野蒿高过人的头顶，被子弹打出洞的栗树上长满了郁郁葱葱的叶子，不知为什么花也开得格外繁盛。

我有时觉得，这世上唯一未被触动的东西，就是这栗树的阔叶。它们依然在人行道上空微微摆动着，洒下浓浓的阴影。树上，粉红色的和稍稍点缀着一些黄色斑点的花朵也那样柔美地、不事张扬地绽放着，匀称的花形就像一支支小蜡烛。不过，栗树的阴影下已经看不见长着水汪汪的明亮眼睛的女中学生熟悉的身影了。现在，在人行道上落下来的干花旁乱扔着步枪子弹已经有些变绿的铜弹壳，还有脏兮兮的、已经变硬的绷带碎片。

基辅城上空春光明媚，整个城市浸润在春天的蓝光之中，直到花园里椴树花开。椴树花香钻入那些经过冬天都变得荒芜的密闭的房子，也让市民们敞开了窗户，打开了阳台的门。

于是，夏天带着柔和的过堂风和暖意闯进了房间。而所有的恐惧和不幸都消融在这夏天的静谧之中。

确实，那时还是没有面包，我们吃冻坏了的陈土豆来代替面包。

我到了一个很古怪的机关工作。说出这个机构的缩写名称几乎是不可能的。我只记得开头："奥勃古勃斯纳勃丘普罗德……"后面的叫法更复杂，以至于这个机关的领导——一个大腹便便的亚美尼亚人，他留着黑色的山羊胡，脖子上挂着毛瑟枪（就像挂着照相机）——每一次在文件上签字时，都会很气恼，呼哧呼哧地喘粗气。

很难说出这个机关的职权范畴——多半是管粗平布。所有的房间和走廊里都堆着一大捆一大捆的粗平布。从来没有谁以任何名义把这些布发给什么人，但这些布一直要么是被运来，要么是被运到仓库中去，要么再被重新运回机关，堆放在走廊里。这种总是同样的一捆一捆的粗平布在令人费解地循环往复地被搬运，常常让机关的所有工作人员目瞪口呆。

我有很多可以自由支配的时间。我曾试着寻找我的中学同学，但他们当中几乎没有人留在这座城市，除了埃马·施穆克勒。不过，我也很少见到他。他变得少言寡语和多愁善感，也许是因为他不得不为了亲人而牺牲挚爱的绘画的缘故。埃马的父亲生病了，维护家庭的全部重担都落在他肩上。他要保护家人免受饥饿，不受征用住房、缩减住房和强制迁出的威胁，不受彼得留拉那些残虐者的迫害，避免军队到家里借住。

每到傍晚，我又像上中学时那样，去以前商贾俱乐部的花园听音乐会。这个花园里的玫瑰和美人蕉已经不再绽放了，取而代之的是薄荷和艾蒿。

音乐作品的旋律中总是颇为频繁地闯入无关的声音——远处的爆炸声和枪击声。但谁也不去注意那些。

在基辅的那些日子里，我开始对文学中伟大的故设迷局的人、伟大的法国人斯丹达尔的书籍着迷。但我没去深入思考他那些故弄玄虚的实质。

我认为那都是合乎情理的，直到现在我也这样认为。之所以认为它们合乎情理，是因为它们证明了丰富多彩的思想和形象的宝库是取之不尽的，而要想把这些思想和形象整合在一个称谓之下是难以想象的。没有人会相信，同一个人能够如此精确地深入人类生活的那么多完全对立的领域——绘画、经营铁矿贸易的方式、法国外省的日常生活、滑铁卢战役的混乱战况、勾引女性的学问、对自己所在的资产阶级时代的否定、军需事务、奇马罗萨和海顿[1]的音乐。

后来我了解到，斯丹达尔那些内容丰富、充满活灵活现的事件和思想的日记在很大程度上都是虚构的，但虚构得极其巧妙，哪怕是了解斯丹达尔那个时代的最杰出的行家也无法对日记吹毛求疵，我不由得对这个神秘莫测而孑然一身的人的天才以及他在文学上的勇敢精神产生了景仰之情。

从那时起，他就成了我的一位秘密朋友。很难说，我与这个动作迟钝的人一道在罗马和梵蒂冈散步过多少次，去法国的一些古老城市做过多少次旅行，在拉·斯卡拉剧院[2]看过多少次演出，又聆听了多少次十九世纪一些聪明绝顶的人的谈话。

很快我的好运就到来了。作家米哈伊尔·科利佐夫和叶菲姆·佐祖利亚[3]从莫斯科来到基辅。他们开始出版艺术杂志，而我被聘为这份杂志的文学秘书。工作很少。杂志很薄，简直就像撕掉了一半的小学生练习本。

自信、爱嘲笑人又机智的科利佐夫几乎不来编辑部。我天天和叶菲姆·佐祖利亚坐在同一个房间里，他眼睛高度近视，心地非常善良，待人那么温厚，所以他可完全不像莫斯科派来的那种铁腕人物。

我把自己第一部、当时尚未完成的中篇小说《浪漫主义者》的开头给佐祖利亚看。他真诚地称赞这部作品，不过也说我过于痴迷自我分析，另外，我写得有点长。

---

1 多梅尼科·奇马罗萨 (1749—1801)，意大利作曲家、羽管键琴和小提琴演奏家、歌唱家。弗朗茨·约瑟夫·海顿 (1732—1809)，奥地利作曲家。
2 意大利米兰建于18世纪末的歌剧院。
3 米·叶·科利佐夫 (1898—1942)、叶·达·佐祖利亚 (1891—1941)，苏联作家。

那时佐祖利亚在写每篇只有五六行的系列短篇小说。他自己说，它们"比麻雀的鼻子还短"。这些短篇小说很像寓言。每篇都蕴含着正确无误的寓意。

佐祖利亚觉得文学就是教导和训诫。而我认为文学远远高于这个实用功能，因此总是与佐祖利亚争论。

那时我就已经确信，对于人类自由的智慧和心灵而言，真诚的文学乃是其最纯洁的表达方式，只有在文学中，人才能展现出精神和自身内在力量的丰富多彩与复杂性，就好像以此为自己日常生活中的众多过失赎罪。我认为，文学是被从遥远而珍贵的未来抛给我们的一件礼物；在文学中，梦想世代流传，那是对尽善尽美以及和谐世界的梦想，对不朽之爱的梦想，尽管这种爱每天都在产生和消亡。大海的贝壳里轻轻的鸣响就是这样唤起人们的愿望的：让人希望看到在拂晓的雾霭中变成淡蓝色的、浩渺无边的平静海水；激发一种思念的情愫，令人思念飞向天际的如银色烟雾般的云朵，思念潮湿森林中使我们双目清明的臭氧的海洋，思念永恒的翱翔，思念孩童的清脆嗓音，思念世界深邃的静谧——是这静谧伴随着我的思绪。

文学也是如此。它以某种潜在的、另一种遥远同时又格外亲近的声音，使我们渐渐走进我们的思想、行为以及情感的黄金时期。

当我和佐祖利亚进行文学争论的时候，无耻的阿塔曼泽廖内和斯特鲁克正在基辅周围流窜，东一下西一下地袭击市郊地区。有一次，斯特鲁克甚至占领了整个波多尔地区，红军费了不少力气才把他从那里打出去。

邓尼金[1]部队正在从南部逼近。涅斯托尔·马赫诺在克列缅丘格那边的草原上横行霸道。

城市里很少谈起这些情况，人们好像并不觉得这些情况有什么特殊的意义。虚假的传言如此之多，以至于已经没有人相信客观事实了。

---

[1] 安·伊·邓尼金(1872—1947)，俄国步兵中将，十月革命后内战时期白卫军的首领之一。

带镶条的深红色马裤

我与佐祖利亚关于艺术的善意争论，因为我被征召入伍而突然中断。由于深度近视，我一直免服兵役，是一个所谓"服兵役不合格人员"。但是现在所有以前免服兵役的人都被征召入伍。

我和几个体弱多病的青年人一起匆匆做了体检，之后就被派往了警卫团。

这显然是世界上存在过的所有军团中最离奇的一个。

在一次与马赫诺部队的冲突中，红军俘虏了一个马赫诺的副手——不知他是叫安托先科，还是安托纽克。我忘记了他的姓，且叫他安托先科吧。

按这个安托先科所犯下的累累罪行，本该枪决他。但当他在卢基扬诺夫卡监狱等待处决的时候，不知怎么，他乖张癫狂的头脑里生出了一个可能使他获救的想法。

安托先科叫来侦查员，口授其写了一封给肃反委员会主席的信。安托先科在信中写道，苏维埃政权不知道该如何处理俘虏的匪徒。俘虏实在太多了。不能把所有的俘虏都枪毙了，而把这些寄生虫关进监狱，尤其是在那个饥荒时期，是不划算的。所以收缴了匪徒们的武器之后，苏维埃政权经常把他们释放到各个地方。他们中的大多数人马上又回到他们头目的"团旗"下，又开始以杀人嗜血为乐，在乌克兰各地流窜。

安托先科提出一个解决问题的办法——不要枪决他安托先科，而是正相反，把他从监狱里放出来，而他为了表示对此的感谢，将着手把各个番号被俘的匪徒整编成一个完全符合标准的警卫团。

安托先科假借自己在匪徒中的威信，写道，除了他，任何人都无力承担这一任务。

政府冒险放了安托先科。他果然在很短的时间内就组建起了一个警卫团，所有被俘的匪徒，马赫诺的、斯特鲁克的、泽廖内的、红桃天使的、红上衣的、格里高利耶夫的，都被编入不同的连队，还有一个连是由规模小一些、不那么有名的匪帮的代表，即所谓"散兵游勇"组成。

所有我们这些以前的"服兵役不合格人员"就是被指派到了这个团里。

一开始是这样的：护送兵带我们到征兵站，然后用车把我们送到佩切尔斯克的团司令部。路上，护送兵对我们的询问默不作答，但还是会时不时抛出几句带有不祥之兆的话来："你们将亲眼看到那条毒蛇。"或者："别让他撞见你，否则他会立刻将你置于死地。"很明显，这是在说指挥员安托先科。

后来就出事了！我们奉命在一个古老的小房子对面列队站好，房前的小花园里丁香花长得高过了房顶。好像没有什么事情让人感到有发生不幸的危险，尽管护送兵苍白、紧张的面庞也没有预示会有什么好事发生。

从房子里走出来一个身材矮小、留着黑色络腮胡子的人，走路一摇一摆的，腿弯着，像螃蟹腿。他穿一件红色羊毛军便服和一条有银色镶条的深红色马裤。他的红皮靴上大大的马刺叮当作响。红色皮手套戴在他的粗手指上，有不少褶皱。一顶有着猩红帽顶的羊皮帽拉到了前额。

这正是那位像漫画人物的"红军指挥员"，猖狂的马赫诺匪帮想象中的"红军指挥员"就是这样的形象。

被征入伍者当中甚至没有一个人笑一下。相反，看到这个人由于凶狠而几乎变成全白的浅色眼睛，很多人不寒而栗。我们猜出，这就是安托先科。

他的腰间挎着一把装在大大的木枪套里的毛瑟枪，腰侧挂着一把插入镶银刀鞘里的弯马刀。

他从马裤口袋里掏出一块雪白的手帕，文质彬彬地在空中把手绢一抖，擦了擦嘴唇。然后他用嘶哑的嗓音问道：

"小伙子们，你们把些什么人带到我这儿来了？废物中的废物吗？"

护送兵一言不发。

安托先科绕着我们的队列慢慢转了一圈，把每个人从头到脚打量了一遍。两个高个子的指挥员跟在他身后。这应该是两个营长。

突然，安托先科拔出弯弯的军刀，用像哭一样的嗓音高声喊着：

"我来教你们怎么样为革命服务，日你妈的！狗东西！你们知道我是什么人吧？我就是用这把军刀砍死了卡列金将军[1]，所以说，你们觉得我会对你们心慈手软吗？我没有一天不咳出十二杯血来。为了我的祖国，我浑身上下都已经被子弹打烂了，正因为如此，每个月莫斯科都

---

[1] 阿·马·卡列金 (1861—1918)，顿河哥萨克首领，沙俄时代及后来白军的骑兵上将。

给我发三万金卢布作零用钱。你们知道这事吗？也许，你们知道，我和像你们这些来路不明的家伙的谈话时间是很短的——给后脑勺打一个铅印，就扔到坑里去！"

他说话的音调高得刺耳，嘴角唾星四溅。显然，在我们面前的要么是个疯子，要么就是个患癫痫病的人。

他走到一个戴眼镜的高个子年轻人——想必是个大学生——跟前，靠得很近，用军刀柄戳了一下那个年轻人的下巴。

"你怎么回事？"他醉眼蒙眬地打量着青年，问道，"戴上了眼镜？我就用这双手弄死了我的妻子，因为她背叛了我。"他叉开手指，给我们看戴着积了褶的深红色手套的短粗手指，那副手套他戴着显然过大，"那么你以为，你戴副眼镜，我就会看重你？我剥了你的皮，也不会有人敢对我吭一声。"

我们感到震惊，弄不明白眼前发生的事情，也搞不清楚我们身在何处，一直沉默不语。护送兵紧张而不满地看着安托先科。只有营长们完全无动于衷地站在那里，时不时用郁闷的眼神望望我们。显而易见，他们对这种场面已经习以为常了。

安托先科跳开，装腔作势地用愉快的声音喊道：

"嗨，你们里边谁是识字的？劳你们大驾，往前迈三步！"

他还用拔出的军刀做了一个邀请的姿势。

我本想往前走，但站在我旁边的护送兵用勉强能听见的声音说：

"站住！别出去！"

我站住了。我们大家当然都识字，但很多人怀疑安托先科的声音中有什么不对劲，因此只有十个人走出了队列。对此，安托先科一点也不感到惊讶。

"你们里边谁是音乐家?"他又和颜悦色地问。护送兵再次悄声对我说:

"别出去!"

随后安托先科一边打趣,一边窃笑,叫鞋匠、会唱歌的人、裁缝出列。人们放心了,很多人都出去了。总共只剩下我们十二个连字也不识、一无所长的人。显然,剩下的只是护送兵来得及提醒的一些人。

这时,安托先科向其中的一个营长转过身,用疲惫的声音对他说:

"营长!你看到这些自私的家伙了吧?他们不愿为全世界的农民像英雄那样去死,而是企图当文书躲进司令部,或是给战士们缝缝裤子。你看到这些有知识的坏蛋了吧?他们妄想坐享生活,尽管他们在这方面没有任何明确的权利。"

"我看到了,指挥员同志。"营长无精打采地答道。

"今天就把他们送到特里波利耶附近抗击泽廖内。只要他们之中有一个活着回到团里,营长,你就要以死谢罪。我以我母亲的名义起誓!"

"是,指挥员同志。"营长依旧那么无精打采地说。

安托先科扫了一眼我们这些文盲,然后麻利地插刀入鞘,说道:"这群废物我连看都不想看。去后勤队!见他妈的鬼吧,齐步走!"

我们与其余的人分开了,被带去尼科利斯基要塞——警卫团的驻扎地。

这个要塞呈半圆形,坐落于第聂伯河的陡岸之上,临近马林斯克公园,要塞四周有堑壕,堑壕的斜坡上长满了接骨木。我在年少时,特别是每逢春天,在马林斯克公园度过了很多时光,那时公园绿影婆娑,荒凉空旷。在公园我曾遇见一位海军准尉生,因此第一次感受到了对远航的强烈思慕。在那里,伴随着蜜蜂在茉莉花丛中采蜜的嗡嗡声,我品读不同诗人的诗作,并且无休无止、如醉如痴地反复吟咏令我震撼的诗行。

为此，我觉得，灰砖砌就的尼科利斯基要塞，连同它的射击孔、拱门、用生了锈的铰链连接的破旧吊桥、铁门上的青铜狮面，是世间最富有浪漫色彩的所在之一。

要塞空旷无人，早被废弃。原本用于练兵和阅兵的训练场生长着高高的野草。燕子在要塞的屋檐下筑巢。夏日温暖的、打了蔫的树叶的气息幽幽飘进残破的窗里。

从来没有什么人围攻过这座要塞。很多年来它完全是作为一处和平的建筑物存在的。

对尼科利斯基要塞的印象从很久之前就深入到我的意识里了，为此这时我甚至为将在这里服役感到高兴。然而这种天真的想象从第一分钟起便烟消云散了。要塞内阴森、肮脏。发霉的墙壁上写满污言秽语，皮靴踏地的脚步声、叫喊声、各种各样的骂娘话、赌咒发誓和歌声，震得墙壁都在发颤。要塞里弥漫着非常浓重的兵营味，以至于衣服瞬间就浸透了这种味道，而且久不消散。

在积满灰尘、铺着未经抛光的地板的走廊里，我们又整好了队。面色苍白、有些女人气的后勤连连长走到我们面前，显然，他以前是位军官。他面带同情之色看了看我们，用马鞭敲了敲皮靴，说道：

"喂，怎么样？见识过疯狗了？这样的指挥员，打死他都算便宜他了。"

我们不知道这番话是他的肺腑之言，还是意在挑拨我们的怒火。我们一直闭口不言，以防万一。

"唉，你们啊！"连长说，"烂泥扶不上墙！齐步走，去地下室削土豆。"

我们在寒冷的地下掩蔽工事削湿乎乎的烂土豆，一直削到晚上。潮气从墙上涌下。黑暗的角落里时不时传来老鼠的尖叫声。

灯光从狭窄的墙洞中微微透出。削着冰凉、湿滑的土豆，手指都抽筋了。

我们压低声音交谈着。这时我才知道我旁边那个身材矮小、任劳任怨的人叫约瑟夫·摩根施坦，战前是罗兹市剃刀厂的一名工人——他戴着眼镜，眼睛红红的，满含悲伤。

傍晚我们回到营房。我往光木板床上一躺，立刻沉沉睡去。

半夜我被一阵动静很大的马蹄声惊醒。我睁开眼睛。昏暗的小电灯泡用一根长长的电线从天花板吊下来。嘈杂的鼾声此起彼伏。墙上的简易挂钟指着三点。

在昏黄的灯光中，我看见了安托先科。他骑着一匹枣红马，走在拱形走廊上，他的那匹马膘肥体壮，石板在这匹肥马的蹄下嘚嘚直响。走廊上有横着拉过的军用电话线，妨碍了他通过。他停住，拔出军刀，把电话线砍断。

安托先科骑马从走廊闯进我们的营房，打住马，高喝一声：

"后勤连！列队！"

睡眼惺忪、惊慌失措的人们纷纷从床上跳起来，匆忙列队。大家几乎都没有穿鞋子，打着赤脚站到石板地上，半醒不醒地打着冷战。

"我现在，"安托先科若无其事地说，"就把机枪手叫到这儿来，下令把你们全都毙了，就像打死鹌鹑那样。你们以为我不知道你们想杀掉自己的指挥员，还骂他是疯狗吗？"

他的嗓音震颤，听起来已经有歇斯底里的声调了。

"把机枪手叫过来！"他扭过头大喊了一声，到这时我们才注意到，在安托先科身后，营房门口站着他的两个传令兵，"他躲哪儿去了，兔崽子？"

"指挥员同志，"其中一个传令兵陪着小心说，"看在上帝分上，我们回家去吧。"

"我要他们的命!"安托先科野蛮地扯着脖子喊,在马鞍上摇摇晃晃,"我要把他们碎尸万段,扒皮抽筋,这些戴眼镜的犹太佬。我要用圆锯把他们都锯开,像锯绵羊一样。"

安托先科的嗓音开始嘶哑,他嘴角淌出唾沫,然后开始慢慢地从马鞍上栽下去。

我们纹丝不动地站着。我过后才知道,当时每个人脑袋里都蹦出这个念头——如果安托先科当真把机枪手叫来,大家就扑到放步枪的枪架,各自操枪开火。

传令兵扶起安托先科,把他拖到走廊,再从走廊拖到露天的院子里。那匹肥马像被发条控制着似的,跟在他们后面,一副置身事外的样子。

我们这些后勤连的士兵当中,这些偶然到了这个团的人当中,没有一个人能弄清楚,在基辅,就在克列夏季克旁边,就在剧院、大学、图书馆和交响乐音乐会附近,还有,就在平凡的善良人身旁,怎么会存在这样以一个半疯的病态指挥员为首的黑暗的土匪窝。

这个军团的存在让人感觉很荒唐。每时每刻安托先科都可以枪毙我们中的任何一个人。每个人的性命全然取决于安托先科脑袋里冒出什么念头。

每天我们都等待着他乖戾的新举动,在这一点上他也从未让我们失望。

我们待在尼科利斯基要塞里,束手无策。离团进城的事从没有过。就算有人放我们进城,团里发生的一切也无人可以诉说。即便说了,也是徒劳无益——根本没人相信我们的话。

我们决定把安托先科的情况写信上报给政府和军事委员波德沃依斯

基[1]，然而后来发生的事件却赶在了我们的行动之前。

有几天过得相对比较平静。团里一部分人被派到特里波利耶附近去打泽廖内匪帮，其余的连队在基辅担负守卫任务——守卫仓库和货运站，参与在比萨拉布卡以及克列夏季克大街上著名的谢马杰尼咖啡馆附近对投机分子的围捕。

不过很快，一天深夜警报响了，全团人被叫起来，在要塞前的训练场上列成一个很宽的方阵。没人知道发生了什么事。据说，一伙不知名的匪徒正从斯维亚托申方向迫近城市，我们必须将其击退。

战士们略带紧张的心理甚至也感染了我们后勤连，后勤连装备的是日本步枪，只是一发子弹也没有。

我们站在训练场上等候指令。第聂伯河对岸曙光初现，看样子要下雨。栗树的叶子略有些枯萎，垂下了自己宽大的手指。周围散发着落满尘土的野草的气息。洞窟大修道院的钟楼上敲响了人们无心去听的四点报时钟。

"全团，立正！"指挥员们操着不同的音调喊着。战士们挺直身体，屏息凝神。

一辆黑漆四座敞篷马车驶入方阵。两匹奥尔洛夫大走马——带灰色圆斑点的白马停了下来，马蹄开始刨地。

安托先科站在马车里，他身旁坐着三个戴帽子的女郎。几个女子用胳膊肘互相推来搡去，时不时兴奋得尖叫，哈哈大笑。

"全团，听着！"安托先科醉醺醺地拖长着声音喊道，一边把军刀高

---

[1] 尼·伊·波德沃依斯基（1880—1948），苏联党务及军事活动家，当时任俄联邦政府军事委员。

举过头顶,"绕着我的马车……以排为单位……唱我爱听的歌曲……以分列式队形……齐步……走!"

他放下刀。其他人都站着一动不动,只有由马赫诺分子组成的第一连迟疑不决地迈着混乱的步伐围着马车走了起来。歌手唱起了"你别哭泣,玛露霞,你将成为我的姑娘",但随即又闭上嘴,一连人惊惶失色地停下了脚步。

"齐步走!"安托先科用发狂似的声音喊道。

全团依旧纹丝不动,悄无声息。女郎们也不再哈哈大笑。周围开始变得那么安静,静得能听见安托先科时高时低的愤怒的喘气声。

"哼,你们竟敢这样,狗崽子。"安托先科嗓音沙哑地说,接着从枪套里掏出了毛瑟枪。

就在这个时刻,后排有人大声喊:

"你在逗你的玛露哈[1]们开心哪,坏蛋!打他,小伙子们,往死里打,把他送进棺材里!"

响起了一声步枪的枪声。安托先科的马车夫猛地调转马头,走马竟然陡立起来——马车离开练兵场,沿马林斯克公园的围墙飞驰而去。

又有几声步枪的射击声朝马车离去的方向响了起来。此后队伍就乱了,只听到一阵杂乱的叫喊声和绝望的咒骂声。马赫诺分子组成的那个连被逼到了墙边。他们开始用枪托回击。把两根手指放到嘴里发出来的、刺耳的土匪式的口哨声盖过了一切声响,响彻训练场和要塞的上空,似乎整个基辅城都听得见。

---

[1] 玛露哈是玛露霞的爱称。

"回营房！安静！"指挥员们喊着，然而已经没有人听他们的命令了。暴动开始了。

马赫诺分子遭到痛打，显而易见，因为这是安托先科的心腹连队。马赫诺分子躲到了要塞的第一层，随后开始开枪还击。炊事员和管理员们也一道挨了打。

很难搞清楚在发生什么事情。狂暴的号叫声在练兵场上、楼梯里、掩蔽工事里回荡。幸好暂时没人注意到我们后勤连，我们毫发无损地退回自己的营房，开始在里面筑起防御工事。

两小时后，尼科利斯基要塞被驻扎在附近的、由被俘的匈牙利人和奥地利人组成的国际军团包围，暴动才平息下来。不管这是多么让人感到奇怪，竟然没有人丧命。只有几个人受了伤。

上午十一点，警报再次发出，全团被叫到训练场上。人们相互咒骂，一个个阴沉着脸，不情愿地站着队。

团里被告知，政府成员马上赶过来和战士们谈话，要查清所发生的一切。整个队伍中发出一声如释重负的叹息。

方阵中央摆放了一个木板讲台。很快，以拉科夫斯基[1]为首的政府成员乘车到达。

全团行"持枪礼"，乐队奏起了《国际歌》，看着战士们安然不动的队列，谁都想不到几小时前这个团里发生过暴动。只有一些战士在夜里受伤或者碰伤后，头上用新的纱布包扎着。

安托先科悄悄走上了讲台。他没有向全团问好。在讲台上，他站在

---

[1] 赫·格·拉科夫斯基（1873—1941），苏联政治家，时任全俄人民委员会组织专员。

几个政府成员旁边,甚至想讨好地和他们攀谈,但没人搭理他。

最先讲话的是拉科夫斯基。他讲话时和蔼、亲切,对战士进行了安抚,他说,政府特别委员会将在三天内查清对团长的所有指控。如果指控得到证实,将采取最果断的措施。

安托先科站在拉科夫斯基身后。他红头涨脸,带着一道深红色伤疤的面颊因神经抽搐而耸动着。他一直焦躁不安,一会儿握紧刀柄,一会儿又松开。最终安托先科忍不住了,推开拉科夫斯基,扯着嗓子喊道:

"难道这是可以想象的吗,拉科夫斯基同志,这么客客气气地和这些杀人犯谈话!政府迁就你们,可我不想迁就。我为什么要对每一堆臭狗屎都过于在意呢?我要用我自己的方式跟你们谈话。第一点,你们怎么想出来的,狗崽子们,向我们无限尊敬的政府控告你们的指挥员父亲!你们的脑袋里怎么会冒出这样的馊主意!你们不应该控告我,而应该亲吻我的手。是谁使你们这些鬼脸匪徒重新做人?是我,安托先科!是谁给你们衣服穿,给你们鞋子穿?还是我,安托先科!是谁供你们吃放了素油的大麦粥?是谁供你们足量的烟叶?还是我,指挥员安托先科同志。要是没有我,你们所有人早就乖乖地被枪毙了,我以在赫里斯季诺夫卡做鞋匠的老爹起誓。你们还要控告!还要暴动!瘟神!就你,那个红脸盘的,向前三步走!哎,不是你,是那边那个穿奥地利军大衣的。是谁给你发军大衣的,朋友?回答我!"

穿奥地利军大衣的战士出列,向前走了三步,站得笔挺,但一言不发。

"是我给你发了所有的东西。是我,你这个翻鼻孔的家伙!是谁给你发了毛料的蓝色绑腿,纯英国斜纹呢的绑腿?你不知道?闭上你这俩灯泡似的大眼吧!是我,指挥员安托先科违规发给你的,因为那是指挥员用的绑腿。我是可怜你,可怜了一个坏蛋。你干吗瞪着眼睛不说话,像个相亲的大姑娘?现在,说第二点,你们控告指挥员,你们挺有勇气,可是你们自己却把公家的面包卖给大修道院的修士。你们以为我不知道?是谁在日特内市场上卖军大衣?是谁在弗拉基米尔高岗上把妓女们的衣服扒光,让她们一丝不挂地在俄罗斯城市之母到处招摇?我全都清楚。看吧,你们全都在这儿呢,全都攥在我的手掌心儿里,"安托先科握紧又松开自己通红的拳头,"我能马上就把你们一个个都给毙了。"

副官试图阻止安托先科说下去,可是安托先科甚至没回头看他一眼。

"你们在所有房子里酿造烧酒,用防毒面具做了很多螺旋管。前线正在和自由乌克兰的阿塔曼们作战,缺少弹药,你们却用子弹找乐子,干坏事!哼,走着瞧吧!好吧!当着政府的面,我饶了你们。好吧,我内心并不恨你们。能向你们这些穷鬼要什么呢?为此——全团,听着!"

安托先科拔出弯弯的马刀,刀身在清晨湿润的空气中微微闪光。

"在政府的讲台前面放声歌唱,从右翼开始,以排为单位,按分列式队形行进,齐步……走!"

乐队奏起了激情四溢、动感十足的旋律,全团成分列式推推搡搡地从讲台旁走过。第一连的队列里还唱起了歌:

  一只小鸡往前跐,
  脚上穿着树皮鞋,
  水滨浴场转一转。
  却叫别人抓住啦,
  却叫别人逮住啦,
  要想通过拿证件。

政府官员们没等到分列式行进结束，就匆匆走下讲台，坐车离去。

这一切将怎么收场，全团人都很疑惑。所有人都深信，安托先科将被革职降级，上级不会再让他任指挥员了。然而一天天过去了，一切照旧。显然，政府顾不上整治安托先科。邓尼金占领了敖德萨。局势让人无法安心。

安托先科扬扬得意，开始在团里胡作非为，比声名狼藉的暴动发生前更甚。

终结警卫团这种艰难而又狂乱的生存状态的，是我们连的一名战士。他就是那个身材矮小、安静平和的约瑟夫·摩根施坦，我在本章开头提到过他。

这个性格温顺、毫无怨言的人却痛恨安托先科，冷冷地、发疯似的恨他，尤其是在安托先科扬言要把团里所有的犹太人"碎尸万段"，并将"耶路撒冷的贵族们"从团里清除之后。

有一次有违常规，我们连被派到拜科夫墓地后面的仓库附近执行警卫任务，甚至给每支步枪配了两发子弹用于实战。

那是一个温暖的夜晚。不知从何处飘来盛开的紫罗兰的花香。半夜，一弯了无生气的新月在漆黑的基辅上空升起，在寂静无声的乌克兰夜空中飘浮。

为了避免睡着，我暗自哼唱着一首又一首歌曲。我哼起这样一首老歌：

> 听不到城市的嘈杂喧响，
> 涅瓦塔楼后面一片寂静，
> 在执勤哨兵的刺刀尖上，

映照着黉夜月轮的光影——[1]

　　这时，耳边传来了马蹄声。有人靠近了仓库，骂着极难听的脏话，跳下了马。我听出那是安托先科的声音。有时候他在夜里查岗。

　　安托先科朝仓库走来。仓库门口是摩根施坦在站岗。

　　"来人是谁？"摩根施坦用他的尖嗓子喊了一声。

　　"怎么，你瞎了眼吗？猪耳朵！"安托先科叫喊着，"你没看见是谁来了吗？"

　　当时，摩根施坦当然马上就认出了指挥员，但他好像是在严守军规，不间断地快速喊了三遍："来人是谁？来人是谁？来人是谁？"未等安托先科回答，摩根施坦就瞄准他开了一枪，一枪将其击毙。

　　一切就这样结束了：摩根施坦被捕，但一天后又被释放了，那个警卫团立刻解散了。我们后勤连的人全都被放回了家。

　　暮色已深，我沿着学院大街回家，从国家银行大厦旁边走过，这座大厦是建筑师心血来潮仿照威尼斯"督治宫"[2]的建筑风格建造的。

　　天气闷热，雷雨将临，银行光滑的黑色圆柱上映出远方闪电的闪光。清凉的风在栗树中发出一阵喧响，随后又沉寂下来。

　　敞开的窗户里面没有任何灯光，有人在钢琴上弹出了一个旋律，并用男中音唱着："他在遥远的地方，他不会知悉，也不会珍重你的思念。"[3]

1　十二月党诗人费·尼·格林卡（1786—1880）的《囚徒之歌》中的诗句。
2　威尼斯共和国（7—18世纪）和热那亚共和国（14—18世纪）的元首被称为"督治"。督治官是督治的府邸，是意大利著名的建筑遗迹，14—15世纪建成，后来曾经重建。
3　莱蒙托夫的长诗《恶魔》中的诗句。此处指鲁宾斯坦的歌剧《恶魔》中的恶魔咏叹调。

大厦前的花圃里散发着青草的芳香。

我突然想起中学毕业舞会结束后的那个夜晚，我沿学院大街走在这些栗树下，送女生奥莉娅·博古舍维奇回家。我觉得，即便是对于这个节日的夜晚，她的那件连衣裙也实在是太漂亮了，而且她整个人就是美丽和快乐的代名词。

我回想起那个夜晚，回想我们在她家附近告别时姑娘那激动得发凉的手指，在路灯的光芒下她那闪闪发亮、让人情难自抑的双眸。我感觉那时的一切就像是一场不可能实现的百年幽梦。

难以置信，就在这由各种闪光和一片片栗树林，由清新的青草和安详的人声、少女的战栗和柔情、书籍、诗歌和隐秘的希望所组成的整个世界——光明、质朴的世界的近旁，就在这里，会存在一个眼里充满难以抑制的疯狂的暴徒，嗜血而残忍无情的安托先科，这个被摩根施坦称为"地狱之子"的人。这让人不由得想到，文化这层外壳是多么脆弱啊，在它之下还隐藏着多么幽僻、多么深不可测的野蛮和黑暗之水！但人类思想的光芒终将穿透幽深的水层，直至水底，这正是我们的未来、我们的工作，以及我们暂时尚未就绪的生活的伟大任务。

二十多年之后，我有机会在阿拉木图的图书馆里给读者们作了一次演讲。

深秋时节，杨树坚韧的干枯叶子哗哗作响。灌溉渠中流淌着从高山上引来的带着海洋气息的冰水。阿拉套山峰顶上彤云四合的天空闪着光亮，令人仿佛觉得这些山峰后面就是印度。

演讲结束后，一个身材矮小、头发全白、眼神忧郁的人向我走来。

"您没有认出我来吗？"他问。

"没有,想不起来了。"

"我是摩根施坦,我们一起在基辅的警卫团服过役。"

"您现在做什么呢?"我问道。

"这不重要,"他答道,笑了一下,"不过我为您高兴。在文学领域,您必然有机会为您在生活中遇到的所有人做些什么,包括您同一个团的战友摩根施坦。"

多层馅饼[1]

那是一个阵风吹拂的夏日清晨。窗外的栗树沙沙作响,声音杂乱,从法斯托夫方向远远传来大炮的隆隆声。那里正进行着同由南方渐渐迫近的邓尼金部队的战斗。

阿玛莉娅昏暗的房间里散发着刚磨好的咖啡的香气。阿玛莉娅快磨完最后一点咖啡豆了。小磨发出诉苦般的嘎吱声,有时甚至会发出刺耳的叫声,好像预感到了自己的生命即将终结。

跟平常一样,咖啡的香气让人感觉整间屋子更加舒适,即便墙上挂着的"大海的礼物"——一支装饰着贝壳的坏温度计——无论寒暑都显示同样的温度:零下三摄氏度。这永远的零下三摄氏度有时让人感觉房间里比实际上更冷一些。

有人敲了敲厨房的门。我听见阿玛莉娅去开门。短时间的寂静之后,

---

[1] 指当时基辅多个政权并存的状况。

她突然像喘不上来气似的大喊：

"是的！他在这里！在这里！当然了！"

阿玛莉娅的声音戛然而止。我跑到厨房中，那里站着两个风尘仆仆的女乞丐。她们头上的围巾系得很低，几乎遮住了眼睛。

个子矮一些的女人叫了一声："科斯季克！"然后就跌坐到一张凳子上，把头趴到了厨房的桌子上。用榛树枝自制的拐棍一下子从她手中滑落，砰的一声掉在地板上。

我听出那是妈妈的声音，我跪在她面前，想要看看她的脸。但她并没看我，而是将她干巴巴的、冰凉的手掌紧贴着我的脸，哭了起来。但她已流不出多少眼泪，只有抽搐的喘息暴露出她确实在哭。

加莉娅则站在那儿，不敢移动——想必是她已经什么都看不清了。我注意到她的腿上缠绕着一些布条，是从凸纹布被子上剪下来的，上面还绑着细绳。我至今仍记得那些带绿色花纹的被子上的布条。加莉娅没有戴眼镜。她局促不安地伸着脖子，望着厨房里放着黑色维也纳式弧形挂衣架的那个角落，问妈妈："怎么样？他，科斯季克，在这儿吗？你怎么不回答？他在哪儿？"

妈妈和加莉娅从科帕尼徒步走到基辅。当时留在科帕尼已经是不可能的事。几乎每天都会有零星的土匪来庄园劫掠，但他们没有招惹妈妈，也没有招惹加莉娅，很显然，这是因为她们那儿已经没什么可抢劫的了。

甚至有的土匪可怜妈妈，离开时还留点东西给她，有时是一点面包干，有时候是油渣儿，还有一个土匪甚至送给她一条花色极为漂亮却满是破洞的西班牙披肩。据他说，这条披肩是他在日托米尔的剧院抢来的。

最后，一个外号叫"复仇天使"的土匪彻底毁了妈妈的生活。见过几十个阿塔曼的妈妈仍然感到很惊讶，"复仇天使"竟然是一个戴着眼镜、留着胡子、改信基督教的人。以前他在拉多梅斯利开一家药店,并自认为是恪守原则的无政府主义者。

他称妈妈为"夫人",拿走了所有东西,连一根针也没有留下,但他留下了他带走的东西的详细清单,并在上面注明,凭此清单就有权获得补偿,但最早也要到"无政府主义统治全世界"的时候。

妈妈和加莉娅步行两个多星期才到基辅。她们扮成乞丐的样子,而且实际上她们与乞丐也没有什么区别了。加莉娅没戴眼镜,走路的时候像盲人一样扶着妈妈的肩。如果加莉娅戴眼镜的话,那就没人相信她们是乞丐了。在那个狂暴的时代,人们对戴眼镜的人总是心存疑虑。几乎所有"眼镜儿"都被视为狡猾的敌人,遭到极度的仇恨。令人惊奇的是,这种对戴眼镜的人的不信任延续至今,并衍生出了一种有轻蔑色彩的绰号——"四只眼"。

妈妈和加莉娅歇了几天,睡足了觉,安宁与幸福的神色在她们脸上从没消失过。然后,像平时一样,妈妈决定开始做事,她开始帮阿玛莉娅做衣服。她们很快成了朋友,住房里已经有两台缝纫机咔哒咔哒响着,加莉娅则坐下来制作假花。

她花去很多功夫,精心地用不同颜色的碎布头来制作假花。我仔细地看过加莉娅的一套钢质工具和模具,惊叹不已。她用这些工具和模具在上浆的细棉布上刻出洋甘菊的花冠、玫瑰花瓣和各种各样的叶子。刻雄蕊和花蕾尤其费事。花做得很漂亮,但却散发着颜料和胶水的味道,而且很快就会落满灰尘。

平心而论,我深信加莉娅所做的这件事全然无用,尤其是在革命、饥荒和国内战争期间。人们为了一俄磅的大麦米或是一杯葵花子油要殚精竭虑、冒着极度的危险跑很远的路,这种时候谁还会去买这些花呢?

但实际上我错了。

布做的假花在拜科沃公墓旁的小铺子里被抢购一空,那些小铺子里出售价格低廉的花圈、墓地栅栏(多半是用旧床制成的)、砂糖般洁白的大理石纪念碑和做得有些花哨的铁十字架。

一个年老的女商贩每个星期都来找加莉娅,收购布花,并建议加莉娅不用做得太仔细——反正它们也是会被卖光的,因为根本没有其他的花。

加莉娅因她的这些话感到气愤,还是继续为做一朵香水月季忙活一整天。她简直认真到了完全是自我折磨的程度。

那个喜欢谈哲理的老女商贩有着相当悲观的人类职业理论。她喜欢用她单调的嗓音来阐述这个理论。

"到了如今这样的年代,"她说,"也就只能靠那些地球上过去、现在和将来一直都有的东西赚钱,与我们所有的革命和战争都无关。首先——人的头发无论何时总不会停止生长,就像人们说的,只要我们的地球在天上旋转。是昼夜不停地旋转,请注意这一点。我想,从这一点您就能得出一个结论,最赚钱的职业就是理发师。其次,无论何时人总不会长生不死。无论是什么政权,总是要安葬死人的。人不能自己为自己挖墓穴吧,不能自己把花圈放到墓地上,也不能自己在纪念碑上写'安息吧,亲爱的丈夫雅沙'或者'你壮烈牺牲,令敌人胆寒'。也就是说,在这件事上也可以无休止地赚钞票。事情就是如此。一些人痛苦,而我收获了面包。一些人流泪,我却得到了一杯牛奶。"

除了加莉娅,家里所有的人都害怕墓地旁这个带着不祥之气的老太婆。只有加莉娅一个人有勇气与她进行徒劳的争论。

南方的炮火声越发猛烈。苏维埃军队已经在与邓尼金部队交战,争夺通往城市的要道。

我从警卫团回来后,再次回到那个发放粗平布的机关工作,这时,那个机关开始疏散了。一包包粗平布被运到货运站,再运往北方。

一天早晨,我到了机关,看见门上用图钉钉着的一张字条。字条是用我所熟悉的那台少了字母"p"的打字机打出来的:"本机关已疏散,咨询请打电话……。"

我站在撒满草席碎片的昏暗的楼梯上,希望同事当中还会有人来。但谁也没来。

我满腹狐疑地走到街上,看到二十多个红军伤兵。他们风尘仆仆,精疲力竭,在马路上艰难地走着。一些人胳膊上,一些人脸上,刚刚包扎的绷带闪着雪白的光。

我在他们后面跟着。很明显,这些人是刚从一场战斗中下来,举步维艰地走回市区的。

他们走过瓦西里科夫大街,然后走过克列夏季克,接着开始下坡,向通往第聂伯河的波多尔走去。他们走着,首先是喧闹的商业大街——瓦西里科夫大街,后来是同样喧闹、漂亮的克列夏季克,都慢慢地安静下来。路人都停住脚,久久凝视着红军战士们的背影。随着伤员们的到来,忐忑不安的情绪在克列夏季克蔓延,很快就传到了附近的所有街道。

我追上其中的一个红军战士,问他现在哪里在开战。

"在红色小酒馆附近。"那个红军战士回答,看也不看我一眼,"那里现在打得很激烈,同志。"

邓尼金部队从东南方向的达尔尼察进攻,而红色小酒馆位于基辅的西南。

"难道邓尼金部队已经围城了吗?那里邓尼金部队人数很多吗?"人

群中有人发问。

"那儿哪有什么邓尼金部队!"红军战士懊恼地回答,"他们从没在那儿出现过。"

"那你们和谁作战了?"

"自然是跟敌人。"红军战士答道,冷冷一笑,跟着自己的同伴走了。

一切都令人费解。一小时后,当城市上空响起熟悉的轰鸣声,炮弹横飞,在波多尔和码头上爆炸,基辅人陷入了全面慌乱的状态。人们又开始住进地下室,又开始在院子里轮流值守,每一次爆炸都会令小煤油灯熄灭,人们又开始用各种容器收集水,又是各种谣言,又是一个个不眠之夜。

也许,夜间值班是那个狂乱年代中最平安的事情。我甚至喜欢上了在我们的小院子里、在幽静的铁便门和同样幽静的生铁大门旁值班。

在我们这个狭小的院子里长着唯一的一棵树,一棵枝繁叶茂的栗树,不知何故,每逢夜晚,在这个小院子里我总觉得自己很安全,就像待在难以攻克的要塞里。

值班人员是没有任何武器的,也不可能有。哪怕藏有一把孩子玩的小口径单弹枪,也会被枪决。唯一要求值班人员的,就是在出现哪怕最不起眼的险情时,也要叫醒住户,以免发生危险时他们毫无防备。因此院子里挂起了一个铜盆和一把锤子。

我喜欢这样的夜间值班,可能是因为,当危险就在身旁时所产生的这种奇怪的、纯粹虚假的安全感。危险,它就隐藏在这里,隐藏在便门仅仅两毫米厚的铁皮后面。

只要打开便门,跨过门槛,就会直接感受到那种在黑夜中笼罩着基辅死寂的街道的神秘可怕的力量,就会听到有人沿着房前的小花园偷偷走来,就会用全部的神经感受到那枚正撕开空气、正对着你飞来的铅弹。

到了院子里边，这种恐惧就消失了。只需要静坐倾听，以免弄出什么动静暴露自己。动物的本能在隐秘地提示，避开危险的唯一方法就是完全保持安静，躲在暗处，不被发现。

有时，从前的列万多夫斯卡娅女子中学上了年纪的历史教师阿韦利·伊西多罗维奇·斯塔科维尔与我一起值班。

尽管斯塔科维尔过去在女子中学教书，但他却是一个偏激的厌女者。他身材矮小，留着蓬乱的长胡子，眼睑发红，邋邋遢遢，并且总是带着一股怒气，像先知耶利米[1]一样，不分青红皂白，对所有的女人都加以诅咒，乐此不疲。

他能平心静气地谈论的只有中世纪。他确信，那是人类生活中最迷人的一段时期。对此斯塔科维尔也有自己的依据，当然，如果能从中世纪历史中剔除对美丽女子和圣母的崇拜，其余的一切都十分符合斯塔科维尔的心意。

他对中世纪的优点如数家珍。第一，地球上空间比较广阔。第二，茂密的森林和水源直通到住所的门槛前。人们呼吸的是密林中令人生机焕发的空气，而不是煤油烟子；饮用大地上的纯净汁液，而不是食用罐头。第三，在那时辉煌灿烂的诗歌已经十分繁荣，人类思想的敏锐程度并不比现在低。第四，那时，就人类自身而言，与文明兴盛的时代相比，也更加质朴、开朗、富有魅力。

斯塔科维尔抓住一切机会向我证明中世纪的美好。仿佛他能够轻易地把我迁移到那些遥远的时代，仿佛我能够自由选择在任何一个时代生活。他说起话来就像一个招募者，一个能够鼓舞人心的信徒，一

---

[1] 《圣经·旧约》中所载的以色列先知，《旧约·耶利米书》载有其若干诅咒的话语，包括对其母亲的诅咒。

个中世纪的代言人,他谈论中世纪时的神色,给人感觉就好像他从那里刚刚归来。

甚至在乌克兰进行的内战和我们的夜间值班也被斯塔科维尔用来赞美中世纪。

在红军弃基辅而去、不知是哪一方的炮兵隔着城市开火的那天晚上,斯塔科维尔对我说:

"不知道您怎么认为,我年轻的朋友,反正我只想生活在中世纪的城堡中。处在某些危险的时代,只有在那里,人才能感受到无比幸福的宁静与安全。他从每走一步都有可能被吊在最近的一条橡树枝上的森林里,走进了古老城垛永恒的荫蔽之下。在他身后,吊桥被拉向紧闭的城堡大门,于是人突然感受到的不仅是脱离危险的欣喜,还有生活的无限充实。铺着石板的巨大庭院阳光普照,寂静无声,这寂静中透着生活的光亮,空气中弥漫着生活的气息,召集城堡居民进餐的号角吹出的歌曲中唱响着生活的旋律。生活也包含在图书馆的大开本厚册里,风吹动硬质的书页,沙沙作响。这样的生活让人心平气和。而只有在这种情况下,人才能创造不朽的价值,我年轻的朋友。"

白天,斯塔科维尔会拿一些古代城堡的平面图和素描画给我看,上面有城堡庞大的突出塔楼——主塔,还有射孔、瞭望塔、通道、由昏暗房间组成的迷宫、两米厚的墙、壁炉、内花园和水井。所有的城堡都矗立在山顶上,在无法攀登的峭壁上。从勃艮第和法兰西岛、洛林和萨瓦、波西米亚和亚平宁吹来的风从每一个侧面吹拂着城堡。高悬的太阳像一顶金光灿灿的皇冠,把自己的光芒照到塔楼、旗帜和覆着青苔的瓦片上。

妈妈特别喜欢听斯塔科维尔说话。当我值班的时候,夜里她经常起来,披上保暖围巾,走到院子里来。我们在房子的墙垛后面坐下,低声交谈,也常常打住话头,仔细听一下某种奇怪的声响。

像所有的母亲一样,妈妈仍然把加莉娅和我完全当成小孩子,天真地建议我要多与斯塔科维尔交谈。

"这是一个无所不知的智囊啊,"妈妈说,"是一所能走动的大学。你常跟他见面是大有好处的,科斯季克。你不要轻视这样的人。"

不,我从来没有轻视过这样的人。相反,我可以一连几小时听他们说话。我感谢他们有广博的知识和愿意把知识分享给我的那份慷慨。

令我惊奇的是,他们反过来还要感谢我认真听他们讲话。很明显,他们没有受到过多关注,没有因受到关注而被宠坏,我只能对此做出以下解释:我们俄罗斯人"既懒惰,又无好奇之心"[1],这是借用普希金的恰如其分的表述。书籍以及与人交往带给我深刻而又引人入胜的知识,无论是中学还是大学都没有教给我那样的知识。我是一个过于腼腆的人,总是羡慕那些很容易与周围所有的人结交,并且马上就能和他们谈得热火朝天的人。我要做到这一步,需要很长一段时间才行。

整个夜晚,炮弹都在城市上空呼啸。它们在波多尔爆炸时发出很大的声响,那声音就像有人抡起胳膊把一捆铁皮扔到地上一样。

黎明前,苏维埃的部队沿第聂伯河往上游退去了,于是城市变得寂静。

一大早,个性上有着非同寻常的好奇心、完全忽视危险的妈妈进城去了,如她所说,"去侦察"。很快她就回来了,她说城里空了,邓尼金部队还没有进城,但有些地方,房子上已经被有远见的市民挂上了沙皇的白蓝红三色旗。

---

[1] 普希金《阿尔兹鲁姆游记》(1829) 中的话。

当我们在厨房喝胡萝卜茶时，从丰杜克列耶夫大街上传来了熟悉的"斯拉瓦！"喊声。我们来到阳台上。街上行进的不是邓尼金部队，而是打着黄蓝两色旗的彼得留拉部队。他们信心十足、镇定自若地走着，以自己身上的奥地利服装为荣。

那些不久前在我们眼里讨厌透顶的、穿着绣花衬衫的"正宗乌克兰人"也向他们喊着："斯拉瓦！"又把他们已被虫蛀的羔皮帽子往空中抛。

全城人都疑惑不解。进城的不是邓尼金部队，而是彼得留拉部队。

他们走到克列夏季克，占领了那里，并在那里扎营，还在市杜马大厦的阳台上挂起自己一方的旗子。这个阳台上的旗子是一种宣布拥有某种权力的标杆。每一个新政权都会悬挂旗子，表示不会不战而降的决心。

立刻有传言说，邓尼金把基辅让给了彼得留拉，让自己从南方向城市迫近的军队往奥廖尔方向转移。

对于被各种出乎意料的变化和"政变"弄糊涂了的居民来说，谁占领城市，已经无所谓了，只要新来的队伍不杀人、不抢劫、不把人赶出家门就行。所以，迎接彼得留拉部队的到来的，是人们完全漠不关心的态度。

但在下午一点，邓尼金的第一批骑兵队伍从佩切尔斯克区，从大修道院方向进了城，随之而来的是顿河哥萨克团。

邓尼金部队抵达已被彼得留拉部队占领的克列夏季克，他们对当时的情况感到非常惊讶——其惊讶程度不低于市民，于是开始调查，到底是怎么回事。

原来，彼得留拉的一个师已经在城西的一些乡村里隐藏了很长时间，等待时机。这件事谁也不知道。趁着苏维埃的部队撤退，彼得留拉的这个师决定抢在邓尼金部队前面，迅速奔向基辅，并在为期两天的战斗之后占领了城市。

邓尼金部队当然不喜欢这个结果。在他们和彼得留拉部队之间展开了一场隐秘而又繁琐的谈判。谈判之后,在市杜马大厦的阳台上,彼得留拉部队的旗帜旁边出现了一面白蓝红三色旗,以证明双重政权的存在。

基辅人被彻底弄糊涂了。很难弄清楚,到底将由谁来统治城市。

但傍晚,当邓尼金部队的援军到来时,所有这些疑问都不复存在了。两个哥萨克兵团突然从陡峭的佩切尔斯克的山岗上像倾泻而下的岩浆一般向毫不知情的彼得留拉部队发起了猛攻。

哥萨克兵策马持刀,刀头朝下,出鞘的军刀寒光闪闪,他们高声呼叫,对空鸣枪。任何神经都无法承受住这种疯狂的、迅雷不及掩耳的袭击。

彼得留拉部队丢弃了大炮和武器,一枪未发便逃跑了。那些早晨曾献媚地高呼"斯拉瓦!"的"正宗派"老头儿现在则在阳台和人行道上暴怒地挥舞着拳头,喊着:"甘巴!"意思是"可耻"。但彼得留拉部队并不理会这些喊声,继续逃命,还不时回头看看,边跑边匆忙地把什么东西分别塞进不同的口袋里。

他们逃到城外的斯维亚托申之后才安定下来。他们在那里停住脚,喘口气。他们唯一一个没有任何人员伤亡的炮兵连朝基辅城胡乱发射了十枚炮弹。

弗拉基米尔高岗上的一个卖冰激凌的售货亭被毁,弹片打掉了俄罗斯的启蒙者之一——不知是基里尔还是梅福季——的石膏纪念像上的一只耳朵,如果这些忽略不计,那么炮兵连的发射就没有造成什么损失。

到了第二天早晨,城里贴满了布列多夫将军[1]的命令,宣称从这天起基辅回到了统一的、不可分割的俄国的整体之中,并将永远如此。

---

1 尼·埃·布列多夫(1873—1945),沙俄军队及白军将领。

夜半惊叫

那应该是夜深人静的时候，周围的一切因挥之不去的黑暗和静默而变得死寂。连生锈的水管里的水在夜里也流尽了，水龙头不紧不慢地滴到厨房生铁水池里的水流停止了。

在这种僵化的夜里我常常会做一些混乱不堪的梦，之后很久心头仍然难释重负。

有人好长时间都在呼唤我，但我无论如何也醒不过来。确切地说，是我自己不愿醒来，当时正痛苦地在撕扯不清的混乱意识之中捕捉一缕渐渐消逝的霞光。

突然间，穿过与睡梦的艰难斗争，传来了哭声。我睁开眼睛，从床上迅速起来，看到了妈妈。

她坐在我脚那头的床边。几缕白发垂到她的脸颊上。她扶着床的靠背，抽搐着用低沉的声音在哭。

"怎么了？"我低声问，"发生什么事了？"

"小声点，"妈妈哽咽着说，"你会把加莉娅吵醒的。"

"但到底发生什么事了？说话呀。"

"我不知道。"妈妈心慌意乱地回答，然后她的头打起颤来。我觉得妈妈像是疯了，她说："我不知道发生了什么事，但应该是什么可怕的事情。你起来听听。去阳台。"

我摸索着来到了阳台上。阳台的门大开着。我走出去，细听了一下，浑身一阵发冷——从远处，从瓦西里科夫大街的方向传来许多人恐惧的哀号声，数不胜数的人面临死亡时的哀号，这声音滚过夜间的城市，离我们的楼越来越近。从中分辨不出单个人的声音。

"这是怎么了？"我在黑暗中兀自问道。

"大屠杀。"在我背后的阿玛莉娅突然回答。

她的牙齿不停地打颤。看样子，她无法克制住自己，眼看着就会歇斯底里地发作。

我又侧耳细听。听到的只有叫喊声，再也没有大屠杀的其他迹象了——没有枪声，没有玻璃被打碎的声音，房屋上空也没有火光，没有大屠杀发生时伴随出现的任何迹象。

在海达马克虐杀犹太人的恐怖暴行发生之后，有一段时间平安无事。在邓尼金部队占领城市的初期也还太平。他们暂时没有动犹太人。偶尔，但那是在离街道稍远些的地方，一些带着吸食了可卡因的眼神的士官生在马上耀武扬威，唱着自己喜欢的歌曲：

穿着一袭黑衣的骠骑兵！
拯救俄罗斯吧，杀死犹太佬——

他们都是些政委[1]一样的人!

但当苏维埃军队迫使邓尼金部队从奥廖尔后撤,并开始把他们向南部驱赶的时候,白军的心情发生了变化。一些县城和镇子里开始出现杀害犹太人的暴行。

基辅四周屠杀犹太人的圈子不断紧缩,终于,在我提到的那天夜里,第一轮夜间屠杀在瓦西里科夫大街拉开了序幕。

在那一带的多栋大楼中,暴徒们包围了其中的一栋,但还没有来得及破门而入。在悄无声息的黑暗的楼房中,一个女人刺耳地尖叫起来,那叫声透着恐惧和绝望,打破了黑夜预示灾难的寂静。她无法通过其他方式保护自己的孩子——只有借助这不绝于耳、一刻也不停息的惊恐无助的哀号。

突然,整栋楼从底层到最高层都用同样的喊声回应那个女人孤单的惊叫。暴徒们受不了这样的惊叫声,撒腿就跑。但他们无处可藏——瓦西里科夫大街和周边所有小巷的所有房子,在他们到来之前,就都已经发出了惊叫。

惊叫声像风一样越来越强劲,席卷越来越多新的街区。最令人恐惧的是,这惊叫声来自黑暗的、仿佛没有人住的那些房屋,街上都空荡荡的,一片死寂,只有星星点点的、微弱的路灯灯光颤抖着,闪烁着,仿佛在为这惊叫声照亮道路。

这些是我后来才知道的。当时我不清楚在发生什么事,就匆忙穿上衣服,想去那个传来哀痛欲绝的惊叫声的地方。妈妈也开始穿衣服。她

---

[1] 指当时的红军将领。

决定跟我一起去。

我并不清楚自己为什么会去。但我不能留在家里。我明白，不了解清楚这叫声的起因，我就会一直不安心。情况不明比那种在城市夜里可恶的街道上暗中注视着每一个人的险情更糟。

不过，我们不需要出去了。就在我们穿衣服的时候，邻近的丰杜克列耶夫大街上以及与我们毗邻的三层楼房里也开始发出惊叫。那栋楼的窗户里看不到一处灯光。

我再次到了阳台上，看到几个人在丰杜克列耶夫大街上跑过去，逃离那几栋发出惊叫的楼房。这想必是暴徒。

我不禁感到一阵神经紧张。阿玛莉娅在旁边席地而坐，身躯微微摇摆着，以手掩面，轻声呻吟。妈妈领她去喝了些缬草酊。

我一直在听。波多尔、新建筑区、比萨拉布卡都在惊叫，整座庞大的城市都在惊叫。这惊叫声想必在城外也能远远地听见。它，这呼唤怜悯和仁慈的痛苦号叫直抵压低的漆黑的苍穹，又折返回来。

大屠杀没有愈演愈烈。邓尼金部队的指挥部没有料到事态会这样急转直下，惊慌起来。城里派来了武装巡逻队。路灯亮了起来。清晨，各处的墙上都张贴了邓尼金部队司令的安民告示。就在第二天，著名的保守党人舒利金[1]在《基辅人报》上发表了一篇题为《恐惧的折磨》的文章，并在文中出人意料地谴责了邓尼金武装的指挥部纵容屠杀的暴行。

我曾听过单个人或一群人因为恐惧而惊叫，但我从来没有听过整座城市的惊叫。这令人无法忍受，十分恐怖，因为过去有一种习以为常的，

---

1 瓦·维·舒利金（1878—1976），俄国政治活动家，君主主义者。

或许是天真的观念，认为存在着一种所有人都必须遵守的人性原则，而这种观念突然从人的意识中消失了。这哀号就是向人类残存的良知发出的呼吁。

是的，人类通往正义、自由和幸福的道路有时确实充满恐怖。只有深信，光明和智慧终将战胜黑暗的愚昧，才能阻止绝望情绪完全控制意识。

人类良知的力量终究是伟大的，所以任何时候也不能对它完全丧失信心。

最近，一位相识的作家给我讲了一个这方面的惊人的故事。

他是在拉脱维亚长大的，拉脱维亚语说得很好。战争结束后不久，他从里加乘电气列车去海滨。在车厢里，他对面坐着一位安静而郁郁寡欢的拉脱维亚老人。我不知道他们的谈话从何开始，但其间老人讲述了这样一个故事。

"您听我说，"老人说，"我住在里加的城郊。战前有个人在我家旁边住了下来。他是一个心肠很坏的人。我甚至可以说他是个不知羞耻的、恶毒的人。他做投机生意。您是知道的，这种人既无情，也不讲品德。一些人说，他们投机倒把只不过是为了赚钱而已。但靠的是什么？靠的是别人的痛苦，靠的是孩子的眼泪，至少也是靠我们的贪心。他和他妻子一起干这个买卖。是的……机会来了，德国人占领了里加，把所有的犹太人都赶进了犹太人聚居区，目的是把一部分人处死，把一部分人干脆活活饿死。整个犹太人聚居区都拉起了警戒线，连一只猫都跑不出去。敢走近岗哨五十步以内的人会被当场打死。犹太人，尤其是孩子，每天都成百上千地死去，于是那时候我的邻居想出一个不错的主意——装上一马车土豆，给德国哨兵'塞点钱'，赶车进入犹太人聚居区，在那里拿土豆换珠宝。据说，被囚禁在犹太人聚居区里的犹太人还有不少珠宝。他就这样做了。临出发前,他在大街上遇到了我,您就听听他都说了些什么。'我要做的是,'他说,'只把土豆卖给那些有孩子的妇女。'

"'为什么呢?'我问道。

"'因为她们愿意为孩子付出一切,这样我就可以赚到两倍的钱了。'

"我一直没说话,但为此我也付出了不小的代价。您看到了吧?"

拉脱维亚人把已经熄灭的烟斗从嘴里拿出来,指了指自己的牙齿。牙齿少了几颗。

"我一直没说话,但牙齿非常用力地咬着我的烟斗,结果烟斗都被咬坏了,我的两颗牙也废掉了。人们常说血涌上头。我不知道。我的血没涌上头,而是涌到了两只手上,涌到了拳头上。它们突然变得像灌了铅似的沉重。如果他没有马上离开的话,我可能会一拳把他打死。他似乎已经猜到了这一点,因为他马上从我身边跑开了,像黄鼠狼一样龇出了牙……不过,这不重要。夜里,他往他的马车上装了一袋一袋的土豆,动身去了里加的犹太人聚居区。哨兵叫住了他,但是您知道,坏人之间递一个眼神就能心领神会。他给了那个哨兵贿赂,哨兵对他说:'你这个傻瓜。过去吧,但他们除了饿瘪的肚子已经一无所有。你会带着自己的烂土豆打道回府的。我敢打赌。'

"他赶车进入了犹太人区,来到一栋大房子的庭院里。妇女和孩子围住了他满载土豆的马车。他们都默默地看着他解开第一袋。一个女人抱着一个死去的男孩站在那里,伸出一只手掌,递过来一块被打碎的金表。'疯女人!'这个人突然大喊起来,'你还要土豆干什么?你的孩子已经死了。走开!'后来他自己告诉我,他不知道当时自己是怎么了。他咬了咬牙,扯开袋子上的绳子,把土豆全都倒在地上。'快点!'他冲那些妇女喊道,'把孩子们给我。我带他们出去。只是要让他们不动,也别发出声音。

赶快!'母亲们急忙把吓坏的孩子们藏进袋子里,他紧紧地扎住袋子口。您明白,妇女们甚至没有时间亲吻一下自己的孩子。她们是知道的,她们再也见不到自己的孩子了。他把藏着孩子的袋子装了满满一马车,在靠外边的地方放上几袋土豆,就出发了。妇女们亲吻着他的马车的脏车轮,而他头也不回地赶着马车向前走。他一直大声吆喝着马,因为担心哪个孩子会哭出声,暴露所有人。但孩子们全都一声不吭。

"那个他认识的哨兵远远就看到了他,喊道:'哎,怎么样?我跟你说过,你就是傻瓜。趁我们中尉还没回来,快带着你的臭土豆滚吧。'

"他赶着马车从哨兵身旁疾驰而过,用最难听的话骂着这些一贫如洗的犹太人和他们可恶的孩子。他没有回家,而是沿着僻静的乡村土路径直驶向图库姆斯那边的森林,那儿驻扎着我们的游击队,他把这些孩子托付给了游击队员,而游击队员们把孩子们藏到了安全的地方。他对自己的妻子说,德国人没收了他的土豆,还把他关押了两天两夜。战争结束之后,他和妻子离了婚,离开了里加。"

拉脱维亚老人沉默了片刻。

"我现在想想,"他说着,第一次露出了微笑,"假如我当时没忍住,一拳把他打死,那该有多糟糕啊。"

结婚礼物

列车从基辅到敖德萨行驶缓慢，耗时十八个昼夜。我没计算，这些天得有多少个小时，但是清楚地记得，在这段令人厌烦的路程中，每个小时都让我们这些乘客觉得是正常时间的两倍。这主要是因为，每个小时都有死亡的危险。

的确，取暖车厢上仅有三个人死于流弹，几个人受伤，不过所有的乘客，尤其是几个年轻的司铎——日托米尔天主教学校的毕业生，都认为，我们的旅途中仅有这些伤亡，是幸运之神的意愿。

这些司铎期望经过伊斯坦布尔、萨洛尼卡、贝尔格莱德和布达佩斯到达波兰，这是一条令人大费周折的路线。当然，我们之中谁都不相信，这些司铎哪怕能有一个人活着到达波兰。

秋天，当白军还待在奥廖尔和库尔斯克之间的某个地带，并且觉得很安心的时候，在一个暖和的秋日黎明，基辅在猛烈的机枪轰鸣声中突然惊醒了。

像往常一样，不侦察是不能弄清楚任何情况的。这次侦察是由妈妈完成的。当我们大家被射击声惊醒，慌忙穿衣服的时候，妈妈已经到街上去了，她很快就回来了，很开心，也很激动。

妈妈的勇敢总是让我感到惊讶。对她的勇敢可以这样来解释：她是一个坚定的宿命论者，她认为，每个人的生命都掌握在不可更易的命运手中。命运是无法逃避的。命中注定该怎样，就会怎样。

妈妈带回了一个令人震惊的消息。苏维埃军队从西部冲进了基辅，并且已经控制了直到加里西亚市场的市区。

从基辅到最近的苏维埃军队的前线并不近。完全无法想象，苏维埃军队能够神不知鬼不觉地在白军占领区进行这样的转移。因此苏维埃军队的出现就像一个奇迹。但这个奇迹是完全能够被感知的，在我们饱受灾难的房屋砖墙上越来越频繁地发出嗒嗒声的子弹就证明了这一点。

原来，在邓尼金部队开始进攻时就从南部撤退的苏维埃部队，在基辅附近广阔的、难以通行的伊尔片沼泽地带停止了前进，在那里隐藏起来，一整个夏天，直到秋天都驻扎在那里。不仅仅是邓尼金部队，就连基辅也没有任何人料到这个情况。关于那里有苏维埃军队的事，伊尔片沼泽周围村子里的农民没有透露过一个字。

于是，现在这部分军队就突然冲进了基辅，且战且进，控制了半个城市，缴获了很多粮食和武器，后来，又打出一条路，往北方撤回到自己人那里去了。

战斗进行得很激烈。战斗在不同的地方进行，一会儿在城市的这里，一会儿又在城市的另一个地方，直到傍晚战斗才平息下来。

我们第二天就得到消息，邓尼金部队的司令布列多夫将军决定宣布动员令，让所有四十岁以下的男人都参军。我决定逃往敖德萨，以避开这次动员。

  妈妈的心情已经平静下来,在基辅她有一个房间可以住,而我离开时几乎把我的钱都留给了她。那之前加莉娅做假花赚钱,已经开始有不错的收入。此外,妈妈和加莉娅与阿玛莉娅交好,我知道,阿玛莉娅不会在她们蒙难的时候袖手旁观。

  我们约定,一旦平安度过这一阵,我就返回基辅,所以我去敖德萨倒也心安。

  第一夜过得很顺利,尽管地平线上有几处火光在风中闪动。列车没有照明,悄悄行驶着。它经常停下,久久不开,仿佛在细听夜间各种模模糊糊的声音,不敢继续前行。有时候,它甚至还要开倒车,稍稍往后退退,似乎要避开什么特别耀眼的火光,藏到阴影之中。而且每一次我都觉得,前方远处有一些黑衣骑者,他们没有发现我们,正骑着马小跑着穿过铁路路基。

  在我们这节取暖车厢里有五个司铎,《俄罗斯言论报》的一个职员纳扎罗夫和一个总也坐不住的、瘦削的敖德萨人,他的钮扣孔系着荣誉军团勋章的绶带。他叫维克多·赫瓦特。第一次世界大战期间他曾在法国军队里服役,甚至参加过著名的马恩河战役。

  赫瓦特一路上都在耍笑,大部分耍笑的内容都是调侃自己的犹太人出身。他耍嘴皮子大概是为了消除心里的不安。我们所有人都明白,遇到任何一帮土匪——当时乌克兰到处都是土匪——赫瓦特都会第一个被枪毙。

  当时,出现了很多表示"枪毙"这一概念的说法——"蹲墙根""化整为零""清除""送到杜鹤宁[1]司令部""报销"。几乎全国的每一个州都有自己的说法。

赫瓦特耍笑的本领在当时是一种可贵的品质。一句成功的俏皮话能够使人在绝境中死里逃生。

纳扎罗夫也有属于自己的特点——纯朴和近视,这些特点曾几次将他从险境中救出。纯朴甚至使他赢得了最狂放不羁的匪徒的好感,而近乎失明的视力在他们看来绝对是一种完全无助和无害的标志。

几个司铎都是面色苍白、性情温和、过分拘礼的青年。在危急时刻他们总是悄悄地、轻轻地画十字,时不时担忧地看看我们。

但到了旅途的第三天,这些司铎的脸上长出了硬胡茬,便失去了温文尔雅的样子。像我们大家一样,他们也已经好些昼夜没有洗脸。因为总是往车上搬劈柴,他们的长袍都撕破了——这几个司铎为弄到机车燃料拼命去拆毁车站上的板墙和护路亭,并且他们被认为是这方面的一流专家。这支司铎队伍由维克多·赫瓦特指挥。

在法斯托夫,取暖车厢爬上来一个体态丰满、神色快活的女人,她长着一双看起来非常青春的眼睛。她名叫吕西安娜。

她首先把一个大包抛进取暖车厢开着的门里,大包是用茨冈人的破披肩缝成的,上面满是灰尘。此时司铎们正在门边的木板床上正襟危坐,嚼着已经变硬了的黑麦烤饼。提起这些烤饼,维克多·赫瓦特说,它们之所以被称为黑麦烤饼,是因为马看到它们时会兴奋地嘶鸣[2]起来,

---

[1] 尼·尼·杜鹤宁(1876—1917),沙俄时期的高级将领,后曾任临时政府军队最高司令官。
[2] 在俄语中"黑麦"和"嘶鸣"发音相近。

这些烤饼中有那么多麦秸。

"喂,你们这些蠢货!"吕西安娜对司铎们喊道,"把手伸给女人。你们看不见我自己爬不上去吗?"

司铎们跳起来,推搡着奔向门口。他们为自己的疏忽而羞愧不已,一同把吕西安娜拉上了车厢。

"噗——噗,"她叹了一口气,然后环视一下取暖车厢,"原来你们这儿的情况也没好到哪儿去啊。"

司铎们窘迫地一言不发。

"好吧,神父们!"环视完车厢,吕西安娜说道,然后拉了一下到处都织补过的丝袜,"我挑木板床上的那个暗角。免得你们认为我会对你们的童贞动歪心眼。说句题外话,你们需要童贞,就像死人需要做热敷一样。"

其中一个司铎有失大体地嘻嘻笑了一声,而维克多·赫瓦特毫无顾忌地说道:

"我确信无疑,亲爱的,在您的协助下,我们会完蛋的。但这是乐事,值得夸耀。"

"住嘴,您这个尖嗓门儿,"吕西安娜故作低声地回答道,"难道我不是敖德萨人,我没见过比您更体面的公子哥儿吗?虽然我在哈尔科夫的'蒂沃利'歌舞餐厅做过歌女,但我不跳康康舞[1]。我会唱的那些歌能让您那贫血的血液沸腾起来,我亲爱的。一般来说,邀请一个年轻女人吃烤饼不会是件坏事,况且她已经两天水米没沾牙了。除了吃笑话!"

---

1 从法国传来的一种激情舞蹈,一直被认为是一种下流舞蹈。

我们请她吃了烤饼,就像赫瓦特说的,从那一刻起我们的车厢里便开始了"新的光明生活"。

吕西安娜的热情泼辣和乐观愉快简直无与伦比。所有的事,包括我们这列气数将尽的火车经常遭遇扫射这件事,以及火车被匪徒控制的潜在危险,都被吕西安娜变成笑料,被她变成与那些因为她的出现而变傻了的司铎的调侃。她与赫瓦特比赛说笑,哼唱轻佻的小曲,讲一些有失体面的笑话,弄得司铎们十分窘迫。

司铎们只会唉声叹气,但是在他们的眼睛里愈发闪现出对这个"伟大的淫荡女子吕西安娜小姐"由衷的赞赏。很显然,她很招司铎们喜欢。为了帮她寻找辩解之词,他们去查询天主教教义、《新约》和《旧约》,几乎连罗马教皇的通谕都去找了。

最终他们宣称她为当代的抹大拉的马利亚。众所周知,那个长着红褐色头发的淫荡美人儿,日夜作恶,但因为她对耶稣纯洁的爱而被列为圣徒,因为她在被晒焦的各各他的地上扑倒在被钉上十字架的耶稣的脚下,用她散开的浓密头发盖住他的双脚,正是由于这些头发的触碰,耶稣被穿透脚踝和手掌的疼痛消解了。

有多少女人走过了这样的罪孽之路,后来变成了圣徒,作为这方面的证明,文艺复兴时期许多大师的绘画作品中,她们的头顶上都开始亮起泛着微弱金光的光环。而洁白的百合花也垂向她们轻盈的裙摆,远播纯洁的馨香。

司铎们低声交谈着这方面的事。我能听懂波兰语,听着他们讲,愈发倾向于同意这样一种认识:天主教及其对圣母的崇拜——不过是肉欲的表现之一,尽管这种肉欲被巧妙掩饰,却是显而易见而且永恒的。

我是晚些时候才完全相信这一点的,那是在很多年之后,我在那不勒斯和罗马的一些大教堂色彩各异的昏暗光线中看到拥有苍白的面容、垂下的睫毛的圣母像，看到她们仿佛在颤抖的、胭脂红色的小小嘴唇上神秘的、仿佛在发出召唤的蒙娜丽莎式的微笑。

如今，远隔多年，我觉得在那个破陋的取暖车厢里的这些谈话与想法仿佛都不是真的，从取暖车厢的弹孔中吹来瑟瑟秋风，在这里迥然不同的人友好愉快地相处——一个陷入赤贫的歌女和交际花吕西安娜、几个司铎、一个荣誉军团勋章的获得者、一个手不离海涅书卷且眼睛高度近视的哲学家纳扎罗夫，还有我——那个时候也是一个没有明确的职业、喜欢天马行空胡思乱想的人。

火车常常停下来，于是机车发出仿佛是央求的汽笛声。这就意味着，燃料要用光了，如果乘客还想继续前进，而不是等着附近的匪帮来打死他们，那就应该跳出车厢，拆毁最近处的板墙或者车站集市上的大箱子，把它们作为燃料。

那时赫瓦特就会轰隆隆推开取暖车厢沉重的车门，向司铎们喊道：

"嗨，圣徒们！拿起斧头！"

我们的取暖车厢里有一根铁棍和两把斧头。司铎们抓起斧头，跳下取暖车厢。他们跳下车厢时撩起了长袍，长袍下露出了士兵穿的笨重球鞋和绑腿。

我和其他人也跳出车厢，向最近的板墙奔去。这些突袭并不总能善始善终，我们经常遇到板墙的主人用短筒枪向我们射击。那时，司机会不鸣汽笛就开动列车，赫瓦特会大喊："爱基督的军团！上马！"——于是我们不得不在列车行进的过程中跳上取暖车厢。

过了白采尔科维之后，列车开始频繁遭到扫射。开枪的人一般都是从路边的小树林和草丛中开枪的,而我们根本来不及看到他们。

遭到扫射时,我们都躺在床板上,或者用赫瓦特的话说,"缩小靶子"。赫瓦特担保,躺着的人受伤的概率是站立者的十六分之一。

这并未使我们感到特别欣慰,尤其是在流弹穿透吕西安娜头顶上方的车厢壁,把她浓密头发上高高竖着的西班牙梳子打下来之后——这把梳子是祖母留给她的遗物,她的祖母是在德涅斯特河流域的雷布尼察市卖面包圈的小贩。

子弹打掉梳子之后,啸叫一声,好一会儿我们都觉得,它仿佛发疯了,在车厢里东奔西突,寻找出口。但最终子弹打到了车厢壁上,然后掉在一个司铎的背上。

那个司铎拾起子弹,把它藏进了钱夹,发誓要用一条银链把它悬挂在琴斯托霍瓦圣母像前,为他免于一死表示感恩。

吕西安娜理了一下头发,坐到板床上,故意用尖细刺耳而又无拘无束的嗓音唱起来:

> 你好,我的柳勃卡,你好,亲爱的,
> 你好,亲爱的,说一声再见!
> 你倒腾光了我们所有的马林果——
> 那么现在就请收下油橄榄。

司铎们和着她的声音齐声唱起了这首歌。过后吕西安娜想了想说道:"如果他们杀了我,你们就用茨冈披肩裹起我,然后安葬了吧。司铎们会为我做一个顶好的安魂祈祷,这一点我丝毫也不怀疑。"

在俯卧着的司铎们中(枪声稀落下来,但尚未平息),开始出现了某种怪异的很轻的响动，听起来像是他们在竭尽全力控制自己，免得开口大笑起来。

"我会进天堂的，"吕西安娜十分肯定地说道，"甚至会轻轻松松地进去。因为我要给彼得唱一个小调，让他笑得流出眼泪，他会一边擤鼻涕一边说：'吕西安娜小姐，我真是感到遗憾，我是在这令人生厌的天堂而不是在罪孽的尘世上遇到您。我和您本可以一起生活得逍遥自在，让人们看了只会晃着头说：瞧啊，真棒！'"

司铎们中最矜持的那一个说道：

"这是亵渎啊，吕西安娜小姐！愿圣母宽恕您。而我们早已宽恕您了。"

"那就太谢谢了，"吕西安娜答道，然后突然轻声补充道，"你们哪，我亲爱的男人们！你们可知道，我心里有多么轻松啊。谁也不纠缠我，谁也不对我垂涎三尺，谁也不像接近一个轻浮女人那样接近我。而且也没人知道，我的胸膛被子弹打穿过。我在卢甘斯克曾经用枪自杀过。真是个该死的城市。我的孩子就死在那儿。我的孩子……"

她俯身在床板上趴下，不再作声。我们沉默不语。

"我为什么去那个鬼敖德萨，那里有什么我需要的东西呢！"吕西安娜突然说道，但没有抬头。

我站起身，小心地打开了车门。一条蓝色的小河在干枯的草原上蜿蜒曲折地流淌。秋天的白色太阳在空中闪闪发光。它柔和的余温轻轻扑到脸上。雾气弥漫的高空中有雁群飞向南方，飞向遥远的海洋，那也正是我们的列车噗噗地喷着气、摇晃着缓缓驶向的地方。

在科尔孙，一个脸上有雀斑、长着红褐色头发的村妇上了列车。她要去兹纳缅卡给自己的女儿操办婚事，并给她带去一个装满嫁妆、很重的五斗橱作为礼物。

村妇是一个吵嚷不休、脾气暴躁的人。她的裙子下面垂着脏兮兮的黄色花边，并且总是蹭到上了油的打掌皮靴。

村妇像一个阿塔曼那样指挥着已经饿得脸色苍白的铁路职工。她朝着他们大喊了一通，要求他们把五斗橱拖进取暖车厢。

但人们不让带着五斗橱的村妇进车厢。因为她的五斗橱，因为她那张红乎乎、油光光的脸和刺耳的尖嗓门儿，全列车的人对她的态度都很强硬。

大概这是我生平第一次见到的典型的富农形象——贪婪、凶恶，由于意识到在人们大多破产和陷入贫困时自己不用为吃饭发愁，意识到自己的富足，所以蛮横无理。那个时候乌克兰还有许许多多冷酷无情、傲慢的富农，他们目空一切。为了自己的富裕生活，那些村妇能掐死自己的亲生父亲，而她们的"宝贝儿子"则投到各个匪帮的阿塔曼旗下，投到马赫诺和泽廖内旗下，去当土匪，他们能毫不眨眼地将人活埋，用枪托打碎孩子们的头颅，从犹太人和红军战士的背上剥下一条条皮来。

村妇在五斗橱旁转来转去，一会儿解开脖子上的保暖围巾，一会儿又重新把它系紧，然后扯着嗓门喊道：

"车里挤满了穷光蛋，而我们这些主人倒没有座位！他们，那些城里人和他们的太太，不名一文，除了裤子上的洞什么也没有！应该像捻死一条蚯蚓一样捻死他们，而不是把他们从基辅拉到敖德萨。"

在这个发飙的村妇旁边站着一个有点拱肩缩背的车站值班员，他一副沮丧的样子，一声不吭。

"你怎么像绵羊似的站着！我给你荤油和面包是为什么？是为了让所有的穷鬼在这儿嘲弄我吗？你既然答应了把我安置到车上，那么就得

结婚礼物 225

安置！否则我就要你把荤油和面包都还回来。"

值班员摆摆手，然后顺着列车往前走。他不时往车厢门里望望，为了不让村妇听到，他低声央求乘客们：

"放她，放这个疯女人进去吧，请开恩吧。她男人是村长，一个匪徒。他会把我打死的。再说我连面包渣都没了，而她给了我一整个面包。"

但是各个取暖车厢的人都无动于衷。最后值班员和司机商量妥，司机同意把五斗橱放到机车前平台上的两个车灯之间，以换取许诺给他的荤油和面包。

人们艰难地把五斗橱拖上机车，然后用粗铁丝紧紧捆上。村妇坐在五斗橱上，像只抱窝鸡，用自己脏兮兮的裙子盖住橱子，把保暖头巾在头上围好，随后列车开动了。

我们就这样和机车上的五斗橱、坐在上面的一脸怒气的村妇一道前行，沿途遇见的男孩们吹着口哨，调笑起哄。

在每个站点，村妇都要打开篮子，贪婪地大吃一顿。或许，她并不是一直想要吃东西，只是故意这样做，她怀着一种幸灾乐祸的心理，为了报复饥饿的乘客，激怒他们，在他们面前显摆一番。

她切下大块的绵软粉嫩的荤油，用利爪一般的手指撕开烤鸡，然后把松软的小麦面包塞到嘴里。她的脸上泛着油光。吃罢，她就故意打响嗝儿，喘粗气。

村妇很少离开五斗橱，即使是需要方便的时候，最多也就离开机车两三步。这不仅仅是不顾面子，也是对所有人的蔑视。

司机不满地发出咳咳的声音，然后转过头去，不吱声了。他还没有得到一丁点儿面包，也没拿到"一口儿"荤油。村妇答应他的是，到了兹纳缅卡，在他把她送到她要去的地方之后，所有这些东西才会给他。

整列火车的人都极其憎恶这个坐在五斗橱上的村妇，恨之入骨。这种憎恶甚至减轻了乘客们对死亡的惧怕。有些人恨她恨得甚至急切地等着来一伙"好强盗"郑重其事地对我们的列车进行一番扫射。所有人都坚信，村妇会第一个被打死——她和她的五斗橱是最好的靶子。

在过了博布林斯卡雅站的一个什么地方，我们的幻想成了现实，但只是一部分。傍晚，我们的火车遭到了马赫诺武装的扫射。一些子弹打中了五斗橱。村妇平安无事，但是一部分嫁妆因中弹而被打坏了，被打出了窟窿。

从那时起，村妇紧闭着发青的嘴唇，坐在那里，神情呆滞，她的眼中透出那么恶毒的憎恨，乘客们除非特别必要，都不愿意从机车旁边走过。

我们等待着报复。我又想起了妈妈说的、我曾经不以为然的报应法则。听到这个法则，司铎们活跃起来，而且一致肯定，认为这样的法则当然存在，甚至在内战的岁月里也没有失去自己的效力。而吕西安娜说，什么报应法则都没有，却有一些草包男人，他们不敢从经过的第一架桥上把村妇连同她的五斗橱都扔到河里去。

报应终于到来了。报应来的那天，就像人们必然会想到的那样，天空布满了撕裂的乌云。乌云以十分惊人的速度在光秃秃的田野上空飞奔。雨点硕大，宛如冰雹，形成雨带，敲打着兹纳缅卡火车站墙面剥落的墙壁。

似乎是复仇女神自己把这凶猛的乌云、骤雨和湿漉漉的风投向大地的。

事情是这样开始的：村妇并没有像她许诺的那样给司机五俄磅荤油和两个大面包，而只给了他一俄磅荤油和一个大面包。司机一句话都没说。他甚至还对村妇表示了感谢，并在司炉的帮助下开始把五斗橱从机车上卸下去。

五斗橱大约有十五普特重,不低于这个重量。他们费了很大力气把它从机车的平台上抬下来,放到轨道上。

"两头壮实的公牛,"村妇说道,"却连一个五斗橱都抬不动。把它抬得远一点。"

"你自己挪挪试试,这个鬼东西,"司机回答说,"没有铁棍可不行。我这就去拿铁棍。"

他爬进驾驶室找铁棍,但没拿铁棍,倒从机车向两侧放出了两股嘶嘶响的热蒸汽。村妇惊呼一声,跑到了一边。

司机开动机车,撞到了五斗橱,五斗橱发出一阵喀啦啦的脆响,四分五裂,从里面散落出所有贵重的嫁妆——棉被、衬衫、连衣裙、毛巾、白铜刀叉、调羹、一块块布料,甚至还有一个镀镍的茶炊。

机车欢快地鸣着汽笛,喷着蒸汽,从这些嫁妆上碾了过去,把茶炊压成了一个圆饼,向给水塔的方向驶去。但是这还不算完。司机还向后倒车,让机车停在嫁妆上,突然从机车里淌出掺杂着机油的热水,正好流到这些嫁妆上。

村妇扯下头巾,抓住自己的头发猛地一揪,面朝下摔在地上,发疯似的哭号起来。她那抓着一绺扯掉的头发的双手在钢轨旁的水洼里痉挛似的抖动着,就像她要游过这个水洼似的。

然后她跳起来扑向司机。

"我要挖下你的眼睛!"她喊道,然后开始卷袖子。

她被拦住了。

从人群中挤出来一个身材矮小的人。他像是由一顶宽大的格子鸭舌帽、一双新套鞋,还有挺在鸭舌帽下的尖鼻子所组成的一个人。这是村妇的女婿。他是来接村妇的，但来迟了。

女婿看了一眼那堆破烂不堪的嫁妆，拖出被压瘪的茶炊，扔到村妇脚前，并用尖利刺耳的嗓音说：

"如此说来，亲爱的妈妈，向您致以最谦卑的谢意，您把我们最后的财产如此完好地送过来了。"

村妇转向女婿，一把抓住他胸前的衣服，朝他脸上吐了一口唾沫。众人哈哈大笑。

我们在博布林斯卡雅车站停留了几天。前方在修被马赫诺武装破坏的路基。

在博布林斯卡雅车站的南边，有一个乌克兰的流氓团伙在胡作非为，狂呼乱叫，驾驭着轻便双套车狂奔。车轮隆隆，他们一边行进，一边用机关枪射击，打着口哨，抢劫财物，奸淫女人，一旦碰到强劲的敌手，他们就落荒而逃。

在不久前还古风尚存、被锦葵丛映成粉色的小城中，突然冲出一伙阿塔曼暴徒。血腥的"乌曼大屠杀"时代再次出现，军刀呼啸，砍下飞廉的花序以及人的头颅。绣着骷髅头的黑旗就在赫尔松希纳草原上呼啦啦飘扬。在二十世纪的残酷、猖獗和突如其来的愚昧面前，中世纪已黯淡无光。

所有这一切都是在哪里隐藏着、逐渐成熟、积蓄力量并等待自己的时机呢？没有人能够回答。历史以迅猛之势在倒退。世上的一切都混乱不堪，在多年的平静之后，一个人在另一个人残暴的意志面前又开始感到孤单无助。

关于这些，纳扎罗夫比所有人谈得都多。司铎们一言不发，吕西安娜整天睡觉,而赫瓦特不喜欢这样的谈话,它们很少提供挖苦人的笑料。

在离博布林斯卡雅车站四公里远的地方有一个叫斯梅拉的小城——就是我在儿时曾和娜嘉姨妈去过的小城,在那里我见到了一位爱上娜嘉姨妈、留着大胡子的年轻画家。

在中途停车的第二天,我徒步前往斯梅拉。造访离开已久的地方,故地重游——很大程度上是一件忧伤的事。而且忧伤会逐渐加深,因为不时地在这儿,在那儿,会碰到早已完全忘却的东西,不管是一处废弃的台阶、一棵已经枝繁叶茂的杨树,还是生了锈的邮筒,当我第一次向蓝眼睛的基辅女中学生表白爱情时,就是把信投进了这个邮筒。

斯梅拉安静而空荡。如果没有必要,居民们不会上街,以免突然遭遇喝醉的邓尼金士兵。佳斯明河依然像我小时候一样,覆盖着一层有如厚地毯似的碧绿浮萍,所以好像是春天清新的草地。从篱笆后面飘来万寿菊的芬芳。

所有这些地方——不管是斯梅拉,还是切尔卡瑟——都和我家的生活紧密相关。我漫步在斯梅拉寂静无声的街道,此前我还觉得那样短暂的一生,突然像充满大大小小很多事件的漫长时光,展现在我的眼前。

人们喜欢回忆,显而易见,是因为远隔数年,以往度过的岁月的内容会变得愈发清晰。我热衷回忆的习惯出现的时间太早了,还是在少年的时候,这种热衷甚至好像具有游戏的性质。

我回忆的不是依次排列的生活流程,而是生活中的一些专题,如果可以这么表达的话。有时我开始回忆所有我曾下榻过的旅馆(当然是那些最便宜的,所谓"带家具的出租房"),有时回忆的是我一生中见过的所有河流,我有机会乘坐的所有海轮,或是我自认为可能爱上的姑娘。

我热衷回忆这些内容原来并非像我最初想的那样一丝意义也无。比如，在我想到旅馆的时候，我会在自己的记忆里唤起所有与旅馆相关的细节——已经破旧不堪的长廊地毯的颜色，壁纸上的图案，旅馆里的各种味道和石印油画，在宾馆里当服务员的姑娘们的面庞以及她们讲话的方式，用坏了的、变倾斜的家具——所有的一切，包括一个用类似湿糖颜色的乌拉尔山石雕成的墨水瓶，但墨水瓶里从来都没有墨汁，却有一些已经完全干枯的苍蝇尸体。

回忆的时候，我总是努力做到如同重新看到这一切。直到后来我开始写作的时候，我才明白，这种回忆在工作中令我受益匪浅。这样的回忆使记忆习惯于关注具体事物，习惯于形象的完整再现，习惯于第二次体验，积累大量一个个单独的细节以备用，使我日后可以从中选取我需要的东西。

黄昏时分，我返回博布林斯卡雅车站。我沿铁路路基走着。路基通向了一条深沟。月亮高高地挂在空中。从博布林斯卡雅方向传来了枪声。

我的心骤然停止了跳动，接着又砰砰地跳起来，因为我想到，我有机会生活在这样一个有趣的、充满矛盾和各种事件、充满伟大希望的年代。"你简直太幸运了，"我对自己说，"你生来就福星高照。"

一大清早，我们的列车抵达了波莫什纳雅站。列车立刻就被赶到了远处的备用线上，那里散乱的煤渣堆上长着一丛丛干枯的滨藜，它们已经被染得漆黑。

早上，我们跳下取暖车厢，大吃一惊——我们的机车已经被摘下，不见踪影，去向不明。各条路线包括许多道岔在内的延伸出去的整个空间内，以及火车站里，都见不到一个人影。车站好像已没有了生命迹象。

我前去弄清情况。冷飕飕的火车站里，空气灰蒙蒙的。所有的门都敞着，但无论是候车室、小吃部，还是前厅里，都空无一人。火车站已废弃不用。

我在火车站铿锵作响的石板地上走了一会儿，来到了广场上，又绕到火车站后面，看到了一扇晃晃悠悠的门。我推开了门。在一个狭小的、高高的房间里坐着一个驼背的人，他戴着红制帽——很显然，他是车站的值班人员。他愁眉苦脸地坐在桌子后面，双手插在制服大衣磨破了的袖子里，一动也没动。他只是用那双发红的小眼睛朝我瞥了一眼。他的红制帽下翘出几缕油油的头发。

"出了什么事？"我问他，"车站上一个人都没有。"

值班员把手从袖子里抽出来，神秘兮兮地招呼我到他桌子跟前去。我走过去。他用潮湿冰凉的手指抓住我的手，低声嘟哝起来：

"大家都转移到草原上了。我一个人留在了这里。说真的，不该轮到我值班，应该是邦达尔丘克。就像故意和我作对似的，他有老婆孩子。而我孤身一人。所以就这样了。他没有恳求我，我是自愿提出来替他值班的。"

值班员愈发握紧我的手。我开始害怕了。"疯子。"我想，就抽回了我的手。他迷惑地看看我，然后冷冷一笑。

"害怕吗？"他问我，"连我自己也害怕。"

"您害怕什么呢？"

"子弹，"值班员答道，他站起身，开始扣制服大衣的扣子，"谁知道那颗会打穿我脑袋的子弹如今在何处。所以坐着等吧。"

他看了一眼钟表。

"还剩下半个小时。"

"到什么时间还有半个小时？"

"马赫诺来了,"值班员突然用清晰响亮的声音说道,"明白吗?半个小时后就到这儿。"

"从哪里知道的?"

"就是从这里,"值班员指了指桌子上的电报机,"从爱迪生那儿知道的。没有那个爱迪生的时候,人们过得很平静,什么也不知道。而如今一切都能提前知道了,这么一来心里却只会觉得惶惶不安。马赫诺在戈尔塔附近被击溃了。他正仓皇逃往老家古利亚伊原野。他发来电报——他会带着他的小伙子们乘三列军用列车途经我们的波莫什纳雅站,不作停留,前往兹拉托波尔。命令是——把所有道岔都扳直,打开信号机,待命。如果不服从命令,所有人都会被枪毙,谁撞上,枪毙谁,原地处决。您瞧,就这么写的:'统统枪毙。'"

值班员指了指堆在桌子上的散乱的电报纸带,叹了一口气道:

"要是他快点从我们这儿直接开过去就好了,这个狗娘养的。您是从客车上下来的吗?"

我回答说是,是从客车上下来的,然后微微一笑——那是什么见鬼的客车啊!就是一串快散了架的脏兮兮的取暖车厢,不是这个轱辘颠,就是那个轮子簸。

"那么快去列车上告诉大家,反锁取暖车厢的门,待在里面,不要探出头来。如果马赫诺的人发觉的话,那么所有人都会被赶下车,赶到壕沟里,被用机枪打死。"

我带着这个令人震惊的消息回到列车上。所有取暖车厢的门都关上了,所有的铁炉子也都熄了火,以防从铁皮烟囱里冒出烟来。让我们高兴的是,在我们的列车和马赫诺军用列车即将通过的主要路线之间,停着一列长长的货车,它完全把我们的列车遮住了。

结婚礼物 233

但赫瓦特和我并不满意这列货车的存在。我们想看看马赫诺的人。在一节节车厢和一个个扳道亭的掩护下，我们悄悄来到了车站上。值班员很高兴——有人在，到底是感觉轻松些。

"你们去小吃部吧，那里从窗户能很清楚地看到一切。"他说。

"那您呢？"

"我去站台给火车放行。打绿旗子。"

赫瓦特面带疑虑地看了一眼值班员：

"也许，最好不要出去？"

"怎么能不出去呢？我毕竟是值班员。不出去的话，司机会停下军用列车，到那时——再见了，我的杜霞，给我往天堂写信吧。"

我和赫瓦特往小吃部走去。那里立着一块贴着早就过期的列车时刻表的木质挡板。我们把挡板挪到窗户那儿，以便躲在后面往外看。那样，我们就一定不会被发现。即使有危险，也可以轻易地从小吃部跑到厨房，从厨房可以下到昏暗的地下室。

从地下室里钻出一只带红褐色斑点的灰猫。它瞟了我们一眼，穿过所有的桌子来到那个空柜台上，然后跳到窗台上，背对着我们坐下来，它也开始看着空闲的路轨。很显然，它不满车站的杂乱无章。它气得尾巴尖儿都在发抖。

它妨碍了我们，但我们下不了决心赶走它。我们明白，这只猫也是铁路员工，它有权利坐在这儿，而我们——本无这种权利的乘客——理应明白自己的位置。这只猫每隔一会儿就不满地回头瞧瞧我们。

后来猫竖起了耳朵，我们听到了气势汹汹地向火车站疾驰的机车发出的威严汽笛声。我紧贴着玻璃，看见了那个值班员。他匆忙走上站台，把制服大衣拉平整，然后将没有展开的小绿旗举了起来。

机车拖着由平板车厢和取暖车厢交错组成的混合列车飞驰而来,向空中吐出一团团的蒸汽。从我们旁边飞速驶过的平板车厢上的一切,让我觉得像是患热病的人的谵语。

我看到了小伙子们一张张开口大笑的面孔,他们身上挂满了武器——弯刀、海军军刀、带银色配饰的匕首、科尔特式手枪和帆布做的子弹带。

毛皮高帽、平顶皮帽、鸭舌帽、圆顶礼帽和护耳帽上,硕大的黑红两色花结被风吹得晃来晃去。我注意到最大的一个花结缀在一顶压皱的大礼帽上。大礼帽的主人穿着双面毛皮大衣,为了方便,大衣已被裁短,这个人向空中开枪——很显然,他是在向吓得已经屏住气息的波莫什纳雅车站鸣枪致意。

一个马赫诺士兵的圆边小草帽被风吹跑了。草帽在站台上飞转了很久,最后几乎正好落在值班员的脚边。尽管这顶草帽上有一个不祥的黑色花结,但样子还是挺风流。想必,这顶帽子——一个外省喜欢追逐女性的家伙做梦都想要的装饰——就在不久前还在某个理发师油光可鉴的分头上戴着。可能它原来的主人为自己喜欢打扮的癖好已经丧了命。

随后,一个瘦骨嶙峋的水手闪了过去,他长着鹰钩鼻和长颈鹿一样的长脖子,身穿从领子到肚脐位置都撕破了的海魂衫。显而易见,海魂衫是有意撕破的,以便所有人都能看到水手胸前那华丽的、吓唬人的文身。我没来得及仔细看那些图案。我只记得图案是由女人的腿、心、匕首和蛇组成的,乱糟糟一堆。像火药一样的灰蓝色的刺花还另外用了草莓汁似的粉红色颜料。如果文身也讲风格,那这就是"洛可可"式的。

接着又闪过一个肥胖的格鲁吉亚人,身穿绿色丝绒马裤,脖子上围着一条女式毛皮围领。他站在轻便双套车上,竭力保持平衡,我们看到他旁边还有两个直对着我们的机枪口。

猫全神贯注地看着这旋转木马一般的场景，兴高采烈地浑身发抖，爪子一会儿伸出来，一会儿缩回去。

又过去了一个浅色头发、戴着长围巾、手里抓着烤鹅、醉醺醺的小伙子，这之后是一位长着一头显示年高望重的白发的老者一闪而过，他神态庄重，戴着缀有破帽徽的中学生制帽，手拿哥萨克式长矛，矛尖上绑着一条黑色的破裙子。裙子上用白色颜料画着一轮初升的朝阳。

每一节平板车厢开过时，都向站台突如其来地抛出各种不同的声音——时而是如泣如诉的手风琴声，时而是活泼欢快的口哨声，时而是歌唱。歌曲一首盖过另一首，一首打断另一首。

"起来吧，小伙子们。"一节平板车厢传来震耳的轰响。"响应帕塔雄[1]的召唤。"另一节平板车厢发出应和，第三节上则高声唱道："与诸圣徒一同安息，安息，拉比诺维奇[2]与他的妻子，安息——啊！"而这之后出现了第一首歌忧伤的尾声："是谁躺在那绿草如茵的墓穴？"与之相邻的平板车厢悲痛地回应道："是马革裹尸、英勇的马赫诺军人。"

第一列军用列车驶过，第二列紧跟着又闯过来。由于车厢的运行晃动，轻便双套车向上竖起的车辕像森林一般耸动摇摆着。毛发蓬乱的马匹侧着站在取暖车厢里，摇晃着马头。盖在马身上的不是马衣，而是犹太人做祷告披的衣服——晨祷服。

驭手们坐在车上，双腿垂在外边。眼前闪过的还有：黄色长筒靴、皮底细毡靴、厚毡靴、鞋带一直系到膝盖的皮靴、银制马刺、靴筒上缀

---

[1] 哈拉利德·马德森·帕塔雄，无声电影时代著名的丹麦喜剧演员。
[2] 拉比诺维奇，俚语，意思是"拉比的儿子"，指犹太人。

着军官帽徽的骠骑兵军靴、长筒沼地靴、袜子鼓鼓的橙色便鞋、通红粗糙的光脚板、用红色毛绒布和台球桌上的绿呢剪成的绑腿。

列车突然减速。值班员无助地回头一望,突然蜷起身子,僵在那里不动了。我们赶紧离开窗户,准备逃跑。

但列车没有停下来。它平稳缓慢地从火车站旁驶过,我们看到有一节全无遮挡的平板车厢。上面除了一辆带活动车篷的油漆豪华四座马车什么都没有,马车车门上有镀金的公爵徽章。马车的一根车辕向上竖起,车辕上有一面黑旗飘扬,旗子上有"无政府乃秩序之母!"的字样,平板车厢的四个角上都架着机枪,坐在机枪旁的是身穿烟色英式军大衣的马赫诺士兵。

马车的红色精制羊皮后座上半卧着一个羸弱的小个子,他戴一顶黑帽,穿一件宽大的哥萨克上衣,敞着怀,脸上带着一种发绿的土色。

他把腿放在车夫的座位上,整个姿势显出懒洋洋的、困倦而满足的安详神态。这个人垂着的一只手里有一把毛瑟枪,他在玩这支枪,把枪轻轻地抛出去,又在它下落的过程中抓住。

我看到这个人的脸,厌恶得不禁喉头一阵作呕。他湿乎乎的额发垂在窄窄的、布满皱纹的额头上。在他凶狠而空洞的眼睛里,在像黄鼠狼和偏执狂一样的眼睛里,不时闪烁着疯狂、愤恨之光。很显然,声嘶力竭的疯狂在这个人身上从未平息过,尽管现在他的姿势显得优雅、平静。

这个人就是涅斯托尔·马赫诺。

值班员僵硬地挺直身子,把拿着小绿旗的右手向前伸出很远,左手抬到帽檐处,向马赫诺敬礼。与此同时,值班员面带献媚式的微笑。怎么也想不出比这种微笑更让人不寒而栗的东西了。这不是微笑。这是奴颜婢膝的哀求,奢望马赫诺能够手下留情,是意识到自己生命的可怜而生出的恐惧，是希望能够引起怜悯而做的无助的尝试。

马赫诺懒懒地举起毛瑟枪，甚至都没看值班人一眼，也没瞄准，就开枪了。为什么——不清楚。难道这个穷凶极恶的暴徒脑袋里会产生什么念头是别人可以猜到的吗？

值班员奇怪地舞动了一下双手，向后一退，歪倒在地下，开始在站台上挣扎，他抓住自己的脖子，两手都沾满了血。

马赫诺挥了一下手。立刻有一梭机枪子弹向铺沥青的站台射来，子弹打到值班员身上。他痉挛了几下，然后不动弹了。

我们跑过前厅，冲上站台。最后一节取暖车厢从我们身边驶过。一个梳着短卷发、身穿卡拉库利羊羔皮短上衣和马裤的翘鼻子姑娘高兴地笑着，用毛瑟枪瞄准我们。一个头戴法国钢盔、脸上长满黑黑的硬胡茬的马赫诺士兵推了她一下。子弹打在了我们身后的墙上。

我们跑向值班员。他已经死了。献媚的微笑凝固在他的脸上。

我们抬起他，尽力不踩着那摊血，把他带回小吃部，放到了长桌上，长桌上有一个绿木桶，桶里的棕榈已经枯萎了。木桶的泥土里插着一些发黄的烟头。

直到第二天早上，我们的列车才继续行进，驶往戈尔塔站。

司铎们变得更安静了，整天都在小声念祈祷文。

吕西安娜躺在床板上，一言不发，望着门外浅色的天空，赫瓦特懊恼地皱着眉头，只有纳扎罗夫一个人想要和我们说说话，但大家都不愿意回应他，他便也不说了。

我们到了戈尔塔，那里几小时前刚发生过一场针对犹太人的大屠杀。据说，街道上尸横遍地。我们没能打听清楚，是什么人实施的暴行。没人敢进城。

半夜，吕西安娜忽然哭出声来，一开始哭声很轻，后来她越哭越大声，再后来哭泣变成了痉挛似的撕心裂肺地大哭和歇斯底里发作。

天快亮时，发作过去了，但早上，当我们在一个什么小车站醒来的时候，吕西安娜已经不在取暖车厢里了。我们找遍了整个列车，但没有找到她。没有人看到她。她消失了，但把那个用茨冈披肩缝的大包留在了车上——显然，她已经不再需要这个包了。

鲱林卡鱼、供水设施和微不足道的危险

鲱林卡鱼是一种体形较小的黑海鱼类,只有别针那么大,买到的时候总是新鲜的,因为没有别的鱼可以吃,而且整个敖德萨都在吃(或者按照南方委婉一点的说法,叫"以此为食")这种小得可怜的鱼。但有时候连鲱林卡鱼也会供不应求。

鲱林卡鱼或者稍加腌制后生吃,或者切碎之后煎成鱼肉饼。以前,这种鱼肉饼只有在绝望时,或者用敖德萨人的说法,"用眼泪当配菜"才能下咽。

我和纳扎罗夫(我们住隔壁)几乎没剩下几个钱。因此我们只吃鲱林卡鱼和湿软的玉米面包。玉米面包外观像粗粒粉蛋糕,味道却像茴香滴剂。饭后必须漱口,以去掉玉米面包的刺鼻气味。

我偶尔会买炒栗子。卖炒栗子的是几个裹着厚重的毛边披肩的老妇人,她们不时发出长吁短叹,坐在人行道边的小矮凳上,搅拌着炭火盆里的栗子。栗子噼噼啪啪地爆裂开,散发着外壳微微烤焦的气味,但吃到嘴里的味道很是香甜。

敖德萨缺少灯光，路灯亮得晚，要么就是根本不亮，所以，往往在寂静的秋日夜晚，只有炭火盆里深红色的火光照亮人行道。这种自下而上照耀的光给街道增添了些许奇妙的景致。

老妇人们裹着披肩，而城市则被浓雾笼罩。整个秋天一直伴随着这种海滨的雾气。说实话，从那时起我就爱上了雾蒙蒙的日子，尤其是在秋天，当落叶柔和的柠檬黄的色泽映衬着这样的时光。

在敖德萨很难找到住处，但我们很幸运。在兰热隆[1]，在大海陡岸上延伸开去的一条冷清的小街——黑海街上，有一家私人的精神病疗养院，是兰杰斯曼大夫开办的疗养院。那些年动荡不定、纷繁杂乱的生活造成神经性疾病的患病率迅猛增长，但谁也没有钱治疗，尤其是在兰杰斯曼这种价格高昂的疗养院。所以疗养院已经关闭了。

纳扎罗夫在敖德萨遇见了一个与他相熟的女人——来自莫斯科的神经病学家，她安排我们住进了这座空置的疗养院。兰杰斯曼是一个神态十分威严而又文雅有礼的人，他分了两间不大的白色病房给我们，条件是我们要守护疗养院。我们要监视着，不让人砍伐疗养院附近一个小花园里的树木当劈柴，不让人把房子零零星星地拆光了。

疗养院里的暖气设备没有供暖，我住的房间天花板很高，窗户很宽大，因此"小铁炉"无论怎么努力，也从来没能让这个房间暖和起来。基本没有劈柴。我偶尔买些金合欢木劈柴。它论磅卖。我最多买得起三四磅——因为没有钱。

---

[1] 兰热隆，敖德萨近海的历史街区。

那时非常冷，尤其是刮北风的时候。并且光洁的瓷砖墙上的白色让寒冷的感觉更加强烈。

我又在报社（我忘记了报纸的名称）当起了校对员。发行这份报纸的是奥夫相尼科-库利科夫斯基[1]院士。我每隔两天，也就是每三天去工作一次，只能得到很少的"钟票"——人们这样称呼当时印有克里姆林宫钟王图案的邓尼金钞票。

我喜欢这种在海岸之上、涛声回荡的偏僻一隅的生活，喜欢绝对的孤独，甚至喜欢房内散发着海盐气味、仿佛变成颗粒状的清冽空气。

我大量读书，少量写作。因为没什么事情要做，我开始研究海雾。每天早晨我走到花园里，往海边陡崖的方向去。

藏身于海雾中的拍岸浪慢慢地拍打着卵石，发出轰响。在沃龙佐夫灯塔上，强音雾笛发出凄凉的鸣叫，钟声均匀地响着。在干枯多时的杂草和金合欢树枝上，小小的灰色水珠微微闪光。

从那以后，对我来说，雾就与孤独、与宁静和心无旁骛的生活联系在一起了。雾把大地变成了一块有限的区域，并把它隔绝在一个可见的小圈子里。它留下的、能好好观察的东西不多：几棵树，一丛染料木，一根用未经打磨的石头砌成的圆柱，一扇生铁便门和一条不知用途、被弃置在花园角落里的锚链。

大雾使得我们要花比平常更多的时间，比平常更专注地观察这些东西，并在其中发现很多以前没有发觉的特点。例如，在多孔的黄色石头上有很多好像牢牢焊在上面的小海贝，染料木丛中夹杂着几朵花，它们

---

[1] 德·尼·奥夫相尼科-库利科夫斯基（1853—1920），俄罗斯文艺学家、语言学家、文化历史学家。从1907年起为彼得堡科学院名誉院士。

开在又细又直的、坚硬的枝条上，像几只湿透的皱巴巴的金色蝴蝶，耐心地等待太阳的出现。但太阳很少在雾中出现，它看上去是一块模糊不清的白斑，既没有带来温暖，也没有投下阴影。唯一的一棵老悬铃木树干上有柠檬色的斑块，树下是杂乱的、好像用失去光泽的绿色天鹅绒剪成的叶子。一行蚂蚁沿着生铁便门匆匆奔走，往它们的地下食品室运送最后一批用以过冬的储备粮，锚链下则住着一只怯生生的小蟾蜍。

雾也有自己的声音。在雾散去之前，这种声音就会出现。那时候会听到含混不清的簌簌声。那是沾了水的灰尘在聚成水滴，顺着树上黑色的枝丫往下流，然后簌簌地掉落在地上。随后在这个温柔的声音里又会汇入清晰而绵长的响声。那是第一滴由雾凝成的水滴从房檐落下，滴在了倒扣着的空锌桶上。

我爱上了雾的味道——煤烟和蒸汽的淡淡味道。那是火车站、码头和甲板的味道，所有这些都让人联想起旅行——辽阔的海陆空间的交替出现，在遥远的绯红色岛屿组成的群岛之间蓝中带紫、波光粼粼的水域中的航行，风从岛上吹来的幽微的柠檬香气，湿润的风和拉芒什漂浮的航标上跳动不息的灯光，列车穿过我们轻睡的林区时的平稳运行。这些味道同时也让人联想起那些使我们人类脆弱的心灵始终沉湎而不能自拔的事物。

那时在敖德萨，这样一个想法占据了我的心头：在旅行中度过一生，无论赋予我的生命有多长——时间是多或是少，我都要经常带着对新事物的感知来度过一生，并尽我的全力，尽我的所能，把这样的一生经历写成许多书，把这些书、把整个大地和大地上所有引人入胜的角落都送给一位尚未谋面的女子，她的出现将把我的岁月变成连续不断的欢乐与痛苦之流，变成面对世界之美强忍着眼泪的幸福——世界应该永远如此,尽管在现实中它很少呈现这样的形态。

那时我深信,我的一生一定会这样度过。

作家赠予所爱的人的一切,也是赠予全人类的。我相信这一慷慨和完全自我奉献的模糊法则。奉献的同时不期待也不索取任何回报,也许只想得到一点微薄的东西——落到亲切、温暖的手掌里的一粒沙,不求更多。

文学理论家们称以上所写的内容为抒情插叙,并建议作家不要失去自制力,不要弄乱作品的结构。但我认为,完全可以这样——自由地、丝毫也不紧张地——完成整整一本书的创作,只任凭想象力和思维不停歇地驰骋。或许唯有如此才能最充分地发挥表现力。

但还是不得不回到鲱林卡鱼和玉米面包,回到敖德萨的秋天的话题上来。

这种食物匮乏丝毫没有让我难过,尤其是当我从停泊在港口的法国轮船"迪蒙·迪维尔[1]"号上的厨师那里弄到两罐荷兰的浓缩咖啡之后。咖啡是我用一盒斯塔姆波利工厂生产的烟草换来的。这盒烟草是我父亲留下来的,不知它是怎样保存下来的,妈妈把它给了我。

"迪蒙·迪维尔"号停在卡兰金港的防波堤旁,挨着一艘英国的驱逐舰。驱逐舰的水兵们整天在防波堤上玩一种铸铁球。

"劳埃德·的里雅斯金诺"公司黑黄两色的轮船定期从的里雅斯特和威尼斯来到敖德萨。希腊水兵沿街巡逻。他们的蓝色制服、系着圆形小

---

[1] 迪蒙·迪维尔·儒勒·塞巴斯蒂安·塞萨尔(1790—1842),法国航海家,海洋地理学家。

纽扣的白色护腿套和宽大的双锋短剑都是老式的,像演戏的行头。

那一年的敖德萨令人感到惊奇,各色人等难以置信地在一处混杂。

敖德萨做证券交易的小投机分子和小投机商人们,也就是所谓"捐客",面对放肆无礼、残酷无情的外来投机者的进犯,畏缩和慌乱起来。那些外来投机者气愤地自称是从"人民代表苏维埃"逃出来的。捐客们只能悲伤地叹息——承袭古风的生活结束了,时下,在凡科尼的咖啡店里,承运一车皮阿尔汉格尔斯克柠檬酸的一张磨破了的铁路运货单,在整整一个月的时间里经过多次转手,价格时涨时跌,人们有机会从中赚"差价"。

去阿尔汉格尔斯克是不可能的,那儿简直比火星还远,而柠檬酸早已成了神话。但这没有使捐客们惊惶不安。他们做的事情与狂人们吵吵闹闹的游戏相似。他们声嘶力竭地讨价还价,达成交易,觉得自己受了委屈,有时因为这一车皮柠檬酸或者同样神奇的货物——海绵(在希腊的帕特拉斯港口交货)爆发持续很久的尖声争吵。

不过,有时捐客们也能做成真正的交易——一包糖精、一批放置了很久的背带,或者是可疑的氯化铵粉。当时氯化铵的价格居高不下,它替代了酵母。

从北方逃来的投机商进行的大胆、无所顾忌的交易让心境平和的捐客哲学家们大为震惊。钻石是闪光的,而且一定是从沙皇王冠上摘下来的,崭新的英镑和法郎嘎嘎作响,极其稀缺的、散发着芬芳的毛皮衣服,从知名的彼得格勒美女肩上辗转到了脸上刮得呈瓦灰色的希腊批发商颤抖的手中。俄罗斯的投机商们则在大肆做着"饱经苦难的俄罗斯"各个省份贵族庄园的买卖。

每天晚上,在杰里巴索夫大街上,在卖花女旁边都能看见很多头面人物，确实，他们的衣服都多少破旧了一些，而且他们被荒诞不经、变化不定的流言蜚语搞得焦躁不安。在散布流言蜚语方面，敖德萨比所有南方城市有过之而无不及。

但这些流言蜚语不仅荒诞不经，而且令人心生恐惧。它们随着来自赫尔松草原的猛烈的北风涌入城市。苏维埃军队击退阻截的敌军，迫使白军退却，切断道路，一路向南进发。白军战线脆弱的封锁线像腐烂的线绳，时而在这里，时而在那里断开。

前线每一次被突破后，敖德萨都会挤满了逃兵。小酒馆沸反盈天，通宵达旦，女人们在那里尖叫，打碎的餐具叮当乱响，枪声呼啸——残兵败将之间在相互算账，试图弄清楚是谁出卖并断送了俄国。"敢死营"军官衣袖上的白色骷髅又油又脏，已经变黄，那个样子对任何人都没有威慑力了。

城市侥幸地维持着生存。据计算，储备的食物和煤炭应该已经用尽。但不知有什么奇迹，让供应还在持续。只有市中心的电灯仍然亮着，却也是黯淡的，怯生生的样子。没有人服从白色政权的命令，甚至白军自己也是如此。

从摩尔达万卡来的以米沙·亚蓬奇科为首的三千匪徒连抢劫时都没精打采，摇摇晃晃，很不情愿的样子。土匪们厌倦了过去那种传奇式的抢劫。他们想摆脱他们原来整日奔忙的行当，休息休息。如今，他们做得更多的不是抢劫，而是说俏皮话，在饭店里肆意饮酒，边哭边唱那首凄楚的哀悼薇拉·霍洛德娜娅之死[1]的歌曲：

---

[1] 薇·瓦·霍洛德娜娅死于当时的大流感。

>可怜的鲁尼奇悲伤地哭泣——
>
>薇拉静静地躺在灵柩之中。

鲁尼奇是薇拉·霍洛德娜娅的搭档。歌词里唱道，薇拉躺在灵柩中，请求鲁尼奇：

>用淡蓝色的矢车菊
>
>遮护住我的前胸，
>
>把你伤心的泪滴
>
>抛洒在我的前胸。

一天晚上，我从印刷厂出来，和一个彼得格勒的记者雅科夫·利夫什茨一起回黑海街自己的住所。无家汉利夫什茨已经成了兰杰斯曼疗养院的第三个住客。

利夫什茨身材矮小，头发蓬乱，又不安分，他有一个绰号叫"轮子上的雅沙[1]"。这个绰号可以通过利夫什茨不同寻常的步态来解释：他走路时两脚掌会做出一种波动的动作，比方说，就像吸墨器吸掉纸上的墨水那样。因此，感觉雅沙好像不是在走路，而是在快速滑动。他的皮鞋很像吸墨器或轮子的一部分——鞋掌是弯曲的，呈凸起的弧形。

我和"轮子上的雅沙"到黑海街去，专挑僻静的小巷走，为的是尽量少碰上巡逻队。在其中一条小巷里，从一个门口走出两个戴着一模一

---

[1] 雅沙是雅科夫的爱称。

样的骑手帽的年轻人。他们停在人行道上，点起了烟。我们朝他们走过去，但这两个年轻人没有动。他们似乎在等我们。

"他们是土匪。"我小声对雅沙说。但他只是鼻子里哼了一声，表示不相信，随后小声说：

"荒谬！土匪不会在这种没人的巷子里行动。应该试探他们一下。"

"怎么试探？"

"过去跟他们说几句话，一切就都清楚了。"

雅沙有个生存理论——永远勇往直前，直面危险。他总是想让别人相信，正是凭着这个理论，他才幸运地避开了很多不幸。

"那说些什么呢？"我不解地问。

"无所谓。这不重要。"

雅沙快步走到年轻人跟前，完全出乎意料地问道：

"请问一下，我们到黑海街怎么走？"

那两个年轻人开始非常有礼貌地给雅沙解释，到黑海街怎么走。路很复杂，再加上雅沙总是反复问他们，他们解释了很长时间。

雅沙向两个年轻人表示感谢，然后我们继续往前走。

"您看见了吧？"雅沙兴奋地说道，"我的方法完全奏效，准确无误。"

我同意了他的说法，但就在这时那两个年轻人叫住了我们。我们停了下来。他们走到跟前，其中一个说：

"你们当然知道在去黑海街的路上，亚历山大公园附近，所有行人的大衣都要被剥掉吧？"

"是啊，所有人啊！"雅沙愉快地回答。

"几乎所有人，"年轻人修正了自己的说法，微笑道，"你们的大衣也会被扒掉的。这是不可避免的。所以你们最好在这里自己把大衣脱下来。不管在哪里被扒掉大衣——在亚历山大公园还是在缆绳巷——对你们来说完全一样。你们怎么想？"

"是的，也许……"雅沙不知所措地回答。

"那么，就有劳您的大驾了。"

年轻人从袖子里抽出一把芬兰刀。我还没见过这样又长又漂亮、很明显像剃须刀一样锋利的芬兰刀。刀刃在雅沙腹部那么高的位置，悬在空中。

"如果这不让您为难的话，"持刀的年轻人说，"那就把大衣口袋里您需要的东西都掏出来，钱除外。对了！感谢您！晚安。不，不，不麻烦您了，"他转过身对我说，"对我们来说一件已经足够。贪婪是一切罪恶之母。放心走吧，但是别回头。你们知道，总是回头，在生活中就什么大事也做不成。"

我们走了，甚至并没有因为这件事而太过沮丧。雅沙一路上都在等什么时候有人把我的大衣也剥下来，但并没有发生这种情况。于是雅沙突然郁闷起来，板着脸生我的气，好像我能弄清楚，为什么只把他的大衣剥走了，或者我是匪徒的眼线，与匪徒是"同伙"。

总而言之，雅沙非常不走运。纳扎罗夫肯定地说，雅沙属于一种很少见的类型的人，那种经常带来霉运的人。他举了两件事为证。很遗憾，我无法反驳它们，因为这两件事是在我的眼前发生的。一件事与盛水的大玻璃瓶有关，第二件事与体温计有关。

当时在敖德萨供水情况很差，需要从六十公里以外的德涅斯特河里抽水。德涅斯特河上的抽水站勉勉强强维持着。它曾多次被各种匪帮射击。城市一直命悬一线——不费吹灰之力就可以切断城市的水源。

有水的只有城里海拔最低的一些区域的管道，而且它们也不是总有水。从黎明一直到晚上很晚的时候，人们拿着水桶、水罐和水壶，不断从敖德萨的各个地方来到这些幸运的街区。

只有少数幸运儿——小车的所有者——会拉着车装着大桶来接水。人们羡慕他们，同时又憎恨他们，尽管他们得自己拉车，尽管人们也不忍心看着他们拉车上坡时累得呼哧带喘或者胆战心惊地跟着车从陡坡上奔下，把水洒出去一半。

我们到大约两公里以外的乌斯宾斯基街上排队打水。我知道这条街上所有带水龙头的地窖，就是蒙住眼睛也能找到它们。

在排队打水的时候，我们能了解到所有最新的消息和谣言，并且像会见亲切的老朋友一样与经常来排队打水的人相会。

女诗人薇拉·英贝尔[1]住在绿树成荫的天文台小巷，离我们不远。她总是抱着一个玻璃的大花瓶去打水。花瓶是由半透明的彩色玻璃制成的，上面有凸出的淡紫色鸢尾花图案。

有一天，瘦小柔弱的英贝尔滑倒了，摔碎了花瓶。但第二天她又抱着一个一模一样的花瓶到那里打水。只是出于同情，我把盛水的花瓶给她送到了家。英贝尔非常担心我不小心打碎这仅剩的一个花瓶，她的担心让我感到很累，我的双腿开始发抖。

我运水的时候，当然要看好自己脚下的路，因此研究透了黑海街和乌斯宾斯基街之间所有的人行道和马路。

我确信，这是一件吸引人的、甚至在某方面大有益处的事情。在人

---

[1] 薇·米·英贝尔（1890—1972），苏联女作家。

行道和马路上能发现许多微小的迹象,它们让人思考并做出推断。这些迹象有的是令人愉悦的,有的是无关痛痒的,还有的是令人不快的。

特别令人不快,甚至是让人觉得不吉利的,也是最频繁遇到的迹象是血滴,甚至是一摊摊的血迹,还有毛瑟枪的弹壳。弹壳散发着火药的酸味。令人不快的还有空空的钱包和撕碎的文件,不过这些东西我不怎么会遇到。

令人愉悦的东西要少一些,不过它们也是各种各样的。它们常常是一些完全出乎意料的东西——从花束里掉出来的干枯的花、水晶玻璃的碎片、干瘪的蟹螯、埃及香烟的包装纸、小女孩弄丢的蝴蝶结、生锈的鱼钩。这一切都诉说着和平的生活。当然,从人行道石板之间的什么地方长出来的小草也属于令人愉悦的迹象之列,还有那些算不上好看的花,当然,花已经枯萎了。此外,还有水泥排水沟里被雨水反复冲洗的海边的圆形小石头。

最多的是无关紧要的东西——扣子、铜币、别针和烟头。没有人会注意它们。

我们把水运回来,倒进走廊里的大玻璃瓶中。

有一天,雅沙·利夫什茨走到走廊里,突然发狂似的叫起来。我冲出自己的房间,看见了一个难以解释的场景。我和雅沙眼睁睁看着大玻璃瓶开始缓慢地倾斜,它以比萨斜塔的那种样子坚持了很短的瞬间,然后轰的一声摔到地板上,碎成了几千块碎片。极其珍贵的水顺着楼梯汩汩地流走了。

当然,我们本来是来得及抓住大玻璃瓶的,但我们并没有那样做,而是像着了魔似的站在那儿看着它。

第二件与体温计有关的事更加令人诧异。我得了西班牙流感。在敖德萨要找到一个体温计并不比弄到菠萝更容易。城里一共也没几个体温计。人们爱惜体温计就像遭遇船难者在小艇上爱惜最后一根火柴一样。

纳扎罗夫请求报社编辑、著名的科学院院士奥夫相尼科-库利科夫斯基把体温计借给我们用两天。院士是一位颇有声望的人道主义者,一个恪守俄罗斯社会自由主义传统的人,当然不能拒绝纳扎罗夫的这一请求。他紧咬着嘴唇,发出呼哧呼哧的声音,这表明他非常不满意,他把体温计给了纳扎罗夫,不过还加了一个严厉的命令——让他把体温计放在棉花里,放到桌子的抽屉里,像爱护眼珠一样爱护它。

纳扎罗夫为我量了体温,但他没有把院士的命令放在心上,把体温计放到桌子上,去了城里。我睡着了。

雅沙把我吵醒了。他小心地打开门,门嘎吱响了一声,我醒了过来。

我看了一眼桌子,然后就感觉好像我头顶的头发都自己动起来了,——体温计突然开始慢慢地滚向桌子的边缘。

我想喊,但喉头发紧。我看到了雅沙那双充满恐惧的眼睛。他也看着体温计,没有动弹。

体温计慢慢地滚到了桌子边,掉在地板上,摔碎了。或许是因为过于惊恐,我退了烧。我的病立刻好了。

我们挖空心思地琢磨了很久,在哪里能弄到一个体温计。纳扎罗夫为了不让院士看见他,就说自己病了,两天没有去编辑部。最后我们不得不去干一件大逆不道的事。我们配了一把兰杰斯曼办公室的钥匙,在他的写字台里找到了一个体温计。用小偷们委婉的说法是,我们"拿"了体温计(小偷们不喜欢"偷"这个字眼),并把它还给了奥夫相尼科-库利科夫斯基。

这两件事之后,纳扎罗夫开始让我相信雅沙是个危险人物,还劝我不要跟他一起上街。我对纳扎罗夫的话只是一笑了之,为此很快就遭受了残酷的惩罚。

为了你能准确地想象所发生的事情,我需要先介绍斯图尔扎小巷几句。通往黑海街的路经过这条小巷。无论怎么走都不能绕开它。

这条以普希金时期一个著名的耶稣会会员斯图尔扎命名的小巷总是让我们感觉到潜在的危险。这或许是因为形成这条小巷的就是两侧大花园的石墙。一侧花园的外边是大海,花园好像直跌进大海似的。这些封死的石墙不能提供任何保护和藏身之处。那时候所有人都养成了这样的习惯——走在街上的时候,提前为自己找好最近的可以掩蔽的地方,以防发生枪击或者遭遇喝醉了的巡逻队。

除了唯一的一幢门洞狭窄昏暗的两层楼房,斯图尔扎小巷没有一处藏身之所。楼房里没有人住。已经被拆掉了窗框的窗户里面长满了杂草。

我没有听从纳扎罗夫的警告,一个深秋的晚上又和雅沙一起回家。

晚上在街上走是可以的,只是要恪守一些不成文的规定。不可以抽烟、交谈、咳嗽,不可以用鞋后跟在人行道上发出声响。应该贴着墙或者在树荫下走,更准确地说,是"悄悄溜过去"。每走四十步或五十步就要停下来,侧耳倾听,往黑暗中望一望。在十字路口应该细看一下要穿过的街,并快速穿过。

我们安全地走到了斯图尔扎小巷,停住脚,从街角往巷子里看,倾听了很久,朝漆黑的暗处仔细观察了一番。一方面,这暗处是能救命的,它把我们隐藏了起来;另一方面,这暗处又很危险,因为我们可能遇到埋伏。

一切都那么寂静,静得我们能听见小巷深处微弱的拍岸浪声。

我们悄悄进入小巷。我说应当靠着有门洞的那边走,在还没有走到门洞的时候，就停下来仔细听听，然后悄无声息地快速从门洞旁跑过去。在我看来，这种盘算像有着数学上的精确一般。就算门洞里有人，他们可能也发现不了我们。要是我们走门洞对面的那边，那么从远处我们就会被发现。据我盘算，在后一种情况下我们要在潜藏着危机的门洞对面，或者更准确地说，在藏在门洞里的人的视野之内，行走的时间是前一种情况的五倍。因此被发现的概率也是前一种情况的五倍。

但是雅沙又开始悄声说起自己的理论，就是要永远勇往直前，直面危险。为了避免引起不必要的吵嚷，我没有和他争论。于是我们开始沿着门洞对面的那边走。

雅沙心里一秒一秒地数着时间。我们知道从斯图尔扎小巷到兰杰斯曼疗养院步行需要七分钟。在疗养院，在高墙和铁门后面，我们总是觉得自己是完全安全的，尤其是在不点亮油灯的时候。

当我们经过门洞附近的时候，雅沙绊了一下。后来，当我们回忆起在斯图尔扎小巷发生过的这件事时，雅沙用肯定的语气说，如果企图以最佳方式做成什么事情，就一定会在一件不起眼的小事上失败。我却默默地想，雅沙那令人无法忍受的步态才是那一切的罪魁祸首。不过，为了不使他伤心，我什么都没说。

不管怎样，雅沙是绊了一下，并且由于事发突然，他不是悄悄骂一句，而是用清晰可辨的、慌张的声音说：

"对不起！"

"站住！"一个沙哑的嗓音从门洞里喊道，一道刺眼的手电光照到我们身上，"把手从你们的口袋里拿出来！别磨蹭，他妈的！"

几个拿着武器的人来到我们面前。这是哥萨克巡逻队。

"证件！"还是那个沙哑的声音说道。

我把自己的证件递给了他们。哥萨克照照证件,又照照我。

"希腊佬,"他确认了一下,"加柠檬汁的鲭鱼[1]!把你的假证件收回去吧。"

他把证件还给我,又照了照雅沙。

"你可以不用出示证件了,"他说,"一看就是耶路撒冷的将军[2]。好吧。你们走吧!"

我们刚走了几步。

"站住!"还是那个哥萨克突然歇斯底里地喊道,"不许动!"

我们停了下来。

"站住干什么!跟你们说过了——走!"

我们又开始走,但走得非常慢,以免暴露自己的慌乱。我神经高度紧张,连我的后背和整个身体都能感觉到哥萨克们好像在拉枪栓。我没有听到枪栓的响声。我明白,这是猫把老鼠置于死地前戏弄老鼠的游戏,我们反正是会被打死的,每一瞬间都有可能是最后一瞬间。

"站住!日你妈的!"那个哥萨克又大喊了一声。其余人强忍着,但还是笑出了声。

我们在墙边又停了下来。在黑暗中我没看到墙,不过我知道它是粗石砌成的,墙上凹凸不平。

"从墙上爬过去,"我悄声对雅沙说,"往下跳!反正都是完蛋!"

我很瘦。我很轻便地迅速爬上了墙,但是雅沙穿着他那双车轮似的皮鞋,差点摔下去。我猛地抓住他的一只手,用力往上拉。我们抬

---

1 希腊人爱吃的一道菜。
2 代指犹太人。

腿跨过墙,跳了下去。后面响起密集的枪声。墙头的一块石头被打掉,飞了出去。

我们飞快地奔跑着,穿过漆黑的花园。刷着石灰的树干在黑暗里发着白光,这帮了我们。

哥萨克们也尾随着我们爬过了墙。一粒子弹在身旁什么地方呼啸而过。我们跑到了花园另一侧的石墙边。墙上有一个缺口。

哥萨克们已经在花园里往这边跑,但他们没有时间用步枪瞄准,我们来得及跑到了缺口处。缺口外三步远就是靠海的断崖。

我们在一个断崖处滑了下去,沿着海岸飞奔。哥萨克从上面开枪,但他们在黑暗中已经看不见我们,子弹都打歪了。

我们在满是沟沟坎坎和洞穴的崎岖不平的海岸上艰难前行了很久。拍岸的海浪还是那样冷漠地、懒懒地拍打着卵石,发出低沉的声响。很难相信,面对着散发着百里香芬芳的温暖秋夜,面对着以平静的波浪低声私语着的大海,人竟然可以麻木不仁地杀死同他一样的人。那时候我天真地以为,恶在美的面前永远是却步的,永远不可以在西斯廷圣母像[1]面前杀人,不可以在雅典卫城杀人。

我想吸烟想得要命。枪声停了。我们随即爬进最近的一个洞穴,点起烟。大概,以前在生活中我从未体验过吸烟带来的如此的满足。

我们在洞穴里坐了三个小时左右,然后我们走出来,沿着海岸悄悄地向兰杰斯曼疗养院走去。四周一片沉寂。

在疗养院的对面,我们抓着灌木丛和石头,沿着陡峭的海岸朝着疗

---

[1] 指《西斯廷圣母》,文艺复兴时期意大利画家拉斐尔(1483—1520)的代表性画作。

养院城堡一般的高墙爬去。在围墙的底部有人打通了一个供雨水排出的圆洞。我们从圆洞钻进去，再用石头把它堵上，尽管完全没必要这样做，然后进到房子里。

纳扎罗夫还没有睡觉。听了我们的讲述，他惊得张口结舌。在无窗的浴室里，我们点燃了小煤油灯，第一次看到了自己的那副狼狈相。我们的衣服被扯破了，手碰伤了，出了血。不过，总体上说，我们轻松地摆脱了死亡。

我们贪婪地喝了很多茶，感到一股醉意。我们当然不是因为喝茶而醉，而是因为那种奇特的、无与伦比的、飘飘然的安全感。如果有完全的幸福，那么那天夜里我们体验到的就是那种感觉。

我想尽量延续这种感觉。我穿上衣服，抱着被子走到敞廊上——二楼一个很深的壁龛，带着一个向外凸出的阳台。敞廊里很黑。风吹不到里面去，没有人能从街上看见我。

我坐到一把藤制的躺椅上，裹着被子，就那样坐到了黎明，细细倾听夜里的各种声音。

大海无穷无尽的喧响一刻也未间断。喧响随着一串串长长的海浪飞奔而来，时而剧烈，时而低沉。风一会儿吹得光秃的树枝沙沙作响，一会儿安静下来，仿佛是和我一样，静听黑夜的流动。但风没有飘走，它仍然在这儿。凭着潮湿的鹅卵石的味道，凭着那片孤独的悬铃木叶子勉强听得见的颤动，我清楚这一点。

还是在白天的时候，我就注意到这片顽强的灰青色叶子了，但是现在，在夜里，我觉得它好像一个小小的活物，是我唯一未眠的朋友。

有时从黑暗中，从城内传来零星的枪声。每一次枪响之后，狗都会咆哮很久。后来，海上远处黯淡的灯火闪了一下便熄灭了。

周围的一切都已酣然入睡。我时不时睡上几分钟,但睡得不沉。那是一种半梦半醒的状态,那时我能像在醒着的时候那样,清晰地看到漂浮在黑夜海面上的巨大的白色花朵,或者真切地听到如孩子的手掌一般轻盈的小提琴在歌唱。

在这种半梦半醒的状态中,我感到自己是另外一个与以往完全不同的人——心态非常平和,信任他人,愿意接纳这个世界。我听到了从海上的昏黑中传来的诗句,它宛如一个女性的低语:

我名字的内涵对你有何意义?
它将不复存在,犹如大海的波浪
拍打远岸发出忧伤的喧响,
又似幽僻森林夜间传出的声息。[1]

---

[1] 引自普希金的诗《我名字的内涵对你有何意义》(1830)。

最后一发榴霰弹

日复一日,敖德萨的生活更加令人不安。白军与苏维埃部队的交战已经在沃兹涅先斯克近郊展开。

一艘艘挤满了逃亡者的轮船向君士坦丁堡驶去。它们中的绝大部分——脏乎乎的,黑漆已经从船舷上剥落——在缓慢驶出港口时都倾斜得很严重,船的负载早已超过吃水线,船还冒着浓烟,整个兰热隆和我们住的黑海街都被这烟雾笼罩着。

但报纸仍在发行。白军司令部知道,末日在一小时一小时地迫近,但仍千方百计向居民,尤其是向来自北方的逃亡者隐瞒真相。报纸上刊登着电讯,说布尔什维克的进攻暂时已被遏制,有着大炮和毒气装备的大批法国军队已从萨洛尼卡[1]向敖德萨行进。

---

1 萨洛尼卡,希腊第二大城市。

散布所有这些谣言，是为了防止从北方来的逃亡者在恐慌中继续涌向南部，涌向君士坦丁堡，妨碍白军逃跑。港口里的轮船非常少，邓尼金部队出于自身考虑对其加倍珍惜。

报纸仍在发行，对一切都已经抱着无所谓态度的军官们仍然在"黄色金丝雀"咖啡馆里纠缠不休。报纸试图让民众相信那个老掉牙的故事："莫斯科已被烧毁，但俄国没有因此灭亡。"

我做校对的那家报社也在篇幅长一些的文章、讽刺小品文和诗里无休无止地就这个话题炒来炒去。

有一次，布宁来到了我们编辑部。他很不安，想打听一下前线的情况。他站在门口，费了很长时间摘右手上的手套。外面下着凄冷的雨，湿湿的皮手套粘在了他的手上。

他终于摘下了手套，用平静的灰色眼睛匆匆瞥了一眼我们所在的烟雾缭绕的房间，说：

"是啊，你们这儿并不宽裕。"

我们有点莫名的尴尬，而纳扎罗夫答道：

"哪还谈得上什么宽裕啊，伊凡·阿列克谢耶维奇？我们都已经半死不活了。"

布宁搬起一把椅子，坐到纳扎罗夫的小桌旁。

"顺便问一句，"他说，"您知道'半死不活'这个说法是从何而来的吗？"

"不，我不知道。"

"总而言之——就是终结！"布宁说，然后沉默了一会儿，"雨，寒冷，黑暗，而内心却很镇静。更准确地说，是空虚。就像死亡。"

"您发起愁来了，伊凡·阿列克谢耶维奇。"纳扎罗夫细心地说。

"啊，不，"布宁回答，"只是这个世界变得不舒适了。连大海都散发着生锈的味道。"

他站起身，去了编辑的办公室。

在我们还是少年时，我就喜欢布宁的作品了，喜欢他那严苛的准确和哀愁，他对俄罗斯的爱和对民众那种令人吃惊的深刻理解，他对世界及其多样之美所做的富于智慧的赞美，喜欢他的敏锐，喜欢那种明晰的布宁式感知——幸福无处不在，但只有懂得幸福的人，才能获得幸福。在那时，布宁在我心目中已经是一位经典作家。他的许多诗歌，甚至散文中的一些片段，我都烂熟于心。但就作品所传达的悲伤、痛苦，以及所使用的准确无误的语言来看，我认为最上乘之作是一部篇幅很短的短篇小说，仅有两三页，题目为《先知以利亚》。

因此，这一刻我在他面前，却不敢置一词。我简直就是感到害怕。我颔首低垂，听着他低沉的嗓音，只是间或看他一眼，害怕与他的目光相遇。

多年以后，我读了《阿尔谢尼耶夫的一生》。对于我来说，这本书中的一些章节已成为比最好的诗歌和散文更卓越的文字。特别是那些段落，布宁谈到埋葬在叶列茨冰冷的黏土地里的他母亲的骨殖，谈到无可避免地失去最后那些所爱之人，谈到这爱所带来的绝望和在生活的空虚中艰难跳动着的可怜的心。他懂得能够撕裂我们心灵的质朴语言：

> 夜里一位寡妇在哭泣：
> 她舐犊情深，但娇儿已死。
> 相邻的老者用衣袖拭泪而泣，
> 星辰如泪雨从夜空滑落人世。

> 每逢黑夜母亲都在哀哭。
> 夜间的哭者引出别人的泪水,
> 群星闪耀,圈里羊羔也在哭,
> 我主用衣袖拭眼,双目泪垂。[1]

布宁不久就离开了。我无法继续工作,无法再校对敖德萨记者胡编乱造、词句不通的简讯,于是回黑海街自己的家。

锡灰色的海上刮起阴郁的风。阴沉的雨帘悬垂在海面之上。金合欢的叶子已不在清澈的水洼表面漂浮,而早已沉入其中。现在,腐烂的黄色叶子层层堆积在人行道石板上的雨水里。只有围栏上潮湿的常春藤不时闪出微光,诉说着生命的存在。

我向大海,向阿卡迪亚[2]走去。浩渺的海水有规律地波动着,无声地涌上被冲蚀的沙滩。秋日大海所有的忧郁、所有令人不安的感觉变成了一种复杂而冰冷的忧伤,深入人的意识。我不抗拒这种感受。

我已经多少次想象自己的一生。我一年一年回想我的生活,恍悟只有未来能赋予我所经历的交织着各种矛盾的一切以存在的理由,赋予它内涵、力量和意义。

或许,未来会从我的一生中,从许许多多的经历中,挑出被真正的人性与诗意照耀和温暖的一切,并且帮助我将我一生中这些零散的片段连成一个完整的故事。谁知道呢,或许将来人们需要这个故事,而不只是我自己需要它,它会帮助人们穿过连绵不断的阴雨,奔向晴朗天空遥

---

[1] 引自布宁的诗《夜里一位寡妇在哭泣》(1914)。
[2] 阿卡迪亚,敖德萨滨海地区的度假区和海滨浴场。

远的、鲜艳夺目的光带。

有谁知道？前方那条光带，现在已经在南面大海的上空缓缓变宽，预示着沿海地区秋天的太阳将冲出如胶状物般黏结的乌云的禁锢。

一夜过后，晴朗天空中的那条光带扩散开了，早晨我从房间的窗户看到了令人难以置信的蓝色大海。

微弱却刺骨的风从东北方吹来。它一如既往，带来了寒冷，使天空和空气变得纯净。干草蒙上了一层银霜，在风中摆动，常常发出微微的闪光和细碎的声响。拍岸浪重重地、没精打采地拍打着岸边的礁石，在上面留下一层白色的冰壳。风从巨浪中刮下来像搅出沫儿的蛋清一样浓稠、泛着咸味的泡沫。一团团泡沫在海岸上颤动、摇摆，很容易让人相信古希腊人的传说：司美之神阿弗洛狄忒就诞生于这泡沫之中。

我这些闲来无事的想法被重浊的大炮轰响声打断了。这炮声好似一只铁爪拍在了城市上。因为这一次炮轰，整个疗养院像个干裂的带玻璃门的橱柜，噼里啪啦响了起来。一片瓦片从屋顶掉了下来，啪的一声彻底摔碎了。

随后传来了第二声炮响，第三声，第四声……

开炮的是停在停泊处的法国巡洋舰。它向草原开炮。炮弹掠过城市上空，冲向很远的地方，所以炮弹爆炸声传不回敖德萨。

我透过窗户看到，"轮子上的雅沙"跑进了院子。他打开通往楼梯的门，立刻从下面大喊，整座空疗养院都回荡起他那大嗓门发出的声音：

"布尔什维克在季利古尔河口湾[1]附近突破了防线！已迫近库亚利尼

---

1 位于黑海沿岸敖德萨州和尼古拉耶夫州之间。

克！结束了！"

库亚利尼克在敖德萨以东几公里的地方。

雅沙冲进我的房间。纳扎罗夫随后也来了。雅沙大声说，白军没打一枪一炮就逃跑了，港口一片慌乱，法国巡洋舰往草原上碰运气似的乱开炮，得马上拿好必需品，收拾个小手提箱，去港口。那里已经开始往轮船上放人了。

"那就这样，"我对他说，"您走吧。这是您良心上的事。但我还是认为，在任何时候、任何情况下都不可以抛弃自己的国家，以及自己的人民。"

"是的，"纳扎罗夫说，"离开俄罗斯的生活毫无价值，也毫无意义。雅沙，如果您的生命那么宝贵——我不知道对谁而言是宝贵的，那么您就逃跑吧，见您的鬼去吧。"

"胡说八道！"雅沙小声嘟囔着，满脸通红，甚至流出了眼泪，"大家都在逃跑。这把我拖进去了。嗬，当然了，我哪儿也不去。"

当时需要迅速做出决定。一分钟的犹豫能够毁掉或是挽救一生。

雅沙留下了。不需要任何思考，也不必犹豫不决，对此他感到非常高兴。他甚至烧水沏了茶，我们把茶匆匆喝下去，就出发赶往亚历山大花园。

在这座花园里，有一个临着陡岸的古老的拱廊。从拱廊上往下看，整个港口以及那里所发生的一切都一目了然。

后来很长一段时间我都无法甩掉一种沉郁的感觉，就好像我已经在某一位残酷无情的画家的画作上看过荷马描绘的这种溃逃的场景，这一张张因为喊叫求救而扭曲的嘴，一双双瞪得几乎要跳出眼眶的眼睛，一张张由于恐惧而发绿的脸，一道道预感死亡将临而出现的深深皱纹，这恐惧造成的盲目。这时人们只看到摇摇欲坠的轮船跳板，由于承受人体的重压而折断的栏杆，人群头顶上士兵的枪托，被母亲伸直胳膊高高举到发疯的人群头顶的孩子，能听到孩子绝望的哭声，还能看到一个被踩伤的、还在马路上尖叫着抽搐的女人……

人们彼此残害，甚至不愿给那些已经挤到跳板跟前并抓住扶手的人逃生的机会。马上就有几只手死死抓住这种幸运儿，吊在他的身上。他往前挣扎，可是有几个逃亡者在跳板上拖着他，他马上就掉下去了，和身下的几个人一起落到海里，因为无力摆脱那些巨大的活人的重负，渐渐沉到水底。

整个港口的斜坡上人们拥堵成了一团。感觉由于他们的拥挤，围墙和房子好像咔咔直响，眼看就要变形、倒塌。如果真的倒塌了，显然就能让人们摆脱这种状况，但是用粗重的石头砌成的房子没有屈服。只有接连不断的玻璃破碎和木头断裂的声音说明人们在往窗户和门里不断地推挤。

被踩烂的手提箱、包裹和篮子在人群的脚下沿着斜坡滚下去，像一些丑陋的活物。东西从这些箱包里掉出来，缠挂在人们的脚上，人们拖着女式衬衣和花边、女孩的连衣裙和丝带向前走着。这些与战争无关的东西更加重了逃亡的悲剧色彩。

在整个港口的斜坡上空都笼罩着寒冷的尘团。

军官和士兵们都被人群挤得分散开来，只有一些高加索人的细毡斗篷像黑色的钟罩在人群中打转转，给它们的主人拖后腿。他们扔下斗篷，于是这些细毡斗篷犹如黑色的地毯，仿佛自动地向港口飘去。

一艘轮船的舰桥上空，一股蒸汽冲向灰色的天空，响起了一声发颤而低沉的汽笛声。随即，其余所有轮船附和着这声汽笛，用各自的音调鸣叫起来。这是离别时开船的汽笛声。

这汽笛声听上去就如同为那些去国离乡的人所做的临终祈祷，他们抛开了自己的人民，抛开了俄国的原野和森林、春天和冬天，抛开了人民的痛苦和喜悦，舍弃了过去和现在，舍弃了普希金和托尔斯泰的崇高天才，舍弃了对我们平凡而美丽的大地上每一株小草、水井里每一滴水的那种伟大的儿女对母亲的爱。

防波堤尽头的骑兵仍旧岿然不动。

护送轮船的驱逐舰开了两炮。两发不起任何作用的榴霰弹在城市上空爆炸，传出细微的发颤的响声。这是同故土最后的告别。

苏维埃炮兵没有做出反应。人们站在防波堤上、林荫道上，站在海边的陡崖之上，注视着，那些轮船笨重而庞大的身影在烟尘和雾霭中模糊起来，渐行渐远。胜利者的这种沉默中包含着沉重的责备。

轮船消失在了浓雾中。仿佛是东北风翻开了空白的一页。俄罗斯——苦难频仍的、卓尔不凡的、我们直到生命的最后都热爱着的俄罗斯的英勇历史应该在这一页上开始。

一九五六年